DAS BUCH

Single, dezentes Schwarz, toller Hund, klar positionier-
tes Architekturbüro - nicht schlecht für einen mangelhaf-
ten Mann wie ihn, findet Kolja, maßgeschneidert für einen, der beim täglichen Balzen und Werben nicht mitmachen will.

Doch dann entern zwei lang verdrängte Weggefährten
sein Leben: ein schwuler Fotograf mit Lust an Provokati-
onen und eine entspannt fokussierte Voltigier-Trainerin.
Mit ihnen verbindet Kolja die großen Gefühle seiner Jugend. Und die größten Desaster.

Zentimeter für Zentimeter lässt sich der asexuelle Mann
auf eine Neuauflage der einst für immer beendeten
Freundschaften ein und bringt seine selbst eingeredete
Glücks-Fassade ins Wanken. War er zu früh zufrieden
mit seinem Leben?

DER AUTOR

Ralf Gerhardt schreibt Kurzgeschichten, Lautlese-Lyrik-
häppchen und eine Talk-Kolumne für die Leserinnen
und Leser von gerhardt-ralf.de. *Ein unvollständiger Mann*
ist sein erster veröffentlichter Roman.

Davor Stationen bei Walt Disney, ZDF, WDR und anderen Medienunternehmen, Studium der Theater-, Film-
und Fernsehwissenschaft, Germanistik und Anglistik.

Er lebt mit Mann in München. Wegen der Stimmung ist
er viel in Köln, wegen der Schönheit oft in Bad Aussee.

Er ist ein überwiegend glücklicher Zeitgenosse, sportelt,
redet leidenschaftlich, spart CO_2 und versucht zu ergrün-
den, wie die Leute so ticken.

Ralf Gerhardt

Ein
unvollständiger Mann

Roman

 tredition

© 2023 Ralf Gerhardt

ISBN 978-3-347-90702-7

Druck und Distribution im Auftrag des Autors:
tredition GmbH, An der Strusbek 10,
22926 Ahrensburg, Germany

Publikation und Verbreitung erfolgen
im Auftrag des Autors,
zu erreichen unter:
tredition GmbH
Impressumservice
An der Strusbek 10
22926 Ahrensburg
Deutschland

1

Bevor der einzige beste Freund, den ich je gehabt hatte, anfing, mein gut laufendes Leben durcheinanderzubringen, hielt ich mir insbesondere die Leute vom Leib, die mir wohlgesonnen waren. Je intensiver ihr Lächeln, desto stärker mein Widerwille. „Lass mich in Ruhe!" und ähnliche Aussagen hatte ich trotzdem weitgehend aus meinem Wortschatz getilgt. Ich wollte weder undankbar noch eingebildet wirken.

Sie kaum noch zu sagen, bedeutete natürlich nicht, dass ich sie weniger dachte. Im Gegenteil. Sie schossen mir täglich in den Sinn, meistens sogar mehrmals. Bei zu langen Blicken in der Straßenbahn, bei Botschaften zwischen den Zeilen oder bei verschwörerisch leise werdenden Stimmen. Über meine Lippen, darauf war ich stolz, kamen sie aber nur noch bei denen, die mir am nächsten standen: bei meinem Bruder Sasch, eigentlich Sascha, seiner Frau Elin, aber bei der auch nicht wirklich, und bei

Paula, meiner Geschäftspartnerin. Manchmal auch bei Ypsilon.

Drei Menschen, eher zweieinhalb, und einen Hund konnte man nicht als üppige Ausbeute bezeichnen, aber es war, was ich damals wollte, denn ich, Kolja Wolf, war zum Einzelgänger geboren. Ob aus genetischen, psychologischen oder anerzogenen Gründen erschien mir nicht ausschlaggebend. Ich sagte mir lediglich, dass das Ganze bei dem Namen kein Wunder war, auch wenn diese Beobachtung keine metaphorische Höchstleistung darstellte.

Schon mit Anfang zwanzig, vor knapp fünfzehn Jahren, hatte ich beschlossen, Distanz zum Rest zu wahren. Seitdem fluppte es. Meine Sexvermeidungsstrategie bescherte mir das maßgeschneiderte Leben. Es erschien mir so passgenau für einen Mann wie mich, dass ich nicht einmal auf die Idee kam, mich zu fragen, ob dieser Mann vielleicht etwas Anderes wollte.

Obwohl ich meine Zeit am liebsten allein verbrachte, schaffte ich es, nicht unfreundlich zu sein. Das lag wahrscheinlich daran, dass ich keinesfalls menschenfeindlich war. Ich hatte nichts gegen Leute. Ich wollte sie halt nur nicht dicht an mir haben. Die meisten beschrieben mich deswegen als zurückhaltend und nett. Das passte. Kein Mensch hatte was von Meckersäcken.

Auch an diesem Donnerstagmorgen - draußen Sprühregen, vierzehn Grad, drinnen der Mief von nassem Fell, weil mein schönster Hund der Welt nur sehr langsam trocknete – verkniff ich mir ein spontanes *Sie haben wohl einen an der Waffel* auf die gutgemeinte Mail von Birgit Stamm-Meyer. Mich zusammenzureißen fiel mir nicht einmal schwer, obwohl sogar noch kraftvollere Beschimpfungen, Kategorie *Fick dich ins Knie*, mein Denken kaperten. Ruhig und konzentriert las ich ihre Zeilen ein zweites Mal. Sie lobte mich. Aber sie pries kein von mir entworfenes Gebäude. Das Parkhaus in Nippes blieb so unerwähnt wie der Verwaltungstrakt des Brühler Amtsgerichts oder der Umkleideanbau des kleinen Stadions in Höhenhaus. Es ging ihr lediglich um meine Erscheinung, um die Optik eines Mittdreißigers: eins siebenundachtzig, fünf Millimeter Bart, dichte dunkle Haare, schwarzes T-Shirt oder Hemd, schwarzes Jackett, manchmal Mantel, Jeans, Sneakers, alles schwarz. Keine Varianten, immer Standardoutfits. Und weil ich zum Sport in den notwendigen Klamotten ging, hinterher zuhause duschte und nie, auch nicht bei fünfunddreißig Grad im Schatten, in Schwimmbäder oder Seen sprang, blieb mein Leib in der Öffentlichkeit darin verhüllt. Keine Ausnahme. Niemals.

Genau das wollte Frau Stamm-Meyer ändern, laut ihrer E-Mail-Signatur Inhaberin, Querstrich, CEO der PRO-PR GbR in Düsseldorf.

Sie wollte mich nackt.

Alicias schwarze Krause schob sich durch meine angelehnte Tür. Sie war unsere Büromanagerin und hatte mir mal erzählt, dass sie als Mädchen unter ihren Haaren gelitten und sich gewünscht hatte, blond und glatthaarig zu sein wie eine Puppe oder eine Prinzessin. Kindern wie ihr fehlten die passenden Vorbilder, das konnte ich allzu gut nachvollziehen. Aber der eingebildete Mangel war längst überwunden und der lange Afro zu ihrem Markenzeichen und einem optischen Highlight unseres Büros geworden. Wenn sie den Kopf etwas gesenkt hielt, kam er deutlich früher in den Raum als ihr Gesicht. Mir gefiel das.

„Du, ich hatte einen", sie sah kurz auf den Zettel in ihrer Hand, „Giovanni Gelli auf die Mailbox. Er wird sich nochmal melden. Just an FYI."

Noch bevor ich reagieren konnte, war sie wieder verschwunden. Ich hatte mich schon wieder Frau Stamm-Meyer und ihrem Anliegen zugewandt, als sich der Nachhall ihrer Worte meine Konzentration krallte. Giovanni Gelli! Name und Erinnerung machten sich überfallartig in meinem Kopf breit. Genau! Das war der Freund von Veit gewesen. Von Veit, meinem ehemals besten Kumpel. Veit und Michelle. Auch wenn die beiden nie viel miteinander anfangen konnten, beschrieb dieser Zweiklang die wichtigsten Menschen meiner Jugend. Er, der Durchgeknallte, mit dem ich mich die verrücktesten Sachen getraut hatte, und sie, die mir ruhig und engagiert zu meinen besten Zeiten als Sportler verholfen hatte und mit der ich eine Weile zusammen gewesen war.

Ein plötzlicher Druck legte sich auf mein rechtes Ohr, als ob ich in einem startenden Flugzeug sitzen würde. Das hatte ich das letzte Mal vor Referaten in der Schule oder der Uni gehabt. Ich gähnte dagegen an, konnte gerade noch verhindern, dass es ganz zufiel, und trank einen Schluck Wasser.

Was Giovanni wohl von mir wollte? Ich konnte mich kaum erinnern, wie er ausgesehen hatte. Wahrscheinlich braucht er irgendwas Berufliches, redete ich mir ein, um den Gedanken zu verdrängen, dass entweder Veit oder Michelle todkrank war und ein endendes Leben noch schnell in Ordnung gebracht werden musste.

Es gab sehr gute Gründe, warum ich alle beide fünfzehn Jahre lang nicht gesehen und gesprochen hatte, aber wenn es tatsächlich um so etwas wie einen letzten Wunsch ging, dann würde ich den Schwanz nicht einziehen können. Ich murmelte vor mich hin, dass ich ihnen viel Gesundheit und ein langes Leben wünschte.

Auf der Hundedecke hinter mir bewegten sich zwei Ohren.

„Kannst liegenbleiben", beruhigte ich die Lust auf Aufregung. „Es passiert nichts."

Ich musste mir das einreden. Immerhin hatte ich mir geschworen, Michelle nie wieder unter die Augen zu treten. Veit erst recht nicht. Der war ein ausgewiesenes Arschloch.

Für einen Moment erschreckte mich die Wortwahl meiner Gedanken, dann gelang es mir, mich wieder auf die Anfrage aus Düsseldorf zu fokussieren. Die PR-Dame hatte den Job angenommen, für die Architektenkammer einen Charity-Kalender herauszubringen, der es mit Bäuerinnen, Ärzten und der Berufsfeuerwehr aufnehmen konnte. Ausgerechnet die biedere Kammer setzte auf blanke Haut. Vielleicht belegte gerade das ihre Spießigkeit.

Doch was auch immer die Leute geritten hatte, nach Kolja Wolf würde man von Januar bis Dezember vergeblich suchen. Keine Brusthaare, keinen Hintern, erst recht keinen Penis. Die Abkehr von meinen eingeübten Prinzipien, plötzliche Verhaltenswandel waren für mich unvorstellbar - auch oder sogar erst recht, wenn mir Komplimente gemacht wurden.

Ihr Name, lieber Kolja Wolf, so die Formulierung von Frau Stamm-Meyer, *ist mir von den Kolleginnen aus NRW, die ich um Tipps für besonders attraktive Architekten gebeten habe, am häufigsten genannt worden.*

Sie hatte Zeitdruck. Die Fotos müssten in den nächsten zehn Tagen gemacht werden, damit der Kalender zum ersten Advent fertig sein könne. Selbst schuld, dachte ich. Hätte sie halt früher anfangen müssen. Es folgte ihr Hinweis, dass es selbstverständlich gendergerecht zugehen werde. Gedruckt werde je eine Frauen- und eine Männerausgabe. Der Erlös des Ganzen komme den Hinterbliebenen des Hauseinsturzes in Düsseldorf vor drei Jahren zugute. Als P.S. hatte sie hinzugefügt, dass ich beim Motiv Mitspracherecht habe. Sexy solle es aber unbedingt sein, Zwinker-Smiley. Genau das wollte ich garantiert nicht werden. Ich konnte nicht einmal das Wort ausstehen. Außerdem mochte ich abgekupferte Ideen so wenig wie Smileys.

Mein Telefon rappelte.

„Ja?"

Eine fremde Stimme ließ mich meinen Fehler sofort bemerken. Alicia hatte wohl das Telefon umgestellt.

„Oh, ich bitte um Entschuldigung. Kolja Wolf hier. Ich dachte, es wäre eine Kollegin. Wer ist da bitte?"

„Giovanni Gelli hier. Ich rufe im Auftrag von Veit Beusenberg an. Kolja?"

Duldungsstarre. Ich war weder so schlagfertig, wie ich mir das in einigen Träumen eingebildet hatte, noch ein Mensch, der kommentarlos wieder auflegte.

Giovanni deutete das Schweigen als Zustimmung und plapperte los. Er klang keinesfalls nach letaler Krankheit und sicherem Tod. Die Erleichterung schenkte meiner Muskulatur neues Leben. Die Durchblutung kehrte zurück, ich konnte mich wieder bewegen. Irgendwann – ich hatte immer noch nichts gesagt – ließ er mich wissen, dass „unser Freund Veit Beusenberg" eine Werkschau plane, in

der auch unser Nacktschildprojekt aus Teenager-
zeiten eine kleine Rolle spielen würde.

Mein T-Shirt wurde unter den Achseln warm und
feucht.

Veit sehe die Ausstellung in einer Kölner Galerie als
guten Anlass, wieder in Kontakt zu kommen und
an vergangene Tage anzuknüpfen. Eine schriftliche
Einladung zur Eröffnung sei unterwegs, Veit aber
auch schon vorher in der Stadt. Giovanni machte
deutlich, dass er sich ebenfalls über ein Wiedersehen freuen würde, es seien doch bombige Zeiten gewesen damals und er habe nie ganz begriffen, warum wir uns aus den Augen verloren hatten. Weil
ich weiterhin nicht reagierte, fuhr er fort. Er und
Veit hatten sich vor über zehn Jahren getrennt, waren trotzdem Freunde geblieben. Der Partner hatte
sich in einen Mitarbeiter verwandelt, der den
Künstler bewunderte und unterstützte, aber woanders schlief.

Die Details prallten auf merkwürdige Weise an mir
ab. Ich fragte mich, wie man fünfeinhalbtausend
Tage Funkstille als Bedürfnis nach erneuter Kontaktaufnahme deuten konnte. Mut? Größenwahn?
Ignoranz? Wahrscheinlich eine Mischung. Ich murmelte ein paar zermatschte Jas, dass ich auf die Einladung gespannt sei und jetzt leider mitten in einem
Termin. Wiedersehen.

***

Jeder im Büro wusste, dass ich öfter Gassigehen musste als mein Hund. Ich wollte einfach häufiger nachdenken als er pinkeln. Sowie ich die Leine berührte, stand Ypsilon langsam auf, reckte sich und gähnte ausgiebig. Diese Routine brauchte Zeit, er ließ sich von niemandem dabei stressen, was mir imponierte. Sobald seine aufgerissene Schnauze dann wieder zu war, hatte er seine Batterien eingelegt und begann zu tänzeln. Ich konnte mir sogar einbilden, er lächele mich dabei an, auch wenn ich wusste, dass das Blödsinn war. Diesen kleinen Ausflug ins Irrationale gönnte ich mir. Ich tätschelte seinen Kopf. Immer gierig nach neuen Abenteuern.

Darin unterschieden wir uns gewaltig. Ich müsse eigentlich nicht einmal über Veit nachdenken, sagte ich mir und legte die Leine wieder weg. Ypsilon hörte auf zu hopsen und sah mich mit schiefgelegtem Kopf an. Wankelmut war er von seinem Chef nicht gewöhnt.

Statt nach draußen ging ich nach nebenan zu Paula. Die Mitbesitzerin des Büros Kress & Wolf schuf gerne eine Aura der Eile. Ihre Schuhe lagen hinter der Tür auf dem Boden, das Jackett hatte sie auf den Besprechungstisch gefeuert, die Haare, wie meistens, mit einem gelb-schwarz-gestreiften Bleistift hochgesteckt. Sie war kein Fan von Borussia Dortmund, sondern von Staedtler HB.

„Uh. Mein Kolja als Vorzimmertraum! Schön, alleinstehend, gut laufendes Büro, knackiger Hintern. Mach das doch!", sagte sie. „Das wird super fürs

Geschäft. Wir verschenken die Dinger an ein paar Sekretärinnen im Bauamt und keine Ausschreibung wird mehr an uns vorbeigehen. Allerdings werde ich den Damen, die die behaarte Brust dann auch tätscheln wollen, das Leben zur Hölle machen. Was ich nicht kriege, soll auch keine andere haben." Sie freute sich über ihren Scherz. Ich verbot mir den Gedanken, dass dieser mehr sein könnte als ein lustig gemeinter Spruch.

„Danke. Sehr hilfreich!", gab ich mir Mühe, ihr männlich klingendes Lachen zu übertönen. Ich kickte die Pumps zur Seite und zeigte ihr einen Vogel. Dann wandte ich mich zwei Türen weiter an Alicia und bat sie, Paula im Architektinnenkalender unterzubringen. Wir könnten den dann im Kölner Bauamt verschenken.

„Kein Problem", erklärte die immer Gutgelaunte mit ihrem amerikanischen Akzent, den sie sich auch nach Jahren nicht abgewöhnen wollte. Sie wundere sich allerdings, dass Paula dazu bereit sei. „Sie wirkt nicht wie eine Pornstar."

„Es geht nicht um Porno, der im Deutschen übrigens ein O am Ende hat. Außerdem heißt es der Star, auch wenn es sich um eine Frau handelt."

Ich spürte, dass Alicia ihre von Haaren verdeckte Stirn in Falten zog.

„Nicht meine Schuld!" Ich hatte die Hände hoch. „Die deutsche Sprache ist halt so. Paula ist übrigens überzeugt, dass die Kalender-Aktion gut fürs Geschäft ist."

„Warum machst du das nicht? Es soll auch eine Kalender mit Männer geben. Das wäre echt geil." Sie hielt sich die Hand vor den Mund und entschuldigte sich.

„Entschuldigung abgelehnt", sagte ich, obwohl ich nicht wusste, ob sie für die vergessenen Ns oder das Wort geil Vergebung suchte. Während ich sie mit größtmöglichem Ernst ermahnte, sich um die Sache mit Paula zu kümmern, verließ ich ihr Büro.

Vor meinem eigenen wartete bereits mein Bruder. „Elin freut sich riesig, dass du heute Abend dabei bist."

Ich hatte die letzten beiden Geburtstage meiner Schwägerin abgesagt, weil sie zu viele Freundinnen hatte, die ich nicht kannte. Aber diesmal hatte mein Bruder mich mit einer Mixtur aus verständnisvollen und strengen Worten davon überzeugt, die Einladung anzunehmen. „Eigentlich passt es mir gar nicht. Ich müsste heute Abend dringend einige Ausschreibungen durchsehen. Dazu bin ich schon zu lange nicht gekommen."

„Fadenscheinige Ausrede. Du bist selbständig. Du hast immer was zu arbeiten."

„Es ist dringend."

„Und Elin ist meine Frau und deine Schwägerin, die sich seit einer Woche ein Loch in den Bauch freut, dass du endlich mal wieder bei einer von ihren Feiern auftauchst."

Ich atmete tief durch. „Sasch, du weißt, dass ich mich im Gegensatz zu dir nicht gern auf irgendwelchen Festen oder in Kneipen rumtreibe."

„Falsch. Du hast was dagegen, Leute zu treffen. Das ist was anderes."

Ich quälte mich zu einem Grinsen. „Lass mich in Ruhe."

„Okay, Chef." Er war nicht zum Rückzug bereit und stöberte in ein paar Unterlagen auf meinem Besprechungstisch.

Wenn man entschieden hatte, das Leben frei von einer Partnerin zu verbringen, verlor Ausgehen nicht nur an Attraktivität. Es war sogar ein bisschen gefährlich. Vielleicht wie ein Spaziergang im Moor. Konnte gutgehen, aber, wenn es blöd lief, blieb der Gummistiefel irgendwo stecken. Mein Bruder wusste, dass ich das so sah. Trotzdem hakte er immer mal wieder nach, forderte mich auf, mein Sozialleben zu intensivieren. In der Theorie klang das freundlich und hilfsbereit, in der Praxis nervte es oft kolossal. Mein ambivalentes Gefühl seinen Kümmerattacken gegenüber verglich ich heimlich mit dem einer Selbstmörderin, die sich darüber freute, dass man ihr den Finger in den Hals gesteckt hatte, obwohl sie sich hundertprozentig sicher gewesen war, sterben zu wollen. Nicht dass ich suizidal oder depressiv gewesen wäre. Ich hatte einfach kein Gespür für gute Metaphern.

„Es wird ohnehin ein kurzer Abend. Knapp zwanzig Leute, ein paar schwedische Häppchen und ein bisschen Wein. Ich selbst kann gar nichts trinken, denn ich habe morgen und übermorgen ein Shooting. Das war es, was ich dich eigentlich wissen lassen wollte."

„Wieder die Bonner Wasserwerke?"

„Nein, diesmal ist es eine Hausratversicherung." Er lachte. Früher hatte er Klamotten vorgeführt, war von adidas oder Zalando gebucht worden. Heute neigte sich seine Karriere als Model dem Ende zu. Er war fünfunddreißig, da wurden die Auftraggeber absurder. Es betrübte ihn kaum.

„Ich warte auf den Tag, an dem du einen Treppenlift reitest."

„Vorher machen wir zusammen ratiopharm."

Sascha und ich waren eineiige Zwillinge, Sasch und Kol, niemand sonst durfte diese Namen benutzen. Wir hatten als Kinder nicht nur identisch ausgesehen, sondern waren auch sonst so ähnlich und verbunden gewesen, dass wir als eine Person wahrgenommen wurden. Außer unseren Eltern hatte uns niemand auseinanderhalten können. Erst im fünften Schuljahr waren wir zwei geworden. Ich, der Gymnasiast, musste ihm, dem Realschüler, bei den Aufgaben helfen. Da war man nicht mehr gleich. Er ging dann zum Basketball, ich zum Voltigieren. Meine Noten wurden besser, seine schlechter. Nach nachgeholtem Fachabi hatte er zwar auch ein Architekturstudium aufgenommen, es bis heute aber nicht zu Ende gebracht. Die Modelei war dazwischengekommen. Jetzt half er im Büro, wann immer er Zeit hatte, um ein bisschen echte Arbeitsluft zu schnuppern. Er brauchte das, um entscheiden zu können, ob er sein Examen nachholen oder lieber bis zum Treppenlift modeln wollte.

Elin und er könnten auch professionelle Gastgeber werden, dachte ich, als ich abends in der Ecke neben ihrem Küchentisch stand. Ich beobachtete, wie sie sich um ihre Gäste kümmerten, Fremde miteinander bekanntmachten, für volle Gläser sorgten, das Buffet anboten und versuchte, unauffällig zu bleiben. Es wäre unfreundlich gewesen, nicht bei Elin zu erscheinen, davon hatte mein Bruder mich überzeugen können, aber ich war definitiv kein Typ für entspannten Party-Smalltalk. So, dass andere Gäste erkannten, wie busy ich war, betrachtete und probierte ich Elins Smörgås-Varianten. Wer kaute, wirkte nicht wie übriggeblieben und musste nicht anbandeln. Über diese erprobte Strategie hinaus mochte ich die Butterbrote wirklich und wertete sie als Entschädigung für meinen Besuch, der sich wie ein großes Entgegenkommen anfühlte. Für die meisten anderen Leute war es wohl ein Privileg, dabei sein zu dürfen. Saschs Angebot, mich den vier oder fünf vorzustellen, die ich noch nie gesehen hatte, lehnte ich schmatzend und mit dem Verweis, dass ich auch noch ein Stück Midsommar-Mandelkuchen essen wollte, ab. Dem Hausherrn fehlte die Zeit für Überzeugungsarbeit. Mir fiel ein, wie mich auf einem unvermeidbaren beruflichen Empfang sogar mal jemand nach Gras gefragt hatte, weil ich so ausdauernd aß. Obwohl ich ihm zu verstehen gegeben hatte, dass ich nicht dealte, war er im Gesprächsmodus geblieben. Das Ganze hatte sich zu einem sehr netten Abend entwickelt, wahrscheinlich zur schönsten beruflichen Abendveranstaltung überhaupt. Ich musste noch heute grinsen, wenn ich an seine Fehleinschätzung dachte. Ich und dealen - deutlich zu viel Kundenkontakt!

Um bei den Freunden meiner Schwägerin und meines Bruders keinen ähnlichen Verdacht zu wecken, hätte ich mich beinahe zu einer Gruppen von Leuten gesellt, die ich vom Völkerball kannte. Immerhin wusste ich bei denen, was mich erwartete. Als ich den ersten Schritt in ihre Richtung machte, sah ich im Flur jedoch eine Frau, die aussah wie Michelle. Oder so, wie ich mir Michelle heute vorstellte. Fünfzehn Jahre waren eine lange Zeit. Menschen veränderten sich. Aber das Gesicht stimmte, die großen Augen und das Ungeschminkte. Leider hatte ich die Zähne nicht sehen können. Michelles waren perfekt. Wie aus der Werbung. Das wusste ich noch.

Die Frau musste jetzt im Wohnzimmer sein. Ich griff zu einem weiteren Smörgås. Kauen beruhigte

– auch mein Ohr, dass schon wieder zuzufallen drohte. Wenn Elin Michelle kennen würde, wüsste ich das, dachte ich. Selbst wenn sie nie von ihrem verkorksten Schwager gesprochen hatte, wäre Michelle bei einem Blick auf Sasch klar gewesen, dass es eine Verbindung geben musste. Nein, die Frau im Flur war jemand anders. Ganz sicher. Ich atmete durch.

Wahrscheinlich hatte Giovannis Anruf mich mit einer Art Verfolgungswahn infiziert. Trotzdem hätte ich gern gewusst, wer die Frau war. Leider traute ich mich nicht. Ich ließ Sasch wissen, dass es nun wirklich an der Zeit für mich sei, noch ein bisschen zu arbeiten, machte Elin ein Kompliment für schwedisches Brot und Kuchen und ging so unauffällig, wie ich konnte.

Auf dem Heimweg schämte ich mich ein bisschen, dass ich nicht so performte, wie es meinem Bruder behagt hätte. Egal! Mein Leben lief super, es war mein eigenes Werk, alles passte haargenau.

Ich holte Ypsilon zuhause zu einem Spaziergang im Dunkeln ab.

Das schlechte Gewissen meldete sich zurück. Warum hatte ich der Frau nicht gesagt, dass sie mich an eine frühere Freundin erinnerte und ein bisschen geplaudert? Wieso hatte ich mich nicht zu den Völkerballleuten gesellt? Das deckte sich nicht mit meinem Wunsch zu funktionieren. Ich wollte ein guter

Bruder und freundlicher Gast sein. Kein merkwürdiger Typ, der allein in der Ecke rumhing.

Die Antwort war klar. Solche Situationen liefen zu oft auf mein großes Manko hinaus. Ich war so unvollständig wie ein Puzzleteil, von dem die Zungen abgebrochen waren. Wer keinen Sex wollte, passte halt nicht und konnte nirgendwo angelegt werden. Ich merkte das ständig, weil Sex immer eine Rolle spielte, auch wenn man gerade nicht darüber sprach oder ihn gar vollzog. Er lag bei jedem Treffen auf dem Tisch, als Frage, als verbindendes Element, als Angebot, als Illusion. Sex in allen Richtungen, Stellungen und Konstellationen, aber vor allem als Gemeingut. Sich zu paaren wurde wie essen, trinken, sterben gesehen. *Kein Sex!* war keine vorhandene Option.

Normalen Leuten fiel das natürlich nicht auf. Warum sollte es auch? Das merkte nur ich, denn ich war derjenige, der nicht dazu passte. Ich lebte ohne das angeblich Lebensnotwendige. Außenseiter, nicht natürlich, ein Leben lang.

Es war besser, die Konfrontation damit zu meiden, denn es hatte genug Versuche gegeben, mich zu bekehren, auszufragen, mir zu helfen oder sogar mich durch Taten zu überzeugen. Einen geblasen zu kriegen, konnte eine Vergewaltigung sein.

Um wieder Herr meiner Sinne zu werden, machte ich kleine Gehorsamsspiele mit meinem Hund. Er musste warten, ich ging vor, dann durfte er nachgerannt kommen. Mit Freude sprang er auf Mauern und Bänke, kroch sogar unter einer Balancierstange auf einem Spielplatz hindurch, auf den ich mich im Schutz der Dunkelheit traute. Ich versuchte, mit ihm zu wippen. Sehr langsam. Er blieb auf seiner Seite sitzen und beobachtete mich. Hätte er sprechen können, hätte er „du hast einen Knall" gesagt und trotzdem lieb geguckt. Kurz bevor er den höchsten und ich den tiefsten Punkt erreicht hatten, wurde es ihm zu mulmig. Er sprang ab. Ich klatschte die letzten Zentimeter bis zum federnden Gummireifen nach unten und hätte mich am liebsten lachend rückwärts in den feuchten Sand fallen lassen.

Als Ypsilon und ich wieder zuhause waren, hatte das Grübeln über mich, Michelle und mögliche Lookalikes aufgehört. Ich knuddelte meinen Hund und bedankte mich bei ihm. Doch sobald er sich in seinen Korb geschmiegt und ich Ohrstöpsel und Schlafmaske angelegt und das Licht ausgemacht hatte, drehte sich das Gedankenkarussell aufs Neue. Jetzt ärgerte es mich. Ich wollte schlafen, nicht über nutzlosen Kram nachdenken. Wie immer bei solchen Gelegenheiten nahm ich eine Vivinox. Ich wartete. Als meine Gedanken sich daran festbissen, dass ich auf Elins Party als Einziger allein gekommen war, fingerte ich, ohne die Maske abzulegen, nach Blister und Wasserglas und schluckte eine zweite.

2

Als ich am nächsten Morgen an Alicias Bürotür vorbeiging, rief sie mir zu, dass der Damenkalender
ausgebucht sei. Bei den Herren suchten sie aber
noch. Sie sah auffordernd an mir hoch.

Ich schwieg. Seitdem mein Wecker geklingelt hatte,
hätte ich mich permanent ohrfeigen können. Wie
hatte ich so doof sein können, eine Schlaftablette zu
nehmen, zwei sogar. Ich hatte das Gefühl, geteert,
aber nicht gefedert zu sein. Jeder Kubikmillimeter
meines Körpers wollte nach unten. Auf den Boden.
Selbst schuld, schimpfte ich mit mir und versuchte,
mich zu ignorieren. Das Wichtigste war jetzt, dass
niemand etwas merkte.

Ich dachte kurz nach, wie ich wohl unter normalen
Umständen auf Alicias Frechheit reagiert hätte, und
zeigte ihr einen Vogel. Zum Glück machte es sie
nicht stutzig, wie sehr ich dabei lachte. Solche Übertreibungen gehörten eigentlich nicht zu meinem Repertoire. Im Gegensatz zu meinem morgendlichen
Blick durch die Tageszeitung, den ich mir

normalerweise in den ersten fünfzehn Minuten meines Arbeitstags gönnte. Heute ließ ich ihn zur Strafe ausfallen, sondern ließ, sobald ich den Rechner in Gang hatte, Frau Stamm-Meyer und die Architektenkammer wissen, wie großartig ihre Idee sei, dass ich aber aus geschäftlichen Gründen, Zwinker-Smiley, den Jüngeren den Vortritt lassen wolle. An der Charity würde ich mich trotzdem gern beteiligen, natürlich, sie sollten mir doch bitte die Kontonummer mailen. Laber, laber, ihr könnt mich mal. Send.

Postwendend erhielt ich verständnisvolles Bedauern und den versprochen letztmaligen Versuch, mich umzustimmen. Da die IBAN angegeben war, überwies ich zweihundert Euro. Das würden sie als endgültige Absage akzeptieren.

Ohne Pause, nicht mal einen Schluck Wasser gab es, öffnete ich den Entwurf eines Mitarbeiters. Auch wenn mir nach Schlafen war, entdeckte ich auf den ersten Blick, dass die Toiletten noch nicht die kostensparenden Standardmaße hatten. Konzentration ist alles, freute ich mich und tippte *Wir machen kostengünstige Zweckbauten, keine Paläste!!!* in die digitale Notiz, die ich sofort wieder löschte, um neu zu formulieren: *Wenn du die etwas teureren Trennwände von Meyer nimmst, kannst du die Kabinen anders anordnen. Das reduziert die Gesamtkosten.*

Manchmal musste man das Pferd von hinten aufzäumen. Ich bezweifelte, dass Kollege Friedrich nicht darauf gekommen war. Aber unsere

Mitarbeiter versuchten immer mal wieder zu planen, was sie schöner fanden, statt die billigste Variante eines definierten Standards auszutüfteln. Das setzten in aller Konsequenz nur Paula und ich um. Opulenter wurden die Gebäude im Normalfall ohnehin noch, allerdings in einem späteren Schritt, dann, wenn der Bauherr es wollte. Diese Herangehensweise sorgte dafür, dass wir den versprochenen preislichen Rahmen einhielten, die Zusatzkosten irgendwo anders verbucht wurden und das fachkundige Publikum sich am Ende über das fast nicht zu glaubende Preis-Leistungs-Verhältnis wunderte.

Paula war eine Meisterin im Umgang mit öffentlichen Auftraggebern und ich hoffte seit Jahren, dass die Finanzierungskapriolen, die ich gar nicht zu genau durchschauen wollte, einigermaßen legal blieben.

Nach drei Stunden Entwurfscheck überlegte ich, ob ich mir den bereits dritten Kaffee holen konnte, oder ob das zu auffällig war. Zum Glück hörte ich den Briefträger und dann Alicia an den Postfächern. Nach ein paar Minuten, die den Eindruck verhindern sollten, ich hätte auf die Post gewartet, holte ich meine Umschläge – die angekündigte Einladung lag oben - und ging unauffällig weiter in die Küche. Falscher Knopf, entkoffeinierter Kaffee. Lautlos fluchend schüttete ich die Brühe weg und schlich mit einem neuen zurück in mein Büro.

Veits Kuvert fühlte sich nach drei Schichten Seidenpapier auf der Innenseite an und war über der Adresse mit dem Zusatz *Persönliche Einladung* versehen. Adrenalin oder irgendeine andere körperliche
Substanz verscheuchte meine Müdigkeit. Nicht
mehr bleischwer zu sein, fühlte sich gut an, aber
gleichzeitig enttäuschte mich meine Aufregung. Ich
hielt den Umschlag vor mein Gesicht, als ob ich
durch ihn hindurchsehen konnte. Weil ich meine
Handflächen kurz an den Hosenbeinen abwischen
musste, legte ich ihn ab.

Ich hatte Arbeit und Leben von Arschloch Veit – in
meinen Gedanken gehörte dieser Titel fest zu seinem Namen - gelegentlich aus der Ferne verfolgt. In
Zeiten des Internets ließ sich ungesehen beobachten, wie eine Fotografen-Karriere nach oben ging.
Ich ging nicht davon aus, dass er das Gleiche getan
hatte. Unsere Funktionsbauten waren vermutlich
unter seiner Künstler-Würde. Egal. Ich persönlich
mochte seine Bilder auch nicht, denn ich stand mehr
auf Abstraktes.

Er lichtete unbekleidete Männer und Frauen ab, nie
ganz, immer nur in Ausschnitten, kombinierte Kör-
perteile mit Tüchern, Spiegeln oder Natur und
wollte wohl sichtbar machen, was wir an uns selbst
übersahen, weil der Mensch Details ausblenden
musste, um von ihnen nicht übermannt zu werden.
Bei ihm wurden Körper zu geometrischen Figuren,
die sich an ihre Umgebung schmiegten.

Da ich das Anliegen verstand, konnte ich seinen Erfolg nachvollziehen. Mit Mitte dreißig Ausstellungen in mehreren Städten gehabt zu haben, musste - auch wenn ich das als Kunst-Laie kaum beurteilen konnte - bedeuten, dass es künstlerisch und finanziell gut lief. Den Eindruck unterstützten seine Social-Media-Bilder, die von einem Veit zeugten, wie ich ihn in unseren besten Jahren wahrgenommen hatte: lebensfroh, charismatisch, ein Rattenfänger. Sie verheimlichten den Egozentriker.

Michelle hatte ich ebenfalls gegoogelt. Sie trainierte ein Voltigierteam in Schwerenau, unserem Heimatort. Die Mannschaft gehörte zur deutschen Spitzenklasse, hin und wieder gab es Berichte. Bilder natürlich nur von den Sportlern. Auch auf dem Instagram-Kanal des Teams war die Trainerin nie zu sehen. Eitel durfte man in dieser Funktion nicht sein. War sie auch nie gewesen. Eher selbstbewusst. Für meinen Geschmack ein bisschen zu sehr.

Ich riss den Luxus-Umschlag grob kaputt. Es passte zu Veit, dass er sich nach ein paar Berufsjahren bereits eine Retrospektive mit hochtrabendem Titel gönnte. Auf bronzefarbenem Karton - Silber und Gold hob er sich offensichtlich für spätere Schauen auf - stand dunkelgrün in Impact *Vom Nacktschildprojekt zu Körperkomplexitäten. Konzeptfotografie von Veit Beusenberg.*

Erst beim zweiten Lesen stockte ich. Nacktschild-projekt? Der wollte doch wohl nicht wirklich unsere Bilder ausstellen.

Ich ließ mich mit erhobenen Händen in meinem Stuhl zurückfallen, stöhnte auf, schnappte mir Ypsilons Leine und ranzte ihn an, weil er fürs Aufstehen, Gähnen und Strecken zu lange brauchte. Er sah mich verständnislos an. Dann begann sein Standardtänzeln. Mit schlechtem Gewissen tätschelte ich seinen Kopf und befummelte die weichen Ohren, die versuchten zu stehen, aber an den Spitzen abgeknickt waren, rechts stärker als links. Ich mochte die kleinen Fehler dieses Mischlings, der fast aussah wie ein weißer Schäferhund, aber eben nur fast, was ihn zum besten Hund der Welt machte. Im Aufzug überlegte ich, ob es auch einen besten Menschen gab. Wenn, dann Sasch. Beim Hund war ich mir aber sicherer. Egal. Im Moment beschäftigte mich das andere Ende des Spektrums: Leute, die sich um den Sonderpreis für die allerfürchterlichste Person bewarben.

Beim gestrigen Telefonat hatte ich vor lauter Schreck über die Idee, mich zu treffen, nicht umrissen, was es bedeutete, dass Giovanni auch vom Nacktschildprojekt gesprochen hatte. Nun war es mir grün auf bronze, mitgeteilt worden. Veit wollte unsere Fotos ausstellen. Ohne mich zu fragen. Ich gähnte und schnitt Grimassen, damit ich wieder deutlich hören konnte. Aber selbst vorsichtig gegen das Ohr zu klopfen, nutzte nichts. Der Straßenlärm blieb dumpf.

Arschloch Veit war tatsächlich der egozentrische Drecksack, für den ich ihn hielt. Natürlich konnte ich mich erinnern, dass ich ihm irgendwann eine Genehmigung unterschrieben hatte. Aber das zählte nicht. Damals war es schließlich nur darum gegangen, sich bei Kunsthochschulen zu bewerben. Nicht, um Feierlichkeiten zu seinem bronzenen Jubiläum. Ich sah ihn vor mir, wie er mit den Schultern zuckte. Das hatte er früher schon gemacht, wenn ihm irgendetwas egal war. Mit gleicher Attitüde missbrauchte er nun unser Teenagerprojekt. Weil es sich zu Geld machen ließ. Genau so konnte man es ausdrücken, Erlaubnis hin oder her. Anscheinend adelten seine jetzigen Werke die frühe Knipserei. Verrückte Fans bezahlten ja auch irre Summen für kaputtgeschlagene Gitarren drogengesteuerter Rocker.

Vor einer Bäckerei wies ich Ypsilon an zu warten. Er legte sich hin, guckte aber, als ob ich ihm eine Erklärung für die außergewöhnliche Unterbrechung schuldig sei. Überhaupt schien er wissen zu wollen, warum ich gereizt war.

„Übertreib es nicht", drohte ich ihm und ging in den Laden. Durchs Schaufenster war zu beobachten, wie er die Ohren hängen ließ und in Regungslosigkeit verfiel.

Als ich mit einem weiteren Kaffee durch die Tür kam, sprang er auf und stupste mich mit seiner Schnauze am Oberschenkel. Eindeutig ein Versuch, mich gnädig zu stimmen.

Ich lächelte ihn an, verzog aber direkt wieder das Gesicht und griff mit der freien Hand an meinen Bauch. Die Kaffeesäure stresste meinen Magen, aber zu trinken entploppte zumindest mein Ohr.

Auf einem künstlichen Tümpel ein paarhundert Meter weiter dösten zwei Schwäne mit verdrehten Hälsen. Beneidenswert. Ihre Ruhe bildete einen Kontrast zu den klappernden Metallseilen an den Fahnenmasten vor einem protzigen Bürobau. Die Schwäne hörten das anscheinend nicht, die konnten sich bei Bedarf in sich selbst verkriechen. Vom Wind bekamen sie auch nichts mit.

Ich warf den geleerten Becher in den Müll, suchte Schutz hinter einer Litfaßsäule und rief unseren Anwalt an. Dr. Brunst hatte uns bei den wenigen Unstimmigkeiten mit Bauherren oder Lieferanten gut vertreten. Trotzdem waren wir keine wichtigen Mandanten, ich hatte auch kein besonderes persönliches Verhältnis zu ihm. Er war Jurist, das Büro Kress & Wolf ein Auftraggeber, mehr nicht. Aber er war der einzige Anwalt, den ich kannte, und ich war froh, wenn auch erstaunt, dass er spontan Zeit hatte. Seine Kanzlei lag im neunten Stock des Protzbaus mit Kunstteich.

„Ist der süß, lassen sie ihn ruhig hier, ich passe auf ihn auf", schnurrte die Dame am Empfang, als Ypsilon sich zur Begrüßung auf die Hinterbeine stellte und seine Vorderpfoten auf der Theke abstützte. Einer der vielen Tricks, die ich ihm nicht ausredete. Mein Hund durfte gerne Zweibeiner spielen und der Star im Raum sein.

„Es geht um eine private Angelegenheit. Ich möchte nicht, dass meine Geschäftspartnerin oder jemand anders im Büro davon erfährt", erklärte ich Herrn Brunst und zeigte ihm die Einladungskarte. „Das Nacktschildprojekt war eine Aktion von meinem damaligen besten Kumpel Veit Beusenberg. Wir waren in der Oberstufe. Ich habe mitgemacht, weil er die Bilder für die Bewerbung an der Kunsthochschule brauchte."

„Und nun wollen sie nicht, dass er sie ausstellt", mutmaßte der Anwalt.

„Natürlich nicht."

„Darf ich fragen, warum. Es wird ja nichts Pornografisches sein."

Ich zuckte. „Nein, natürlich nicht. Aber ich will trotzdem nicht in der Öffentlichkeit mit Jugendsünden konfrontiert werden."

„Für die Einreichung bei einer Kunsthochschule musste Herr", er zog die Einladungskarte auf der glattpolierten Tischplatte noch einmal näher zu sich heran, „Beusenberg sicher ihre schriftliche Freigabe vorweisen."

Ich nickte.

„War die auf Hochschulbewerbungen beschränkt?"

„Nun ja, es ist lange her, wir hatten von nichts eine Ahnung. Ich glaube, Veit hat geschrieben, für Verwendung im Zusammenhang mit seiner künstlerischen Arbeit."

In Wahrheit glaubte ich das nicht nur, ich wusste es. Ich hatte neben Veit gestanden, als er den Wisch auf seinem Computer tippte, und mich über die hochtrabende Formulierung lustig gemacht. „Wenn aus dem kleinen Beusenberg so etwas wie der große Beuys wird." Das war mein Standardsatz, wann immer er den unerschütterlichen Glauben an seine Künstlerkarriere durchblicken ließ.

„Oder aus dem Laiendarsteller Wolf ein neuer Held des deutschen Kinos", hatte er ebenso routiniert gekontert.

„Waren sie damals schon volljährig?"

Ich nickte. „Wir haben extra ein paar Wochen bis zu meinem achtzehnten gewartet, damit ich selbst und nicht meine Mutter unterschreiben konnte. Die wusste nichts von den Fotos."

„Dann hatte ihr Freund vielleicht doch mehr Ahnung, als sie glauben. Oder einfach Glück." Ohne Scham blickte er in meine Augen, eine einstudierte

Gesprächstaktik, die für Kunstpausen sorgte und einen auf das Gewicht des Folgenden einstimmte. „Ganz ehrlich: ihre Chancen stehen schlecht. Natürlich kann man immer stören und ein bisschen Ärger machen. Aber das wird nichts bringen. Ich würde ihnen empfehlen, den Herrn anzurufen und die Sache direkt mit ihm zu klären. Offensichtlich ist er ihnen wohlgesonnen, sonst hätte er sie kaum informiert und eingeladen."

„Vielleicht ist er einfach nur opportunistisch und will möglichen Ärger vermeiden."

„Wenn sie damals geschäftsfähig waren und die Genehmigung nicht eingeschränkt haben, könnte er sich den nur einhandeln, wenn er das Schriftstück nicht mehr hätte. Sehen sie eine Möglichkeit, herauszufinden, ob er es verschludert hat?"

Giovanni würde mir das sicher nicht verraten. Ich schüttelte den Kopf.

„Also. Rufen sie den Mann einfach an." Der Anwalt erhob sich. Ich ebenfalls. Von hier oben sah der Tümpel aus wie eine Pfütze mit zwei weißen Punkten. Ich bedankte mich für die Information, auch wenn sie mir nicht passte, und ging. Wenn ich keinen Brandanschlag auf eine Kölner Galerie verüben wollte, würde ich demnächst von Veit vorgeführt. Wie hatte ich damals so doof sein können mitzumachen.

Ypsilon und seine Sitterin waren bester Stimmung. Er hatte ihr mittlerweile das Kostüm versaut – „ach, das bisschen Dreck" - und beigebracht, dass ihm die Leckerlis mit Pute, die neben drei anderen Sorten in ihrer Schreibtischschublade lagerten, am besten mundeten.

„Ein wirklich goldiger Kerl."

Ich stimmte ihr freundlich zu und ging.

Nie im Leben würde ich das Arschloch anrufen.

Ich zischte „Scheiße", ging zurück zum Büro und zwang mich zur Konzentration auf meinen Beruf, was nicht nur an einem Tag mit Schlaftablettenkater nützlich war. Routine half mir generell, nicht zu jammern. Ich war darin ziemlich gut. Mein geregelter Alltag schaffte Zufriedenheit: zehn, elf Stunden Arbeit, Ypsilon, gemütliche Abende mit Fernsehen, Buch und einem Glas Wein. Dann ungestörte Nächte mit Nichts-Hören-Nichts-Sehen, meinem obligatorischen Set aus Schlafbrille und Ohropax. Statt Schwanenhals.

***

Zwei, drei Wochen nach meinem erfolglosen Besuch bei Dr. Brunst störte ein Anruf meine abendliche Heimatidylle. Paula.

„Ich wollte wissen, ob wir zusammen was essen gehen wollen. Mein Kühlschrank ist leer."

„Och nee. Keine Lust. Ich liege schon aufm Sofa."

„Du stehst eh nochmal auf. Du hast einen Hund."

„Stimmt. Aber du hast auch immer einen leeren Kühlschrank."

„Gut gekontert, mein Lieber."

„Also, was willst du?"

„Ich will wissen, ob du was hast."

„Ich? Was soll ich denn haben?"

„Keine Ahnung. Ist nur so ein Gefühl. Ich habe den Eindruck, dass deine Betriebstemperatur um einen halben Grad gesunken ist."

„Da kennst du dich in meinem Maschinenraum besser aus als ich."

„That's what friends are for."

Ich ließ sie gerne in dem Glauben, sie wisse alles über mich. In Wahrheit war das natürlich nicht der Fall.

Irgendwann an der Uni hatte sie mich mal gefragt, warum ich so wenig unternahm, keine Freundin hatte – die ganze Litanei.

„Hat mit einer Krankheit in meiner Jugend zu tun", hatte ich ihr erklärt. Eine sinnlose Antwort, die ich mir irgendwann ausgedacht hatte. Sie bewährte sich bis heute. Die Leute fragten nicht weiter nach, weil sie die Unmöglichkeit, einen vernünftigen Zusammenhang zu entdecken zwischen früher krank und heute Einzelgänger, für ihr eigenes Unvermögen hielten.

In Wahrheit war die Krankheit, die offiziell keine war, nie weggegangen. Aber ich musste nicht jeden in Kenntnis davon setzen, dass ich eine innere Abneigung gegen alles Sexuelle pflegte und dass mein Leben entspannter war, seitdem ich Situationen, in denen es entstehen konnte, vermied. Ich war halt einfach kein richtiger Mann, obwohl ich so aussah, und es war mir sehr recht, wenn das nicht zum Thema wurde. Wer wollte schon erklären, dass er rein physisch konnte, früher auch hatte, und noch immer alle vier, sechs Wochen gelangweilt an sich rumfummelte, um zu gucken, ob es noch ging.

„Gehst du nun mit mir essen?", startete Paula den zweiten Versuch.

„Vielleicht bin ich in den letzten Wochen ein bisschen zurückhaltender gewesen, weil sich ein etwas komischer Bekannter aus Jugendtagen gemeldet hat und ich mich frage, was so was soll."

„Kolja und seine Menschenscheu." Meine Ablenkung funktionierte. Ich konnte hören, wie sie die Augen verdrehte. „Hast du dich denn gar nicht darüber gefreut?"

„Auf keinen Fall. Mein iPhone ist keine Zeitmaschine. Ich will nicht nach gestern und vorgestern reisen. Für Nostalgie bin ich zu jung."

„Ui. Das hattest du dir vorher überlegt."

„Was?"

„Na, was du gerade gesagt hast."

„Stimmt. Aber ich frage mich, was Leute erwarten, wenn sie anfangen, alte Drähte wieder zusammenzudrehen. Die Zeit läuft vorwärts. Und aus den Augen verliert man sich nicht, aus den Augen wird man geschubst."

„Noch so ein inszenierter Satz. Ich bin besorgt, mein Lieber."

„Kein Grund. Ich rufe den eh nicht zurück."

„Besser ist das. Der Mann scheint deinen Grübelapparat angeschmissen zu haben. Das nützt gar nichts. Ich brauche einen Kolja, der pragmatisch von A nach B denken kann, keinen Philosophen. Das passt nicht zu mir und erst recht nicht zu uns beiden Zuckerpüppchen."

„Ich lese jetzt noch ein bisschen Meyerhoff. Das erdet", verabschiedete ich mich.

„Wer ist Meyerhoff?" Sie legte auf.

Paula hatte im Gegensatz zu mir nie gern gelesen. Sie meinte, keine Zeit dafür zu haben. Ich hingegen vermutete, dass die kleinen Umwege, die Bücher manchmal nahmen, für sie nicht auszuhalten waren. Sie bevorzugte den direkten Weg, drückte sich vor nichts, redete nicht drumherum. Geradeaus war ihre Richtung.

***

Vor diesem Hintergrund war ich mir auch sicher gewesen, dass Paula ohne Umschweife fragen würde, wenn sie ein über unsere Co-Geschäftsführung hinausgehendes Verhältnis sehen würde. Ihre gelegentlichen Anspielungen hatte ich als Scherze wahrgenommen und überhört. Wer wollte die Dinge schon unnötig verkomplizieren.

Auch als die Geschichte von der Krankheit in meiner Jugend nicht mehr hielt, hatte ich zunächst versucht, ihren Vorschlag wegzulachen. Sie hatte mich bei einer spätabendlichen Tiefkühlpizza am Konferenztisch ohne Vorwarnung gefragt, warum wir unsere geschäftliche Partnerschaft nicht aufs Private ausdehnten. Ein, zwei Jahre nachdem sie meine Büropartnerin geworden war, musste das gewesen sein.

„Ich wäre bereit. Wir verbringen eh die meiste Zeit zusammen, ich finde, du bist ein guter Typ, wir sehen beide fantastisch aus. Was spricht dagegen?"

Als ich nur gluckste, fuhr sie fort: „Ich meine es ernst, Kolja. Du bist nicht der Candlelight-Typ für mich oder so was. Aber ich bin auch nicht gerade eine Romantik-Else. Und ich muss gestehen, dass ich mich über die Zeit ganz schön in dich verknallt habe. So, jetzt weißt du es."

Ich hatte mich in unseren geschäftlichen Stil geret-
tet. „Lass mal gut sein. Du bist die engste Beziehung, die ich habe. Aber das, was ist, reicht mir."

Sie war kurz zusammengezuckt und dann zur Anfrage unseres Steuerberaters zurückgekehrt.

Meine Erleichterung war so groß gewesen, dass ich
mir keine Gedanken über ihre Krankmeldung am
nächsten Morgen gemacht hatte. Erst drei Tage später war sie wieder im Büro aufgetaucht und hatte
erklärt, dass sie meine Abfuhr verarbeiten müsse.
Mehr nicht.

Ich war ebenfalls nicht auf eine Vertiefung aus gewesen.

Erst Jahre später war Paula noch einmal auf das
Thema zurückgekommen, um mir zu sagen, dass
sie sehr lange gebraucht habe, um mein wenig char-
mantes Nein zu akzeptieren. „Nur weil du mit keiner anderen aufgetaucht bist, komme ich gut damit
klar, dass das mit uns rein geschäftlich und plato-
nisch bleibt. Ansonsten müsste ich zum Angriff bla-
sen."

Ihr darauffolgendes Männerlachen hatte mir Angst
eingejagt.

Anscheinend zog ich fordernde Frauen besonders
an. Michelle war in dieser Hinsicht ja auch nicht
ohne gewesen. Es schüttelte mich, wenn ich daran
dachte.

3

Dass mein Bruder und ich an diesem Samstag gemeinsam Völkerball spielen konnten, glich einer Revolution. Es war der Samstag nach dem neunundzwanzigsten November und der war traditionell, unabsagbar und unwiderruflich für die Geburtstagsfeier meiner Mutter reserviert.

Die größte Turbulenz in dieser monotonen Tradition hatte es Mitte der Zweitausender gegeben, als das durch Rührei und mir ekelhaft in die Nase kriechenden Fisch aufgemotzte Frühstück von FrüMi in Brunch umgetauft worden war.

Ich hätte es angemessen gefunden, jetzt wieder den alten Begriff zu verwenden, ähnlich wie Reklame statt Werbung, aber meine Mutter war zu etepetete, um Trends zu verstehen.

Nicht einmal Elins Ankunft in unserer Familie hatte ihr Geburtstagsritual verändern können. Elin arbeitete in einem Klamottenladen und hatte samstags selten Zeit. Meiner Mutter war natürlich nicht eingefallen, uns sonntags einzuladen. So unhöflich ich das fand, so klar war mir, dass es eine Art Win-win-Situation war, denn soweit ich wusste, tunte E-lin ihre Dienstpläne so, dass sie am Samstag der Schwiegermutter-Geburtstagseinladung   arbeiten musste. Wer sollte etwas gegen ein Arrangement haben, mit dem beiden Seiten geholfen war.

Als ich davon in Kenntnis gesetzt wurde, dass Mutters Brunch in diesem Jahr eine Woche später statt-fand, hatte ich zwar gedacht, die Welt muss aus den Fugen geraten sein, aber darauf verzichtet, nach Gründen für die Verschiebung zu fragen. Ich hatte sie lediglich mit der angenommenen Einmaligkeit konfrontiert und mir eine umgehende Korrektur eingefangen. Das Ganze sei schon einmal passiert, nämlich im Jahr, als mein Vater gestorben war.

Zum Glück hatte sie durchs Telefon meine bis zum Haaransatz nach oben gezogenen Brauen nicht se-hen können. Sasch und ich waren damals drei Jahre alt gewesen.

Meiner Mutter fehlte jedoch die Großzügigkeit, ver-ständliche und im Grunde genommen unwichtige Fehler, wie Erinnerungslücken aus früher Kindheit, unkommentiert zu lassen.

Der Brunch stand also – warum auch immer - für den kommenden Samstag im Kalender und Sasch an diesem im sehr schicken Trainingsanzug bei mir im Flur. Im dunkelblauen Markenprodukt wirkte er wie eine lebendig gewordene Hochglanz-Anzeige.

„Bin gleich fertig", presste ich heraus, während ich nach unten gebeugt versuchte, einen gerissenen Schnürsenkel zusammenzuknoten.

Mein Bruder lehnte im Rahmen meiner Wohnungstür, klapperte mit dem Autoschlüssel, ließ mich aber wissen, dass wir nicht in Eile waren. Er spielte seit Jahren Völkerball, an jedem Samstag, witterungsunabhängig, wie der harte Kern der Truppe, drei Frauen, sieben Männer, gern betonte, obwohl es nicht stimmte. Dass sich als kälte- und regenempfindlich Geoutete wie ich Anfang Dezember noch zu ihnen gesellten, war selten, aber in diesem Jahr hatten die Temperaturen noch nicht gemerkt, dass die Weihnachtsmarkthändler Schaffelle verkaufen wollten. Es war sonnig, herrliches Wetter.

„Du könntest dir mal einen gescheiten Trainingsanzug oder so was kaufen, Brüderchen. Du siehst aus wie ein ausgebeulter Lumpensack."

Mit rotem Kopf sah ich missbilligend zu ihm hoch. „Meine Baumwolle ist gemütlich. Außerdem machen wir uns eh gleich dreckig."

„Sieht aber aus, als ob du zu unförmig bist, zehn Meter zu laufen."

Endlich hielt der Knoten. Ich richtete mich auf und holte wieder normal Luft. „Meine Leistung im Spiel wird diesen Eindruck widerlegen", erklärte ich mit tiefklingender Überzeugung und zog meine linke Augenbraue hoch. Im Gegensatz zu meinem

Bruder konnte ich sie einzeln ansteuern. Checker-Kol-Gesicht hatte er das früher genannt.

Sasch chargierte als Skeptiker, wiegte seinen Kopf viel zu auffällig hin und her, als dass man seine Zweifel hätte ernst nehmen können. Er war ein schlechter Schauspieler. Außerdem signalisierten mir die Captains seit Jahren, dass ich trotz alter Sachen ein passabler Spieler war. Ich wurde fast immer als zweites oder drittes Teammitglied gewählt. Ich konnte zielen, schnell ausweichen und hatte als Leistungssportler gelernt, mich nicht zu schonen. Manche hielten mich sogar für draufgängerisch, was ich übertrieben fand. Aber wahrscheinlich ging ich beim Sport Verletzungsrisiken ein, die ich im restlichen Leben vermied.

Gerade, als wir gehen wollten, rappelte mein Handy. Ich checkte das Display. Giovanni. Irritiert und möglichst schnell drückte ich den Anruf weg.

Schon ein paar Tage nach seiner Kontaktaufnahme hatte ich mich wieder im Griff gehabt und konnte Veits Versuch, in mein Leben einzudringen, als schlichtes Einladungskärtchen betrachten. Nichts weiter. Nur eine soziale Offerte in bronzefarbener Schrift.

Mein früherer Kumpel hatte mir zudem ausrichten lassen, dass er mich treffen wollte. So what? Ich ihn nicht.

Und er plante, uralte Polaroids ausstellen, die winzig und mit Sicherheit sehr verblasst waren. In einer

Galerie, nicht in einem Museum. Kein Mensch, den ich kannte, würde dort hingehen.

Ich hatte Giovanni mitgeteilt, dass ich beruflich in einem Großprojekt steckte, keine Zeit für Treffen und Vernissage hatte, aber hoffentlich dazu kommen würde, mir Veits Ausstellung irgendwann später anzugucken. Thank you but no.

Um die Absage freundlich zu gestalten, hatte ich sogar *Leider keine Zeit. Zu viel zu tun! Großprojekt mit Frist!!!* auf ein Stück Pappe geschmiert, und ein Selfie von Schild, Ypsilon und mir geschickt. Ganz ohne künstlerische Ader war ich ja nun auch nicht.

Giovanni hatte umgehend mit einem Bild von sich geantwortet, dem die Intention anzumerken war. *Wow! Du hast dich gut gehalten!* war darunter zu lesen gewesen, garniert mit einem Zwinker-Smiley. Ich hatte seine Nachricht leicht angewidert gelöscht.

Veit hatte mir kurz danach noch einmal geschrieben, die zusammengeknüllten Zeilen lagen noch immer im Altpapierkorb neben mir. Er bedaure, dass ich keine Zeit für ihn hätte, und hoffe, dass das nicht für alle Zeiten gelte, auch weil er erpicht sei zu erfahren, wie mir seine Aufbereitung unserer Fotos gefalle. Der herausgerissene Notizzettel war mir passender erschienen als Karton und Seidenpapier. Er hatte sich außerdem einfacher knüllen lassen.

Die Vernissage war mittlerweile längst gelaufen, er und seine Entourage wahrscheinlich wieder in

Berlin oder an irgendeinem anderen hippen Ort. Soweit ich das beurteilen konnte, bekam von der Ausstellung niemand etwas mit, der nicht aktiv danach suchte. Mich kraft meines Willens zu beruhigen war also genau die richtige Strategie gewesen.

Mein Bruder riss mich aus meinen Gedanken. „Du hättest ruhig noch rangehen können. Ich habe doch gesagt, dass wir zeitig dran sind. Wer war es denn?"

„Nicht so wichtig." Ich nahm meinen Wohnungsschlüssel vom Haken und drängte Sasch ins Treppenhaus.

„Das klingt aber spannend, Brüderchen. So was hast du noch nie gesagt. Ich hoffe, es handelt sich um eine heimliche Liebschaft."

Interessant, dachte ich, eine heimliche Liebschaft.

Selbst mein engster Vertrauter hegte tief im Inneren den Glauben, meine Veranlagung sei ein Irrtum, der sich aufklären ließ. So dachten die Leute halt. Vielleicht ein vorübergehender Spleen, am besten begründet in einer schlechten Erfahrung, so etwas gestanden sie einem zu, mehr aber nicht. Diese Haltung hätte mich entsetzen können, verletzen vielleicht. Sie bestätigte aber nur, was mir ohnehin klar war, und tat keines von beiden.

Vielmehr hatte ich das Gefühl, dass Sasch mich ertappt hatte und das nur, weil ich zu dusselig gewesen war. Normalerweise schwindelte ich geschickter.

„Das war Giovanni Gelli", gab ich deswegen zu.

„Ein italienischer Stararchitekt?" Sasch grinste.

Ich musste ebenfalls lachen. Da inflationär viele Baumeister in den Medien die Vorsilbe Star verpasst bekamen, hatten wir uns das, besonders bei ausländischen Kollegen, ebenfalls angewöhnt. Manchmal verwendeten wir es auch für andere Berufe. Sasch hatte vor kurzem einen Star-Installateur in seinem Bad werkeln lassen, ich ging mit Ypsilon natürlich zu einem Star-Veterinär. Unter dem hätte es mein Hund auch nicht gemacht.

„Nein, kein Star", erklärte ich. „Nur der frühere Freund von Veit Beusenberg."

„Das ist ja spannend. Warum bist du nicht rangegangen?"

Ich zuckte die Schultern.

„Wäre doch nett zu hören, was dein alter Kumpel so treibt."

„Du konntest ihn doch gar nicht leiden."

„Er war ein Schwätzer und hat einen auf intellektuell gemacht. Außerdem hat er dich blockiert und ich musste sehen, wo ich bleibe."

Ich nickte schuldbewusst.

„Trotzdem kannst du gleich im Auto zurückrufen. Schon aus Neugier. Willst du nicht wissen, wie die beiden heute drauf sind? Der Veit macht doch irgendwas mit Kunst."

Ich war gerade dabei, den Sicherheitsgurt einzurasten, als mein Handy piepte. Eine SMS. Giovanni hatte mir mitteilen wollen, dass die Ausstellung ein voller Erfolg sei. Die Presse habe auch das Nacktschildprojekt hervorgehoben.

Ich schaffte es nicht, den auffordernden Blick meines Bruders zu ignorieren und erklärte ihm, als er losgerast war, was ich über die Ausstellung und Veits künstlerischen Werdegang wusste.

„Da musst du hin!", befahl er. „Weshalb auch immer ihr euch damals gezofft habt, du wolltest es ja nie sagen. Aber es ist erstens ewig her und zweitens ist Veit ja nicht in der Ausstellung. Guck dir das an, Mann, vor allem, wenn Fotos von dir dabei sind. Das ist doch super."

Wie immer, wenn ich mit Sasch im Auto saß, fühlte ich mich unwohl und behielt den Verkehr im Blick, um notfalls das Schlimmste verhindern zu können. „Erstens hat mich niemand gefragt, ob ich ausgestellt werden möchte, und zweitens ist das ein Teil meines Lebens, mit dem ich nichts mehr zu tun haben will. Abgehakt, weg, vorbei. Mich reizt das überhaupt nicht."

Ich hatte den Satz kaum ausgesprochen, da begann ich zu ahnen, dass er gelogen war. Vielleicht will ich auch einfach nicht, dass es mich reizt, dachte ich, versuchte aber umgehend, diese Überlegung aus meinem Hirn zu löschen. Warum sollte, was man wollte, etwas anderes sein als das, was man aus freien Stücken tat? Ich war sehr lange ohne Veit Beusenberg ausgekommen. Aber sein sentimentaler Schub – anders ließ sich sein Wunsch, mich zu treffen, kaum erklären – stellte anscheinend etwas mit mir an. Widerwillig gestattete ich mir den Gedanken, dass er wohl eine Eitelkeit streichelte, die ich für überwunden gehalten hatte.

Um es mir auf dem Beifahrersitz etwas bequemer zu machen, ruckelte ich unauffällig vor und zurück, schob den Hintern letztendlich nach hinten und drückte den Rücken durch. Ich schielte zu meinem Bruder. Er machte einen entspannten Eindruck, sagte nichts.

Dass Veit sich Mühe gab, hinter mir herrannte, schmeichelte mir. Es fühlte sich nach einem späten Sieg an, das musste ich zugeben. Ich gestattete mir einen kurzen Moment des Genießens. Solche Instinkte würden mich allerdings nicht dazu verleiten können, mich zu ändern. Ich war ja nicht blöd.

„Du musst nicht die Arme wie ein Bollwerk vor der Brust verschränken. Dir passiert nichts." Sasch hatte mich wohl doch aus den Augenwinkeln beobachtet.

„Pass lieber auf, wo du hinfährst."

„Ich kann gerne kurz anhalten." Er hatte es noch nie leiden können, wenn man irgendetwas zu seinem Fahrstil sagte, weder auf dem Rennrad noch hinter dem Steuer, aber es war eine Tatsache, dass aus dem empathischen Kerl ein testosterongesteuerter

Rechthaber wurde, sobald es um die Fortbewegung auf Rädern ging.

„Warum parkst du? Spinnst du?" Die Autos hinter uns quetschten sich an uns vorbei, weil wir halb auf dem Bürgersteig, halb auf der Fahrbahn ausrollten.

„Mensch, Kol, du musst langsam aufpassen, dass du nicht merkwürdig wirst. Elin war angepisst, dass du von ihrer Party mehr oder weniger geflohen bist. Und wenn ich ehrlich bin, finde ich, sie war es mit Recht. Und jetzt tust du so, als ob es verwerflich ist, dass ein alter Kumpel sich meldet. Das ist absurd. Du verrennst dich."

„Du blockierst den ganzen Verkehr!"

„Mach dir nichts vor mit deinem Einsamer-Wolf-Gedöns. So bist du eigentlich gar nicht."

„Eine Predigt am Straßenrand? Ist das dein Ernst? Fahr weiter!" Ich hatte die rechte Hand am Türgriff. Ein Mann in einem dunklen BMW zeigte uns einen Vogel und hupte, als er vorbeifuhr.

Mein Bruder ignorierte sämtliche Klagen. „Ich frage mich, ob das alles mit deinem No-Sex-Kram zu tun hat. Weißt du, wenn du damals festgestellt hast, dass du tatsächlich nicht vögeln willst, dann werde ich das auch heute noch akzeptieren. Auch wenn ich es nicht nachvollziehen kann. Halte es damit, wie du willst. Das ist deine Sache, das geht niemanden etwas an. Aber ich kann nicht zugucken, wie du versuchst, jeden Kontakt zu kappen. Manchmal glaube ich, du hast Angst, Leute mit dir selbst zu belästigen. Das ist Quatsch. Man braucht Freunde, Spaß, Feiern, eine gute Zeit und so etwas. Um diese Dinge geht es."

Er machte eine Pause.

Die Fahrer der vorbeizuckelnden Autos starrten nach wie vor zu uns rüber und ich überlegte, ob ich Sasch ein zweites Mal bitten sollte, uns wieder einzuordnen.

„Vielleicht reicht das fürs Erste. Du musst nichts sagen." So dass der sich hinter uns nähernde SUV hupte, fuhr mein Bruder los.

Ich war wütend. In seiner Standpauke hatte nur noch so etwas wie „Sei ein Mann und nicht immer so feige!" gefehlt. Darum ging es doch. Vielleicht müsste ich ihm einfach mal in die Fresse hauen, dachte ich. Einfach so. Direkt nach dem Aussteigen. Ihm sagen, dass er sich seine scheiß Männlichkeits- und Spaßvorstellungen sonst wohin stecken konnte und zuschlagen. Das hätte die Angelegenheit geklärt.

Eine leise innere Stimme hielt dagegen, dass ich so etwas nicht tat, niemals, und dass er außerdem nicht ganz unrecht hatte. Freunde und Feiern kamen etwas kurz. Aber ich nahm das gerne in Kauf, denn seitdem ich erkannt hatte, wie ich tickte, musste mich niemand mehr privat kennenlernen.

***

Es war kurz vor meinem neunzehnten Geburtstag passiert, als ich mich gerade für abends umzog. Es ist mal wieder an der Zeit, eine Frau aufzureißen, hatte ich überlegt, denn das gehörte in diesen Jahren dazu. Regelmäßig ficken. Ich sah an mir herunter. Die Unterhose war okay. Wie, um mich anzutreiben, griff ich mir vor dem Spiegel an meiner Zimmertür selbst zwischen die Beine und grinste mich fies an. Eine Pose aus schlechten Jugendfilmen. Das machte ich in der Öffentlichkeit natürlich nicht, aber bislang hatte ich trotzdem fast immer eine gefunden.

In diesem Moment erkannte ich, dass es mir noch nie Spaß gemacht hatte. Plötzlich etwas zu kapieren, was vorher im Dunkeln gelegen hatte, so etwas hatte ich bislang nur in Mathe erlebt. Heureka! Die Einsicht fühlte sich gut an und machte gleichzeitig Angst. Ich überlegte, dass es bei den ersten Malen zumindest höllisch aufregend gewesen war. Das war schön am nächsten gekommen. Danach hatte ich nur noch gehofft, dass es für das Mädchen okay lief und trotzdem schnell vorbeiging. Zwischendurch hatte es auch mal die Angst gegeben, keinen hochzukriegen. Aber mein Körper hatte verlässlich funktioniert. Nur der Rest nicht. Ich wollte niemanden erobern, rumkriegen, flachlegen und auch nicht knutschen, fummeln und lecken. All das war mir zuwider und warum es toll sein sollte zu kommen, wusste der liebe Himmel. Allein das Gestöhne war Grund genug, gar nicht erst anzufangen. Ich holte mir nicht mal gerne einen runter.

Erschrocken zeigte ich dem jungen Mann im Spiegel den Mittelfinger. Gleichzeitig fühlte ich mich unglaublich erleichtert. Es ist vielleicht eine schlechte Entscheidung, sagte ich mir, aber sie gefällt mir. Ich streifte meine Unterhose bis zu den Knöcheln runter, ließ meinem Schwanz wie einen Propeller kreisen und zog eine alberne Grimasse. Als ich mich nach einem weiteren Tänzchen wieder beruhigt hatte und ein T-Shirt suchte, hatte ich mich bereits damit abgefunden, dass mein nicht Wollen mein eigenes Pflichtgefühl und auch den Druck der anderen ausknockte. Mein Lieblings-Schlabber-T-Shirt von früher war zum Outfit für den Abend geworden.

"Du siehst aus wie ein Kind mit Bartwuchs", hatte Veit gelästert.

„Und du wie ein Möchtegern ohne."

Damals war ich davon ausgegangen, dass, solange ich keine Beziehung hatte, kein Mensch merken würde, wenn ich abstinent lebte. Es führte niemand Buch.

Das war ein Trugschluss gewesen. Auch wenn niemand etwas sagte, hatte ich sehr bald das Gefühl, dass ich für die anderen zum Freak mutierte, dass die Jungs sich über den Schlappschwanz lustig machten und die Mädchen ihn unbedingt rumkriegen wollten. Wer nicht zu erobern war, wurde begehrenswert. Diese Tatsache hatte ich übersehen.

Um wieder normal zu werden und dazuzugehören, war ich irgendwann sogar zum Arzt gegangen. Der hatte mich weggeschickt. Nur eine Phase, die vorbeigehe. Ich sei doch noch so jung.

Es ging aber nicht vorbei.

Trotzdem hatte ich seit dem Tag der Erkenntnis nicht einen einzigen Moment daran gezweifelt, dass ich keinen Sex mehr wollte. Es gab daran nichts zu rütteln. Eine unabänderliche Tatsache. Und so hatte ich immer häufiger dafür gesorgt, dass es keine Situationen zum Auslachen oder Anmachen mehr gab.

***

„Weißt du eigentlich, warum ich nicht so erpicht darauf bin, Leute kennenzulernen?", fragte ich meinen Bruder, als ich mit dem Gefühl, dass es an mir war, die Stille zu durchbrechen, wieder im Jetzt angekommen war.

„Nun bin ich gespannt."

„Ich habe irgendwann mal einer Frau eine gescheuert, weil sie mich begrapscht hat."

„Oha. Wann war das?"

„Vor fünfzehn Jahren oder so."

„Kol, das ist ewig her. Es ist schlimm, ja. Aber sie wird drüber hinweg sein."

„Ich fand es damals schrecklich. Ich habe mich dafür gehasst. Abgrundtief. Es ist mir nach wie vor peinlich."

„Das ist ja alles nachvollziehbar. Aber du willst mir doch wohl nicht sagen, dass du dich für einen Schläger hältst."

„Natürlich nicht. Aber es gibt halt Situationen und Leute, auf die ich keine Lust mehr habe. Und führe mich nicht in Versuchung. Nichts muss werden wie früher. Kein Handlungsbedarf. Vielleicht kannst du mal über diese Möglichkeit nachdenken. Im Gegenzug lass ich mir deine Worte durch den Kopf gehen."

Sasch streckte den kleinen Finger nach oben. Unser Zeichen für Frieden, wann immer wir uns mal in die Haare gekriegt hatten. Schlussstrich, neues Thema. Patrick, einer der Männer vom Völkerball, sei vor zwei Wochen Vater geworden.

Auch wieder Sex, dachte ich.

Völkerball war schon in der Schule eine meiner liebsten Sportarten gewesen und hatte die Mauer zwischen jugendlichem und erwachsenem Kolja überraschenderweise überwunden. Ich mochte den ständigen Wechsel zwischen Angriff und Deckung, die Geschwindigkeit und dass ich meine

Beweglichkeit, die vom Voltigieren übriggeblieben war, nutzen konnte.

Mein Bruder wirkte auf dem Spielfeld wie ein Sechzehnjähriger mit zu breitem Kreuz. Er hatte die Faxen von damals noch heute im Repertoire, nannte seine Bewegungen McTwists, Ollies oder One-Foots, auch wenn er keine Ahnung vom Snowboarden hatte. Wann immer ihm ein spektakuläres Catch gelang, freute er sich wie ein kleines Kind, während er in Bruchteilen von Sekunden auf Angriff umschaltete. An diesem Tag zerrte er sich bei einer Fangaktion ohne Namen allerdings einen Muskel in der Seite.

Frank, ein mir unsympathischer Kumpel von Sasch, mit dem er schon in der Realschule zusammengesessen hatte, und der heute nicht nur blöde Sprüche, sondern auch zu harte Würfe platzierte, hatte auf seine rechte Schulter gezielt. Statt sich wegzuducken war Sasch hochgeschnellt und hatte den Ball abgefangen. Allerdings dank einer artistischen Drehung in der Luft, die man mit Mitte dreißig nicht mehr unbeschadet überstand.

„Jammer nicht wie ein Mädchen", machte Frank sich lustig, was Sasch überhörte. Er ging aus dem Feld, wechselte sein nasses T-Shirt und zog die Trainingsjacke wieder über. Ich nutzte die Gelegenheit und warf eine Frau ab, deren Konzentration auf das Spiel unter meinem halbnackten Bruder gelitten hatte. Ich wusste, warum ich mein verschwitztes Zeug immer anließ.

Nach einem weiteren Durchgang, den wir trotz Sachs Ausfall gewannen, packten wir zusammen.

„Ich habe eben mal ein bisschen recherchiert", sagte er, als wir wieder im Auto waren, diesmal ich am Steuer, damit er nicht lenken musste und seine gezerrte Rippenmuskulatur schonen konnte. Er wischte auf seinem Handy rum. „Hier, hör dir das mal an: Dass dem Künstler daran gelegen ist, Menschen sichtbar zu machen, zeigen auch Nachbildungen seiner ersten Fotoaktion. Sie kombiniert Nacktheit mit den Gedanken und Wünschen Heranwachsender. Beusenberg hat damals das jugendliche Pathos parodiert, obwohl er wahrscheinlich nicht einmal wusste, dass es existiert. Eine Arbeit, die dem erwachsenen nicht möglich gewesen wäre." Mein Bruder sah von seinem Handy auf. „Ein bisschen gelabert, aber ganz spannend, oder?" Er suchte weiter. „Hier, etwas weniger Feuilleton: Was müssen diese beiden Jungen in ihrer Jugend für einen Spaß gehabt haben, als sie nackig mit ihren Schildern durch ihre Zimmer gehüpft sind. Und das hier fand ich auch noch ziemlich cool: Einen Menschen von außen zu betrachten, wird nicht reichen. Das haben Veit Beusenberg und sein bester Kumpel anscheinend schon mit sechzehn gespürt."

„Was ist das?", fragte ich, obwohl mir natürlich klar war, dass es sich um Besprechungen von Veits Ausstellung handelte.

„Ich würde an deiner Stelle hingehen. Das scheint gut zu sein. Ich komme gerne mit."

„Ich glaube nicht."

„Warum nicht?"

„Ich kenne die Bilder. Das ist weniger hochtrabend, als es sich anhört. Du kannst gerne allein hingehen. Aber du kannst dich ja sicher noch daran erinnern, wie ich damals ausgesehen habe."

„Wie ich."

Es war erstaunlich, dass eine so kleine Bemerkung so viel Verbindung zwischen uns herstellen konnte.

„Du kannst dich übrigens lockermachen. Du selbst bist nämlich gar nicht zu sehen."

Ich schielte fragend zum Beifahrersitz.

„Da stand irgendwo was von Nachbildungen. Der hat das neu machen lassen." Er scrollte noch einmal durch die Texte. „Hier: Nachbildungen! Also du bist es nicht. Gehst du jetzt hin?"

„Ich glaube nicht." Ich schnaufte.

„Sorry. Ich lass dich in Ruhe. Aber denk drüber nach. Und übrigens, was ich noch sagen wollte: Ich würde mir die Ausstellung an deiner Stelle ansehen. Eine Zeitreise kann ganz geil sein." Er ließ seine Hand auf meinen Oberschenkel fallen und lachte.

„So wie deine eben? Man hüpft rum wie ein siebzehnjähriges Testosteronbündel und kann sich hinterher kaum noch bewegen. Meinst du das?"

„Vielleicht meine ich genau das, richtig."

„Ich muss sehr überlegen, ob ich daran einen vergnüglichen Aspekt finde." Ich boxte ihn vorsichtig in die Seite. Er zuckte zusammen. Offensichtlich tat seine Zerrung wirklich weh.

„In Wahrheit finde ich es übrigens ganz nett, dass du hin und wieder nachhakst, ob es mir gutgeht. Das wollte ich dir immer schon mal sagen. Es nervt mich kolossal. Aber es ist auch gut zu wissen, dass Sasch und Kol noch funktionieren."

Sasch lachte. „Ich bin dein großer Bruder."

„Zwei Stunden älter."

„Einen Tag!"

Wie überlegten kurz, wie oft wir diesen Dialog schon vor Zuhörern aufgeführt hatten. Zwillinge, die gleich aussahen, aber nicht am selben Tag Geburtstag hatten, lebten mit potenzierter Kuriosität. Wir hatten es geliebt, uns wie Tiere im Zoo aufzuführen, so dass die Leute uns begafften und bestaunten. Der ältere Zwilling nutzte bis heute jede Bühne, die er finden konnte. Dem jüngeren war die Lust auf Scheinwerferlicht ausgetrieben worden.

4

Wie fast jedes Kind mit Geschwistern zweifelte ich daran, dass die Tipps meines Bruders mir etwas brachten. Er war mir nicht voraus, sondern sah die Welt bestenfalls mit anderen Augen. Kein Mensch wusste, ob das mehr Durchblick bedeutete. Deswegen waren seine Vor- und Ratschläge für mich so nachhaltig wie ein One-Hit-Wonder.

Allerdings besaßen sie Ohrwurmqualitäten und poppten hin und wieder anlasslos auf, ohne dass das Auswirkungen auf mein Verhalten gehabt hätte. Fies waren jedoch die Hirnwürmer. Das waren die Anregungen, die sich irgendwo in meinem Kopf versteckten und dort ihr Werk heimlich verrichteten. Sie konnte ich nicht steuern. Im Gegenteil, sie kaperten meine Synapsen.

Vor einem halben Jahr hatte ich deswegen bei einem Pausenpavillon, den wir für ein Chemiewerk planten, auf rote Türen und Fensterrahmen bestanden, obwohl die dunkelgrünen, die Kollegin Saskia vorgeschlagen hatte, günstiger waren. Signalfarben werteten die Ruhezeiten auf, hatte ich argumentiert. Erst als Paula mir die Leviten gelesen und gefragt hatte, wie ich zu dieser abenteuerlichen Erkenntnis gekommen sei, war mir eingefallen, dass Sasch mir mal von einem Pausenraum mit viel rot vorgeschwärmt hatte. Seine Worte hatten sich dann als ungeladene Gäste unter meine Gedanken gemischt und waren einfach geblieben. Kein Einzelfall. Mit zwölf hatte ich mir in fester Überzeugung, den Style zu mögen, einen viel zu großen Hoodie gekauft, obwohl mein Bruder das Kind im NBA-Look war. Als er zuhause in seinen Schlabbersachen vor mir stand, hatte ich ihm das Ding direkt geschenkt.

Ich hätte also gewarnt sein können, doch nach einem zwar angesagten, in seiner Radikalität aber dennoch überraschenden Wetterumschwung schnappte ich mir Ypsilon für einen ausgiebigen Spaziergang. Dicke Wolken, Wind und vom morgendlichen Regen noch nasse Straßen weckten in mir die Lust, mal einen anderen Weg zu nehmen, nicht eine unserer Routine-Routen. Mein Hund war kurz verwirrt, fügte sich dann aber der Marotte seines Besitzers. Vielleicht gefiel es ihm sogar, an neuen Bäumen zu schnüffeln. Nach einer guten Stunde, wir standen an einer Ampel, guckte er dann aber doch etwas genervt zu mir hoch. „Zu viele Nebenstraßen, zu wenig Park. Was tun wir hier eigentlich?", schien er zu fragen.

„Da vorne rechts und dann machen wir uns auf den Heimweg", antwortete ich. Es war immer wieder verblüffend, dass man mich nicht für verrückt erklärte, wenn ich in aller Öffentlichkeit mit meinem Hund sprach, aber auch an diesem Tag ging alles gut. Die drei mit uns wartenden Damen guckten lediglich lächelnd zu dem hellen Vierbeiner auf langsam trocknendem Asphalt.

„Der ist aber auch süß", sagte die eine.

„Wie der Herr, so's Gescherr", ergänzte ihre Freundin, ganz in Violett, deren Blick mittlerweile auf mir gelandet war.

Das war der Teil des Herrchen-Daseins, an den ich mich nie gewöhnen würde: Kontaktaufnahme über den Hund. Wenn er über ein Tier sprechen konnte, verlor der Mensch seine Hemmungen. Vermutlich, weil die Gefahr einer Abfuhr gering war. Welcher Besitzer eines Vierbeiners dachte schon, ist mir doch egal, wie du meinen Scheißköter findest, lass mich einfach in Ruhe. Ich war mit Sicherheit einer von wenigen. Um deutlich zu machen, dass ich zu fokussiert war, um Bemerkungen von Passanten zu hören, starrte ich geradeaus.

Auf der anderen Straßenseite stand ein Paar in meinem Alter. Ich überlegte, weshalb ich so sicher war, dass sie zusammengehörten. Es gab keine äußerlichen Indizien. Sie hielten Abstand, unterhielten sich, kein Partnerlook. Doch man sah die seelische Nähe der beiden. Wie sie mit Mimik, Gestik und Worten interagierten, war auf eine Art intim, die nichts Körperliches brauchte. Mein Starren entwickelte sich zu wohlwollender Beobachtung, aus der mich allerdings eine der Frauen neben mir riss, weil sie ihre Freundin schimpfte, dass ich ungefähr fünfzig Jahre zu jung sei. Christel solle sich benehmen und außerdem würden sie nun ins Brunneneck auf einen letzten Glühwein oder ein Kölsch gehen.

Ich wünschte ihnen einen schönen Sonntagnachmittag.

„Wenn er so bleibt, wie er angefangen hat, wird es super!", sagte der lila Daunenmantel.

Ich stimmte zu und marschierte vor den dreien über die Straße. Auf der Mitte nickten mir die zwei Männer von der anderen Seite kurz zu und widmeten sich wieder ihrem gemeinsamen Thema. Als ich, wie meinem Hund angekündigt, rechts einbog, waren sie, wie auch die Frauen, schon außer Hörweite. Noch einmal rechts, dann eine ganze Weile geradeaus.

Ypsilon lief so exakt bei Fuß, als wäre er ein Blindenhund. Ich wusste, dass er ein bisschen Schiss hatte, weil es mittlerweile dämmrig wurde. Eine fremde Umgebung im Dunkeln, das war ihm nicht geheuer.

Als wir uns einem beleuchteten Schaufenster auf der gegenüberliegenden Straßenseite näherten, wurde ich langsamer. Ypsilon sah zu mir hoch. Ich schluckte. Mein Ohr fiel trotzdem zu. Auf der Scheibe klebte in großen Buchstaben der Name Veit

Beusenberg. Ich verwünschte meinen Bruder, dem ich unterstellte, mich ferngesteuert zu haben. Natürlich wusste ich, dass ich selbst gegangen war. Die Verantwortung, die es bedeutet hätte, das zuzugeben, war mir aber zu groß.

Durch das Schaufenster sah ich große Fotos auf weißen Wänden. Ich blieb auf meiner Seite stehen. Mein Hund setzte sich. „Oh", sagte er, „was für ein Zufall."

Natürlich nicht. Ypsilon konnte nicht sprechen. Vor allem aber war er nicht dumm. Ich teilte ihm mit, dass Hunde nicht in Galerien durften, und blieb, wo ich war.

Eine eingemummelte Frau mit einem hüpfenden Wollknäuel, irgendetwas Pudelartigem, verließ den Laden und kam mir entgegen. Sie fummelte mit einer Hand ihre Kapuze hoch, ihr Hund zerrte in Ypsilons Richtung.

„Entschuldigen sie, Jojo ist neu und hört einfach noch nicht", sagte sie, weil ihr brauner Flummi um mich und meinen Hund herumsprang. Bis zum dringend anstehenden Besuch in der Hundeschule wäre es damit getan, die Leine kürzer zu nehmen, dachte ich, sagte aber so etwas wie „Wenn sie jung sind, sind sie noch sehr ungestüm".

„Kolja?", fragte die Stimme des Flummi-Frauchens auf einmal.

Ich sah in das kapuzenverdeckte Gesicht. „Frau Hageböck? Was für ein Zufall!"

„Zufall? Wohl kaum!" Sie zeigte auf die Galerie.

„Uh. Wie früher bei der Textanalyse." Ich grinste und realisierte, dass mein Ohr wieder aufgegangen war. Die Frau vor mir war mal meine liebste Lehrerin gewesen. Deutsch. Irgendwann war es dann zu peinlich geworden, Lieblingslehrer zu haben. Ich fragte sie, ob sie in der Ausstellung gewesen sei.

„Na, was glauben sie, warum ich dreißig Kilometer bis in die Stadt gefahren bin. Aber wegen Jojo konnte ich nur schnell durchhuschen. Man will ja keinen Ärger kriegen. Es sind tolle Bilder. Gehen Sie rein. Leider ist der Künstler heute nicht anwesend. Sehr schade." Sie zog eine Schnute.

Ihr Hund beruhigte sich allmählich.

Ich blieb stehen.

„Sie sind doch wohl nicht hierhergekommen, um durchs Fenster zu gucken." Sie stupste mich am Arm, bemerkte aber zum Glück nicht, wie ich zusammenzuckte. „Ich wollte jetzt eh eine Runde mit Jojo drehen, da nehme ich ihren einfach mit, dann haben sie Ruhe. Wie heißt er denn?" Sie griff nach meiner Leine.

„Nein, nicht nötig", wehrte ich ab.

„Kommen sie, das macht mir nichts aus. Vielleicht guckt sich meiner ein paar gute Manieren ab." Wieder streckte sie ihre Hand aus.

Ich schüttelte den Kopf.

Sie lachte. „Die Bilder lohnen einen kurzen Blick. Sind sie denn noch mit Veit befreundet?"

Jetzt hielt ich ihr die Leine hin. „Na gut, aber nur ein paar Minuten." Als ich auf der Straße war, drehte ich mich noch einmal um: „Nein, ich habe ihn seit Jahren nicht gesehen."

„Lassen sie sich Zeit", rief sie mir hinterher. „Ich muss sowieso noch auf jemanden warten."

Ich guckte noch einmal zu Ypsilon, der die neuerlichen Kennenlernattacken des gelockten Artgenossen ruhig über sich ergehen ließ und mit Frau Hageböck loszog, als ob er nie etwas anderes getan hätte. Opportunistischer Drecks-Köter, dachte ich und zog, ohne über meinen eigenen Scherz zu schmunzeln, vorsichtig an der Glastür, auf der ebenfalls Veits Name prangte.

Das Nacktschildprojekt hing direkt neben dem Eingang. Aus unseren Polaroids waren Quadrate von etwa einem Meter Seitenlänge geworden, dem Look der Sofortbilder von damals nachempfunden. Veit hatte sie detailgetreu nachgestellt. Der Hintergrund sah aus wie sein Jugendzimmer von damals, inklusive Eminem-Poster, Beanbag und CD-Regal mit angeklemmtem Spotlight.

Es begann mit einem Motiv von Veit, dass ich schon damals zu gewagt gefunden hatte. *PENISLUST!!!* stand in Großbuchstaben auf alter Pappe. Der Darsteller war exakt der gleiche Typ wie Veit – lange Haare, kindlich, ohne Anflug männlicher Äußerlichkeiten. Er hielt sein Schild mit einem tollen Lachen vor seine Körpermitte. Es war Veits Motiv gewesen, nachdem er mir erzählt hatte, er sei wahrscheinlich schwul.

„Vielleicht ist das für die Leute an der Kunsthochschule ein bisschen zu radikal", hatte ich ihn gewarnt.

„Mir doch egal. Hauptsache echt. Und ich denke zurzeit ziemlich viel an Sex mit Jungs." Damals hatte mich das geschockt. Wenn ich das Babyface heute sah, erschien es mir ein Wunder, dass ich ihm überhaupt geglaubt hatte.

Mein Darsteller war das krasse Gegenteil. Halblanges Haar, ein einnehmendes Gesicht. Sein Dreitagebart wirkte, als wäre er auf die kindliche Haut geklebt worden. Der junge Mann war ein bisschen muskulöser als ich damals. Er hielt das Wort *Champion* in der Hand, vor sich den Pokal zur Landesmeisterschaft im Voltigieren, über der nackten Schulter eine Scherpe. Den Zeigefinger der Hand, die nicht das Schild hielt, streckte ich zum Himmel. Selbstbewusst, aber nicht überheblich, fand ich und spürte den Stolz von damals. Ich hatte die emotionalen Highlights, die meine sportlichen Erfolge auch gewesen waren, nicht vergessen. Manchmal träumte ich sogar noch davon, hörte aufpeitschenden Applaus nach meinem Kür-Abgang oder sah, wie ich mich artig beim Spender bedankte, der mir seine Trophäe überreichte. In der Nacht genoss ich diese Erinnerungen. Morgens waren sie mir peinlich.

Von Veit gab es noch das Foto *Sechs Punkte! Ich bin ein Mathe-Ass!,* auf dem er beide Arme nach oben gereckt und getanzt hatte.

Daneben hing ich mit *I love Kuscheln.* Das hatte ich komplett vergessen. Ich strengte mich an, aber auch durch gezieltes Anstarren stellte sich kein Aha-Erlebnis ein. Vielleicht hatte ich damals sagen wollen, dass ich den Rest nicht mochte, überlegte ich.

„Da um die Ecke geht es weiter", riss mich ein junger Mann aus meinen Gedanken, „aber vorher möchte ich ihnen noch das hier geben: ein paar Erläuterungen zu den Bildern, die sie gerade so interessiert studiert haben." Wahrscheinlich starrte ich etwas zu lange auf die zweireihige Perlenkette um seinen Hals, denn als er fortfuhr, wirkte er irritiert: „Keine Angst, sie können sich alles in Ruhe ansehen. Rufen sie mich einfach, falls sie Hilfe brauchen."

Ich nickte und bedankte mich für das Blatt, das ich auf dreihundert Gramm pro Quadratmeter schätzte. Ich war Architekt, da kannte man sich mit so etwas aus. Natürlich bronzefarben, die grüne Schrift der Einladung.

Das Nacktschildprojekt, las ich, sei von Beuys' sie-
bentausend Eichen inspiriert und das erste kon-
zeptkünstlerische Werk Veit Beusenbergs gewesen,
auch wenn der damals kaum gewusst habe, was das
überhaupt sei, Konzeptkunst. Ironische Tiefstape-
lei. Ich rollte die Augen, ohne dass es jemand sehen
konnte. Es folgten ein paar Erläuterungen zur Ent-
stehung der Polaroid-Knipserei im elften und
zwölften Schuljahr. Leicht übertrieben, aber im
Großen und Ganzen korrekt, fand ich. Hauptsächlich war ich jedoch erleichtert, meinen Namen nicht
zu lesen. Dann der Hinweis, dass diese Arbeiten
nicht verkäuflich seien. Etwas beleidigt drehte ich
das Blatt um. Auf der Rückseite folgten einige Zeilen, die mit *Persönliche Anmerkungen des Künstlers*
überschrieben waren:

So unbedeutend das Nacktschildprojekt künstlerisch ist, so wichtig ist es für mich persönlich. Es
war der Höhepunkt einer Freundschaft, die in ihrer
Verschmelzung nie übertroffen wurde, auch wenn
sie die Jugend nicht überstanden hat. Keinem späteren Freund oder Kumpel habe ich mich innerlich
jemals wieder so verbunden gefühlt.

Ich frage mich oft, warum wir mit dem Erwachsen-
werden die Fähigkeit, beste Freunde zu sein, verlieren, warum wir außerhalb von Beziehungen nicht
mehr zu dieser persönlichen Hingabe bereit sind.

Vielleicht ersetzt die körperliche einen Teil der persönlichen Nähe.

Vielleicht sind wir als junge Erwachsene aber auch so darauf konzentriert, eigen- und selbständig zu werden, dass wir die Momente, in denen wir es nicht sein müssten, nicht mehr genießen können.

Ich weiß es nicht. Aber bei der Vorbereitung dieser Ausstellung habe ich gemerkt, dass es mich betrübt, eine solche Person nicht mehr zu haben. Einen besten Freund, der diesen Namen im jugendlichen Sinn verdient.

Tja, dachte ich, wer nicht zum Arschloch mutiert, behält auch seinen besten Freund! Ich wollte dem Mann mit der Perlenkette sein Blatt zurückgeben, der jedoch abwinkte. Das Pathos auf Bronze war ein Giveaway. Ich bedankte mich.

Als er bemerkte, dass ich gehen wollte, empfahl er mir, auch die Arbeiten im hinteren Teil der Galerie anzusehen. Richtig spannend würde es erst mit den professionelleren Fotos, die man natürlich auch erwerben könne. Ich schüttelte den Kopf. „Ich befürchte, sie werden in mir keinen neuen Kunden finden", sagte ich, damit er sich nicht über ein verlorenes Geschäft ärgern konnte, wenn ich die Galerie direkt verließ.

„Macht nichts. Sehen sie sich die Sachen trotzdem mal an. Sie sind wirklich schön."

„Ich bin eigentlich eher fürs Abstrakte", wand ich mich.

„Dann werden sie erkennen, wie Herr Beusenberg den menschlichen Körper abstrahiert."

Ich lachte kurz auf.

Er deutete weiterhin nach hinten.

Da draußen vor dem Schaufenster noch nichts von Frau Hageböck zu sehen war, gab ich mich geschlagen. Ich konnte mich schlecht ohne Ypsilon auf den Heimweg machen, selbst wenn der jetzt wahrscheinlich zu meiner ehemaligen Deutschlehrerin ziehen wollte.

„Also gut. Hoffentlich kriegen sie für jeden, den sie nach hinten lotsen, einen Bonus." Nachzugeben glich zumindest aus, dass ich blöd auf seine Kette gestarrt hatte.

Im nächsten Raum stieß ich auf einen nackten Mann ohne Kopf. Das Model hielt ihn anscheinend so weit wie möglich auf die Brust gebeugt. Veit hatte den oberen Rücken von schräg unten abgelichtet. Oberhalb der Wirbelsäule, dort, wo man den Kopf erwartet hätte, begann der blaue Himmel. Direkt daneben der ähnliche Trick, nur aus anderer Perspektive, von der Seite. Wieder Kopf auf der Brust, aber da man den von der Seite gesehen hätte, hatte der junge Mann seinen Arm in die Taille gestemmt. Von unten fotografiert, verdeckte der Unterarm den Kopf.

Ich wusste sofort, was der Galerie-Mitarbeiter mit abstrahieren gemeint hatte. Für mich handelte es sich aber eher um optische Täuschungen. Die Männer ohne Kopf hatten ja einen. Die Frage war nur, wo. Ich mochte diese Spielereien mit dem nicht Richtigen. Auch wenn die Leute nackt waren.

Noch einfacher wurde das Körperteilverstecken in Gruppen. Auf einem Bild hielten vier – selbst das zu erkennen, war herausfordernd - im Kreis stehende Männer ihre Wangen aneinander. Veit musste seine Kamera zwischen ihnen, auf Bauchhöhe positioniert und das Ganze von unten aufgenommen haben. Noch nie hatte ich aus dieser Perspektive Kinnpartien betrachtet, deswegen dauerte es eine Weile, bis ich begriff, was ich sah. Ich gab mir Mühe, auch noch herauszufinden, wie die Vier ihre Schultern angeordnet hatten, um so dicht beieinander sein zu können.

„Nur wegen der unterschiedlichen Bartstoppeln lässt sich ausmachen, wer wo anfängt und wo aufhört. Ist das nicht verrückt", amüsierte sich eine Frau, die aus einem weiteren Raum zurückgekommen war.

Dabei ertappt, auf nackte Männer zu stieren, schreckte ich auf.

„Ich habe auch etwas länger gebraucht", sagte sie.

Als sie mich anlächelte, begriff ich, wen ich vor mir hatte. Ich war sprach- und bewegungslos. Zu hoffen, dass sich der Boden unter mir öffnen möge, hätte einer zu großen gedanklichen Leistung bedurft. Ich stand einfach nur, überzeugt davon, dass sie mein plötzliches Herzwummern an meinen Schläfen ablesen konnte. Wahrscheinlich wurde ich rot. Auf jeden Fall schnellte meine Körpertemperatur nach oben.

„Falls du mich nicht wiedererkennst, ich bin es, Michelle. Hallo Kolja."

„Guten Tag. Hallo. Michelle. Was für eine Überraschung."

Was war schlimmer? Sie vor mir stehen zu haben oder mein Gestammel? Ich zwang mich zu atmen.

Bei meiner Überlegung, nicht zur Ausstellung zu gehen, war es darum gegangen, Veit nicht zu treffen. An Michelle hatte ich dabei nicht gedacht. Sie gehörte doch gar nicht hierher, sie war Voltigieren, Veit Schule. Die Verbindung der beiden existierte nur in meinem Kopf. Sie hatten kaum etwas miteinander zu tun gehabt.

„Was machst du hier?"

„Na ja, wenn dein Freund Veit eine Ausstellung in der Nähe macht, dann gucke ich mir die natürlich an."

„Veit ist nicht mehr mein Freund."

„Aha. Schön, dass du dir trotzdem seine Sachen ansiehst. Gefallen sie dir?"

Ich wackelte mit dem Kopf hin und her. So lala, sollte das bedeuten. „Ist ganz schön viel Ausflug nach früher."

Sie lächelte mich an. Immer noch diese gleichmäßigen, weißen Zähne.

„Eben, draußen habe ich schon meine alte Deutschlehrerin getroffen. Jetzt dich."

„Wir sind zusammen hier."

„Du und Frau Hageböck?"

„Ja, wir kennen uns schon eine ganze Weile."

„Woher?" Wieder ging mir durch den Kopf, dass Michelle zum Voltigieren gehörte, nicht zur Schule.

„Von einer Ehrung für Ehrenamtliche."

Entweder sie konnte es gut faken, oder sie fand diese Unterhaltung wirklich nicht anstrengend. Als ob wir uns die ganze Zeit über wöchentlich im Supermarkt begegnet wären.

Bei mir hingegen hörten die diversen Körperfunktionen nicht auf zu überreagieren. Das Blut pochte, ich fühlte mich rot, schweißglänzend und hibbelig. Eigentlich verständlich. Ich führte ein Gespräch, auf das ich keine Lust hatte. In einer Ausstellung, die ich längst verlassen hätte, wenn der Hund zurück gewesen wäre. Zu allem Überfluss von einem Künstler, über den ich nicht reden wollte. Es gab genügend Grund für Unwohlsein. Ich musste so schnell wie möglich weg.

„Bist du geehrt worden?" Verdammt. Falsche Frage. So konnte ich mich nicht kurzfristig verabschieden.

„Ja. Ich mache bei uns im Verein ein paar Sachen mit Flüchtlingskindern und Renate leitet nach wie vor die Theatergruppe. So viel verändert sich nicht in Schwerenau. Und bei dir?"

„Renate klingt komisch für Frau Hageböck."

„Ich bin mir sicher, sie hört auch auf Sie und ihren Nachnamen."

„Gerade eben hat es funktioniert."

Ich musterte Michelle. Wir hatten jahrelang zusammen voltigiert und sie war meine engste Verbündete in der Mannschaft gewesen. Dass wir gut miteinander klarkamen, hatte die gesamte Gruppe vorangebracht und daraus hatte sich irgendwie ergeben, ein Paar zu werden.

Nach ein paar Monaten hatte mich allerdings ein anderer verdrängt. Einer der Springreiter. Ich versuchte, mich an seinen Namen zu erinnern, aber kam nicht darauf. Mit dem Ende meiner Voltigier-Karriere hatten Michelle und ich uns dann aus den Augen verloren.

An die fehlenden Details der Geschichte wollte ich nicht denken. Generell nicht und in diesem Moment erst recht nicht.

„Ich gucke mir dann mal die Sachen in dem Raum dahinten an."

„Da vorne, der andere, das bist du, oder?"

Ich hatte schon einen Schritt gemacht, verharrte jetzt aber und nickte.

„Super. Eine sehr lustige Aktion muss das gewesen sein, damals. Ihr wart ein tolles Team."

Es fühlte sich verkehrt an, dass ich bestätigend grinste, aber wenn die schlimmsten Qualen überstanden waren, schaltete mein Geist gelegentlich auf Screwball.

„Ich warte vorne." Die Selbstverständlichkeit, mit der sie von einer Fortsetzung des Gesprächs ausging, hatte etwas von meiner Mutter, die - „na komm, das hat noch keinem geschadet" - einem vegetarischen Klassenkameraden von mir mal ein Grillwürstchen auf den Teller geknallt hatte. Der Junge war so verdutzt gewesen, dass er es gegessen und sogar für lecker befunden hatte.

Ich war in meinen Überzeugungen weniger beratungsoffen und erwägte, durch das Fenster im hinteren Raum zu türmen. Dann fiel mir ein, dass Flucht keine Option war, solange Ypsilon sich in Frau Hageböcks - wie hieß sie noch - Renates Obhut befand. Ich überlegte, Magenprobleme vorzutäuschen, aber das war eine Kinderausrede. Erwachsene Männer sprachen nicht über Bauchweh. Also entschied ich mich für den Klassiker: Ich würde auf die Uhr schauen und die beiden Frauen wissen lassen, dass ich mich verspätet hatte und wegen einer Verabredung dringend nachhause müsse. Wenn ich fest genug an die Schrecken einer kleinstädtischen

Ehrung für Ehrenamtliche dachte, würde ich das überzeugend hinbekommen. Ich deutete einen Diener an, als Michelle den Raum verließ.

Eine viertel Stunde später stand ich mit den Gewürdigten unter dem Dach eines wenig besuchten Glühweinstands, zwei Straßen von der Galerie entfernt. Der war Frau Hageböck, die mich mittlerweile duzte, bei ihrem Gang mit Ypsilon und Jojo aufgefallen, dem neuen Dream-Team, wie sie sagte. Die beiden lagen jetzt einträchtig in der Ecke neben unserem Plastiktisch und erholten sich von den gemeinsamen Abenteuern in einem Hundeauslauf.

Meine Ausreden hatten nichts genützt. Ein halbes Stündchen oder so würde ja wohl gehen, jetzt, nach so vielen Jahren. Sich mal kurz auf den Stand der Dinge bringen. Außerdem sei das Wetter nun endlich auf glühweintauglich umgeschwungen. Ich hatte verloren, aber zumindest noch den Anstand gewahrt und meine eigene Mailbox angerufen, um ihr zu sagen, dass ich mich verspäten würde.

„Warum bist du nicht Schauspieler geworden? Du hattest so viel Talent“, fragte Renate irgendwann, weil ich von der Spezialisierung unseres Büros auf günstige Zweckbauten erzählt hatte.

Allein bei der Vorstellung, auf einer Bühne stehen zu müssen, rebellierte mein Magen. Ich konnte nicht einmal eine Präsentation vor drei Leuten halten.

„Das ist nichts für mich. Auf keinen Fall. Es war damals auch nur eine einzige Aufführung, bei der ich mitgemacht habe. Da war ich sechzehn oder siebzehn und hatte offensichtlich noch weniger Lampenfieber als heute. Nein Danke. Wirklich nicht."

„Aber du warst super. Dieser natürliche Draht zu den Leuten! Du hast sie einfach gekriegt. Ich habe damals im Lehrerzimmer oft davon gesprochen, was für ein Ausnahmetalent du bist. Einen wie den kriegen wir vielleicht alle zehn Jahre, wenn wir großes Glück haben, habe ich gesagt."

„Ich glaube, die Jahre haben ihren Blick auf meine Leistung verklärt."

Meine ehemalige Lehrerin hielt meinen Blick stand. „Ich glaube nicht."

„Ganz ehrlich. Ich kann es nur wiederholen: Kommt nicht infrage. Das war eine Phase. Ihr wisst doch, dass man in der Jugend manchmal absurde Berufswünsche hat. Mehr war das nicht."

„Vielleicht wird es Zeit, mal wieder daran zu denken. Du hast es damals geliebt. Das hat man gemerkt."

„Beim Voltigieren warst du auch der mit dem großen Ausdruck", schaltete Michelle sich ein. „Immer eine zehn in der Kürgestaltung. Du konntest das einfach."

„Die Zeiten sind vorbei." Ich musste lachen. „Aber ich bin beeindruckt, was ihr noch wisst." Eigentlich war ich eher mit mir selbst zufrieden, dass ich solche Dinge im Lauf der Jahre hatte verdrängen können. Mein Wille übte einen guten Einfluss auf mein Hirn aus.

Auffällig schwungvoll platzierte ich meine leere Tasse auf dem Tisch und guckte in Ypsilons Richtung.

„Einen schaffen wir noch", ging Michelle dazwischen. „Ist doch schön, dass wir uns wiedergetroffen haben."

Keine Widerrede, dachte ich. Gegen die Stimmung meiner beiden Begleiterinnen war nicht anzukommen, ohne sie zu beleidigen. Dann lieber einen weiteren Glühwein. Vielleicht hatte ich sowieso nur angedeutet, gehen zu wollen, um bei einer konsistenten Geschichte zu bleiben.

Ich spürte, dass ich Schwierigkeiten hatte, mich gegen das Nest aus Vertrautem zu wehren, das die beiden bauten, indem sie normal waren, interessiert und freundlich, ohne neugierig zu erscheinen oder von irgendeiner Agenda getrieben. Es fühlte sich an, wie bei einem guten Wein ein fesselndes Buch zu lesen. Nur dass der Wein heiß und klebrig war und die Geschichte mein eigenes Leben. Der jugendlichen Kolja war mit mir verwandt, das konnte kein vernünftiger Mensch bestreiten. Aber wir hatten uns aus den Augen verloren. Hier stand er wieder mit am Plastiktisch.

Renate, mittlerweile kam auch mir das Du über die Lippen, steuerte mit der zweiten Runde Glühwein auf uns zu - für sie alkoholfrei, nur wegen des Autos, wie sie betonte. Es schwappte ein bisschen über, als sie die Tassen auf den Tisch knallte.

„Ich habe eine Idee, ich habe eine Idee! Seit Jahren will ich mit dem Kleinstadt-Theater - du weißt ja wohl noch, was das Kleinstadt-Theater ist, Kolja - also mit unserer Theatergruppe das Stück Klassentreffen aufführen. Es stammt aus den Zweitausendern, zwei Männer, die sich nach langen Jahren wiedertreffen. Bislang habe ich nur einen Darsteller, den für den Nik. Du, Kolja", sie zeigte mit dem Finger auf mich, „bist der ideale Mann für den zweiten. Du spielst den Alex! Das passt, das wird wunderbar. Ich sehe es schon vor mir. Wir machen das nebenher, neben der großen Inszenierung. Das ist ein Traum. Die Leute werden es lieben."

Ich fragte mich, ob sie vielleicht doch den Glühwein mit Alkohol abbekommen hatte. „Aber ich will gar nicht Theater spielen, auf keinen Fall. Ich kann das nicht. Zeit habe ich übrigens auch keine und ich wohne in Köln, nicht in Schwerenau. Das wird nichts. Trotzdem vielen Dank, dass du mir das zutraust."

Michelle mischte sich ein. „Renate brennt halt für ihre Projekte, aber du hast recht, du musst natürlich gar nichts. Drüber nachdenken kannst du vielleicht trotzdem mal. Hier ist es jetzt ja auch schön, zum Beispiel."

Nickend tappte ich in ihre Falle.

„Vorhin wärst du am liebsten durchs Fenster abgehauen. Habe ich recht? Dann hättest du das hier verpasst." Sie prostete mir zu und lachte.

Ich mochte ihre Argumentation. Mein Blick sollte ihr trotzdem sagen, dass das mit dem Fenster eine absurde Vorstellung war. Dann log ich zumindest nicht richtig, also nicht mit Worten.

„Bist du vielleicht Therapeutin? Oder Anwältin?"

„Nichts dergleichen. Halbtags Kundenhotline bei Cologne Energy und ansonsten Voltigier-Trainerin."

„Und davon kann man leben?".

„Wenn man mit John Wehrmann verheiratet war, schon."

„Ihr habt geheiratet?"

„Ja, als ich vierundzwanzig war. Weißt du das nicht? Ich war schwanger und Johns Mutter katholisch. Hast du gar nichts mehr von zuhause mitgekriegt?"

Nicht viele Leute brachten es fertig, mit solcher Selbstverständlichkeit über einen Scheißjob und eine auf Konventionen gebaute Ehe zu sprechen. „Nein, wir sind ja alle weggezogen. Ich sofort nach dem Abi, um hier Zivildienst zu machen, mein Bruder zwei Jahre später, erstmal nach München, und meine Mutter fast gleichzeitig mit ihm, hier nach

Köln. Irgendwie war Schwerenau das Zuhause meines Vaters und der kompletten Familie. Als die sich aufgelöst hat, wollte sie wohl wieder in die Stadt. Dorthin, wo sie herkam."

„Anscheinend war es wichtig, die Drähte zu kappen. Verstehe. Ich hatte kurz nach der Hochzeit eine Fehlgeburt. Im fünften Monat. Da war das Heiraten quasi umsonst gewesen. Aber es war trotzdem richtig. Na ja, und dann kam irgendwann der Unfall."

Ich sah sie fragend an.

„Selbst das weißt du nicht? John und seine Eltern hatten einen Unfall auf der A1. Sie sind damals alle drei gestorben. John als letztes, deswegen habe ich seinen Teil des elterlichen Erbes gekriegt. Das reicht eigentlich. Und dann gibt es ja auch noch die Hotline, die mich in erster Linie, sagen wir mal, menschlich fordert. Leute reagieren halt ungehalten, wenn man ihnen den Strom abstellt. Aber ich mag es, mit ihnen ins Gespräch zu kommen. Ich habe auch schon ein paar Jahre als Pflegehelferin im Seniorenzentrum gearbeitet. Das war auch gut, aber irgendwann hatte ich genug Mensch-ärgere-dich-nicht gespielt. Vielleicht mache ich nach der Hotline auch noch mal was anderes. Mal sehen. Ich genieße halt meine Unabhängigkeit. So viel und so ausführlich zu deiner Lebens-Frage." Ihr Blick sagte mir, dass sie die blöd gefunden hatte. „Interessierst du dich noch fürs Voltigieren?"

Ich überlegte. Da sie fragte, schon. Vorher eher nicht, zumindest nicht aktiv. Ich hatte das nicht verfolgt, keine Online-Videos geguckt oder so etwas. Aber je mehr Michelle davon schwärmte, wie es sich entwickelt und professionalisiert hatte, desto überdenkenswerter erschien mir das. Pferde, Körperbeherrschung, der Geruch der Reithallen, Siege und Niederlagen: Jetzt, wo ich mir beim ersten Versuch vermutlich das Genick brechen würde, fand ich es traurig, dass ich früher als gewollt aufgegeben hatte. Ich hätte mir damals noch ein paar Jahre gönnen sollen, sagte ich mir.

Aber Wehmut führte zu nichts. Vorbei war vorbei. Ich sah zu Michelle. Sie hatte noch die gleiche Frisur wie damals. Ungewöhnlich, diese an den Seiten sehr kurz geschnittenen Haare, oben ein bisschen länger und in die Luft stehend. Früher hatte sie mehr Gel genommen, heute sah es weicher aus. Dazu diese Zähne.

„Wir haben noch gar nicht über Veit und die Ausstellung geredet", setzte sie die Unterhaltung fort. „Du hast also nichts mehr mit ihm zu tun."

Renate unterbrach mein Kopfschütteln. „Vielleicht können wir das beim nächsten Mal besprechen. Genau wie die Theatersache."

Meine Weigerung war nach wie vor nicht bei ihr angekommen. Das war ein Problem. Außerdem konnte ich mir beim besten Willen, selbst nach mittlerweile drei Glühwein, nicht vorstellen, bei meiner

früheren Deutschlehrerin zuhause zum Kaffee auf-
zuschlagen. Da würde man als Schüler sitzen. Ich
war aber Mitte dreißig und nicht an Belehrungen
ineressiert. Trotzdem tauschten wir Nummern.

„Wir machen gleich was aus", schlug Michelle vor.
„Samstag um zehn in Schwerenau in der Reithalle.
Da habe ich Training. Da kannst du mal gucken und
hinterher trinken wir einen Kaffee."

„Das geht nicht. Nächsten Samstag ist der Geburtstagsbrunch meiner Mutter."

„Oh. An den kann ich mich noch erinnern. Ich
glaube, ich habe mich damals benommen wie
Aschenputtel." Sie lachte. „Dann den Samstag danach. Ich glaube, es wird dir gefallen, was wir so
machen."

„Ja, aber ich habe kein Auto. Schwerenau ist nicht
um die Ecke."

Ypsilon stand auf und absolvierte sein Streck- und
Gähnprogramm.

„Komm mit dem Zug, ich hole dich um halb zehn
am Bahnhof ab."

„Ich dachte, du fährst kein Auto."

„Doch. Nur nicht auf der Autobahn, wenn es sich
irgendwie vermeiden lässt. Du weißt, Johns Unfall."

„Ach so, das hatte ich falsch verstanden. Aber trotzdem. Ich schicke dir eine Nachricht. Ich kann jetzt noch nicht absehen, ob das klappt."

Ich wollte mir Zeit gönnen. Michelle hatte drei Tassen warme Plörre lang eine Mauer abgebaut und in mir war eine Lust auf Voltigieren entstanden und vielleicht auch Interesse, sie wiederzusehen.

Meine Scham spielte in diesem Augenblick keine große Rolle mehr. Michelle war aber auch so höflich gewesen, nicht auf das Desaster einzugehen. Aus der Welt war es deswegen noch lange nicht. Und wer wusste schon, ob sie nicht einfach auf der Suche nach einem Mann war. Sie hatte keinen erwähnt. Vielleicht gab es eine Lücke.

Ich atmete tief durch, winkte freundlich zum Abschied und ging in die entgegengesetzte Richtung der beiden Frauen. Vermutlich würde es kein Wiedersehen geben. Während er neben mir hertrottete, stupste Ypsilon seine Nase in meine Handfläche. Für ihn musste es ein noch seltsamerer Tag gewesen sein als für mich.

„Jetzt, wo wir loswollen, kommt der Künstler tatsächlich noch persönlich. Sogar im Laufschritt. Guckt doch mal. Da ist Veit. Hallo Veit. Sehr schöne Fotos, die du da ausgestellt hast."

Renate Hageböcks Rufen fing mich wie ein Lasso. Ich stockte und drehte mich um. Auch der Hund machte eine Kehrtwendung.

Veit vertröstete die beiden Frauen mit einem kurzen Nicken und kam direkt auf mich zu. Er sah noch immer aus wie ein Kind. Mit Hut. Seine Augen bohrten sich in mein Gesicht, ich hatte den Eindruck, sie schnallten mich fest.

„Danke, dass du in der Ausstellung warst, Kolja. Ich bin am kommenden Wochenende noch einmal in Köln. Sollen wir Samstagabend was essen?"

Ich schüttelte den Kopf. „Da ist der Geburtstag meiner Mutter."

„Dann Sonntag."

„Vielleicht."

„Bitte"

„Du kannst mir ja einfach eine App schicken."

„Alles klar!"

Erst jetzt ließen seine Augen mich los. Als er sich umdrehte, bemerkte ich ein vorsichtiges Lächeln auf dem Gesicht des Mannes, den ich anstatt Arschloch eine Zeit lang meinen Vergewaltiger genannt hatte.

5

Sasch und Elin besaßen kein Sofa, dafür vier Corbu-
sier-Sessel, die sie irgendwann gebraucht erstanden
hatten. Ich saß in dem meiner Schwägerin, als mein
Telefon sich meldete. Als ob man bereits beim Klin-
geln nicht mehr dazwischenplappern durfte, unterbrach mein Bruder seinen Bericht über das Versi-
cherungs-Shooting und signalisierte mir, dass ich
rangehen sollte.

„Wird's was mit morgen?"

Ich hatte die komplette Woche über gegrübelt, ob
ich auf seinen Vorschlag eingehen sollte, hatte vor
allem gehofft, er würde sich nicht melden. Einem
Künstler konnte doch etwas dazwischenkommen.
Oder die Lust, mich zu treffen, würde einfach so
wieder verschwinden. Solche Dinge passierten,
wenn man im Augenblick lebte, wie trendy People
es propagierten. Jeden einzelnen Tag war ich froh
gewesen, wenn er nicht angerufen hatte, weil ich
dann keiner der beiden möglichen Antworten den
Vortritt lassen musste.

Doch keine meiner zahlreichen Vorstellungen von Veits Anruf hatte die tatsächliche Situation vorhergesehen und berücksichtigt, dass dies der unpassendste Moment war, den er sich hatte aussuchen können. Ein parteiischer Zuhörer, mein Bruder, saß nicht mal einen Meter rechts neben mir in seinem Sessel. Ich hätte ihm das Handy auch direkt in die Hand drücken können.

„Oh. Hallo. Ja, du. Ja. Können wir machen."

„Du kannst nicht sprechen, oder? Um sieben? Es gibt einen Italiener um die Ecke von der Galerie."

„Alles klar. So machen wir das." Ich legte auf.

Saschs Interesse war geweckt, das sah ich, aber er verkniff sich die Nachfrage.

„Das war Veit." Irgendwann hätte ich es ihm eh sagen müssen.

„Warst du in der Ausstellung? Warum hast du nichts gesagt?"

Ich zuckte mit den Schultern. „War unspektakulär. Aber er wollte sich unbedingt mal treffen, also machen wir das jetzt mal."

Mein Bruder streckte beide Daumen nach oben. „Das freut mich. Das freut mich sogar sehr."

„Du tust gerade so, als ob es ein Großereignis wäre. Ich gehe nur mit einem ehemaligen Kumpel eine Pizza essen. Mehr nicht."

„Es ist groß. Ich finde es sogar riesig."

„Wenn du meinst. Erst mal muss ich den heutigen großen Mist hinter mich bringen."

Mit einer Portion Furcht hatte ich in den vergangenen Tagen nicht nur an Veits potenziellen Anruf gedacht, sondern auch an den bevorstehenden Geburtstagsbrunch meiner Mutter. Pest und Cholera hatten an diesem Wochenende ausgerechnet in meinem Leben ein Rendezvous.

Selbstverständlich musste Elin für eine Kollegin einspringen. Wie immer. Ich holte Sasch ab, damit ich nicht allein mit meiner Mutter unter dem venezianischen Kronleuchter sitzen musste. Die Glühbirnen für das Monster im Wert eines Mittelklassewagens erstand die sonst auf Ordnung, Recht und Gesetz pochende Bürgerin seit Jahren unter dem Ladentisch, verteidigte so ihre traditionelle Gemütlichkeit vor den Zumutungen des Wandels. Dazu gab es diverse andere Marotten, über die ich mich hätte aufregen können. Zum Beispiel, dass mein Hund nur in den Flur, aber nicht ins Wohn- und Esszimmer durfte oder dass sie bei jedem Treffen anmerkte, ich könne ruhig auch mal ein weißes oder hellblaues Hemd tragen statt immer nur schwarz.

Aber ich konnte mich schon längst nicht mehr richtig über sie ärgern und empfand auf der anderen Seite auch nichts Besonderes für sie. Unser Verhältnis war weitgehend emotionsfrei. Sie war meine Mutter, aber dass sie mich geboren und gewickelt hatte, war eine Weile her. Da musste man kein Trara

90

mehr drum machen. Heute stand alle zwei Wochen in meinem Kalender, dass ich sie anrufen musste, weil Familienleben nun einmal so funktionierte. Meistens bestätigten wir uns kurz, dass es uns gutging. Ich berichtete von der Problemlosigkeit meines Lebens, sie fragte nicht nach und verschonte mich mit Details aus ihrem Alltag. Eine jahrelange Win-Win-Situation. Tschüss, bis bald.

Wir hatten kaum an der strahlend weißen Damastdecke Platz genommen, da versorgte mein Bruder sie bereits mit sämtlichen Kleinigkeiten der letzten vier Wochen. Im Gegensatz zu meinem wortkargen Nicht-Verhältnis, kultivierte er einen lebendigen Draht. Die Empfängerin der Informationen lachte pflichtbewusst und ließ gelegentlich eine Begebenheit aus ihrem Leben einfließen, selbstverständlich, ohne ins Detail zu gehen.

Ich beobachtete die beiden und fragte mich, warum sie miteinander klarkamen. Meine Mutter war mir viel ähnlicher. Wir waren die Zurückhaltenden, die Leseratten, wenn auch mit unterschiedlichen Geschmäckern, die Fans humanistischer Bildung. Es hätte viele Themen gegeben, die uns beide interessierten, aber wir schafften es nicht, hatten es seit meiner Jugend nicht mehr hinbekommen, uns darüber auszutauschen.

Sasch hingegen war ein männliches Mannequin, wie sie das einmal genannt hatte, der dann auch noch eine Schwedin geheiratet hatte, deren Job darin bestand, ihm bei irgendeiner Modenschau in und aus den Hosen zu helfen. In den Augen einer geborenen von Otto war in der Vita ihres Ältesten einiges schiefgelaufen. Trotzdem pflegten die beiden eine Harmonie wie in der Kaffeewerbung. Irgendwann würde ich meinen Bruder fragen müssen, wie das ging.

Highlight eines jeden Brunchs und die Garantie, dass keine Gesprächslücken entstanden, war seit FrüMi-Zeiten das Geburtstagsspiel, das meine Mutter ersonnen hatte, als wir ins vierte Schuljahr gingen.

Alles drehte sich bei diesem Spiel um Erwartungen, das hatte sie uns damals eingebläut, nicht um Wünsche. Es war immer ein wichtiger Teil ihres Erziehungskonzepts gewesen, Triebe des Unrealistischen bereits beim ersten Sprießen zu vernichten. Papas Rückkehr von den Toten könne man sich genauso wenig wünschen wie gute Noten, ohne zu lernen.

Seit fast dreißig Jahren schrieben wir also zu Winterbeginn drei Dinge auf je einen Zettel, die im folgenden Jahr passieren würden. Eine Angelegenheit sollte einen selbst betreffen, eine eher gesellschaftlich oder politisch sein. Das dritte war so etwas wie ein Joker. Man behielt alle drei Sachen für sich, das hatte Mama, wie Sasch und ich sie inklusive der erwünschten Betonung auf der zweiten Silbe bis heute nannten, uns eingetrichtert. Es schien wichtig fürs Gelingen. Sie sammelte die Zettel ein und legte sie in ein mit Samt ausgeschlagenes Kistchen, das sie bei Saks auf der Fifth Avenue in New York erstanden hatte, wie der Deckel kundtat.

Meine Mutter kam aus einer wohlhabenden Familie. Shoppingreisen in amerikanische Luxuskaufhäuser waren in ihrem Leben keine singulären Events. Sie fanden aber auch nicht dreimal im Jahr statt, was keine finanziellen Gründe hatte. Ihre jährliche Apanage aus der Firma ihres Vaters, die ihre große Schwester heute führte, hätte für viele Flüge gereicht. Es ging ihr darum, nicht aufzufallen.

Aus der gleichen Box, rote Schrift auf schwarz, holte sie dann die Zettel des Vorjahres und las sie laut vor. Als Kind hatte ich das spannend gefunden. Ich war vor allem überrascht gewesen, dass ich mir nie merken konnte, was ich ein Jahr zuvor aufgeschrieben hatte. Heute machte ich eine interessierte Miene zum langweiligen Spiel.

Meine persönliche Hölle bestand darin, mir drei Ereignisse aus den Fingern zu saugen. Schon seit Jahren schummelte ich und nahm irgendwas aus dem Büro, von dem nur ich schon wusste, dass es passieren würde. *Wir werden eine Büroleiterin einstellen*, hatte ich irgendwann prognostiziert. Alicias Vertrag war da bereits unterschrieben, sie hatte bei der Stelle davor allerdings ein halbes Jahr Kündigungsfrist. Jedes Ding hatte zwei Seiten. Das Büro ächzte unter der unbesetzten Stelle, ich hingegen konnten einen Zettel füllen. Auch dass wir den Auftrag für ein weiteres Hallenbad kriegen würden, wie ich optimistisch vorhergesehen hatte, war schon beim Aufschreiben klar gewesen.

In diesem Jahr ging ich einen besonders einfachen Weg. *Wir werden wieder keinen Architekturpreis gewinnen, aber dafür genug Geld für uns und unsere Mitarbeiterinnen und Mitarbeiter verdienen.* Kein Gendersternchen, damit es im kommenden Jahr nicht wieder eine Diskussion mit meiner Mutter über die Verhunzung der Sprache geben würde. Vor zwei Jahren hatte ich aus Architektinnen und Architekten ArchitektInnen gemacht und ein Jahr später einem Vortrag über den grammatikalischen Unsinn eines Versals in der Wortmitte über mich ergehen lassen müssen.

Wir würfelten, wessen Weissagung als erstes verlesen werden sollte. Mein Glück ließ mich im Stich, ich hatte eine Sechs.

Sie klappte meinen Zettel auf. Ihre Hände waren faltig geworden. *Ich werde mir einen zweiten Hund kaufen.* Sowohl Sasch als auch meine Mutter guckten mich fragend an. Sie waren beide keine Fans von vier Beinen und Fell. Leider konnte auch ich mir nicht mehr erklären, wie ich auf dieses Ereignis gekommen war. Aus Verlegenheit begann ich ein Gespräch über die Endlichkeit von Tieren und dass man den Nachfolger vielleicht schon besorgen sollte, bevor der Vorgänger sich verabschiedete. Ich zählte darauf, dass Ypsilon mich im Flur nicht hören konnte.

„Das wäre, als ob ich bereits vor dem Tod eures Vaters neu geheiratet hätte."

„Vielleicht hätte es dann geklappt", meinte Sasch.

„Es hat nicht nicht geklappt. Ich wollte es nicht und habe mich mit meinem Leben als Witwe sehr gut arrangiert."

„Du warst Mitte dreißig."

„Ich hatte euch und reichlich zu tun."

„Aber es geht ja auch um Spaß, den man mit Erwachsenen hat." Sasch guckte mich vielsagend an, aber ich wollte mich nicht einmischen.

„Ich habe einen großen Bekanntenkreis. Theater, Reisen, Oper, ihr wisst, dass ich nichts auslasse."

„Nichts…" Sasch zog die Augenbrauen hoch. Im Gegensatz zu mir konnte er nur beide gleichzeitig bewegen.

„Jeder muss nach seiner Fasson glücklich werden", warf ich ein. „Dein eigener Zettel ist jetzt dran."

Es folgten ein paar politische Annahmen, die teils richtig, teils falsch waren, dann kam Saschs Vorhersage *Elin wird schwanger sein*.

Meine Mutter richtete sich auf. „Stimmt das? Das wäre ja fantastisch." Ihre Perlenkette, die sonst doppelreihig starr um ihren Hals lag, bewegte sich auf und ab. Ich musste kurz an den Mann in der Galerie denken.

„Leider hat es bislang noch nicht geklappt. Wir probieren es weiter."

„Da kann man heutzutage ja so viel machen."

„Habt ihr denn bei uns nachhelfen lassen? Ich meine, wir sind Zwillinge", wollte Sasch wissen.

„Und wenn, hätte das ja nichts mit dir und Elin zu tun", blockte meine Mutter ab, die laut dem nun folgenden Stück Papier vorgehabt hatte, ihr Spanisch zu verbessern. Natürlich hatte sie es umgesetzt.

„Ihr Lieben", sagte sie, „das ist mein Stichwort."

Die Ankündigung ließ mich zusammenzucken.

„Mein Spanischkurs hatte nämlich einen Grund. Ich möchte euch zu einer gemeinsamen Reise einladen. Nach Mallorca. Wir drei. Und Elin. Ihr seid mittlerweile in einem Alter, in dem das möglich sein sollte, und ich würde mich freuen, wenn wir die Familienbande wieder etwas intensivierten."

„Hast du was? Bist du krank?", fragte mein Bruder.

Ich hatte ebenfalls erwartet, dass sie uns jetzt eröffnen würde, an Krebs zu leiden und nur noch ein paar Monate zu leben.

„Nein. Kerngesund. Die Reise hat nichts mit einem letzten Mal zu tun. Sie soll aber der Anfang einer neuen Tradition werden. Es gibt viele schöne Ziele auf der Welt."

„Und warum Mallorca? Das kenne ich schon", wollte Sasch wissen, für den die Reise bereits eine ausgemachte Sache zu sein schien.

„Glaube mir, so etwas wie das Hotel, das ich im Auge habe, kennst du noch nicht. Das kann man sich als Mannequin nicht leisten."

„Verstehe. Mallorca ist die Tarnung für einen High-End-Urlaub, von dem die Nachbarn denken sollen, er sei normal."

Mamas Nasolabialfalten vertieften sich um den Bruchteil eines Millimeters. „Wann hättet ihr Zeit?"

„Zeit ist ein Problem." Ich musste mich räuspern, weil meine Stimme brüchig klang. „Wir haben im kommenden Jahr mehrere zeitkritische Projekte, Urlaub ist bislang keiner geplant und ich glaube auch kaum, dass ich den unterbringen werde."

Ich fragte mich, was meine Mutter ritt, dass sie unser wunderbares Arrangement aus vierzehntägigen Telefonaten und gelegentlichen Treffen sprengte. Gemeinsamer Urlaub? Im Luxusschuppen? Was sollten wir dort den ganzen Tag tun? Glaubte sie, dass wir plötzlich plaudern würden wie zwei Teenagerinnen? Außerdem war ich weder Strandtyp noch was für den Pool. Ich starrte in das Muranoglas über mir.

„Mit ein paar Wochen oder gar Monaten Vorlauf sollte das hinzukriegen sein, denke ich. Es ist mir wirklich wichtig und nur im allergrößten Notfall würde ich akzeptieren, dass wir nicht vollständig sind. Bitte."

Typisch meine Mutter. Bis auf das Wort Bitte am Ende. Das machte mir Angst.

„Ich weiß, dass du nicht mitkommen wirst" erklärte mein Bruder auf unserem Rückweg anderthalb Stunden später.

Zu widersprechen hätte bedeutet zu lügen. Deswegen schwieg ich.

„Vorausgesetzt, ich kann Elin überreden, finde ich das für das erste Mal okay. Dann fahren wir halt nur zu dritt. Aber sollte es ein zweites Mal geben, das Ganze tatsächlich so etwas wie eine Tradition werden, dann musst du anerkennen, dass die alte Dame sich Mühe gibt, und mitfahren."

Froh darüber, die erste Hürde ohne Anstrengung überwunden zu haben, nickte ich.

„Gilt das auch für den zweiten Teil?", hakte Sasch nach.

Notgedrungen nickte ich ein weiteres Mal.

Erst einmal würde ich mir eine meine Mutter überzeugende Begründung für die Absage ausdenken müssen. Die Verleihung des Bundesverdienstkreuzes durch den Bundespräsidenten zum Beispiel. Oder den Auftrag, die komplette Kölner Innenstadt neu zu gestalten. Meine eigene Hochzeit. Die Geburt meines Kindes. Egal. Es würde schwierig in der Nähe von unmöglich werden. Und vorher stand noch eine mindestens genauso große Herausforderung an: Veit.

Seit seinem Anruf an diesem Morgen hatte er mein Denken so intensiv gekapert, dass es meiner Mutter sogar gelungen war, ein Stück Forellenfilet auf meinem Teller zu platzieren, obwohl ich keinen Fisch mochte. Ich hatte die Luft angehalten und es heruntergeschluckt, während Formulierungen, Gesten, sogar ganze Gesprächssituationen sich in meinem Kopf manifestierten und ich meine Möglichkeiten durchspielte. Wie würde ich was am besten sagen? Oder auf Unverschämtheiten reagieren, die von seiner Seite kommen mochten. Wollte ich Annäherung oder Krieg? Am liebsten keins von beiden, aber das war unmöglich, weil er den gut funktionierenden Status Quo gekippt hatte. Während meine Mutter Rührei verteilte, war sogar die absurde Vision aufgepoppt, dass ich ihn zur Strafe ficken würde. Schon diese Formulierung hatte nichts mit meiner Welt zu tun und es war für mich erst recht nicht zu entschlüsseln gewesen, ob dieses Bild für Aussöhnung oder weitere Gewalt stand.

Ich musste das Treffen irgendwie vorbereiten. Als ich abends nachhause kam, fuhr ich in den Keller. Zweites Untergeschoss, ein ungelüfteter Flur, warm und feucht. Eine Metalltür, die hinter einem von allein zufiel. Weil er sich seine Schwanzspitze schon einmal darin geklemmt hatte, passierte Ypsilon sie nur mit einem großen Satz, bei dem er notfalls auch sein Herrchen über den Haufen sprang. Im Gang mit Verschlägen aus Metalllatten rechts und links ließ er mich dann wieder vor. Ich konnte ihn verstehen, denn die undefinierbaren Durcheinander, die man durch die Lücken sah, ließen Platz für gruselige Spekulation. Am Ende des Gangs musste ich rechts abbiegen, die nächste automatische LED-Birne schaltete sich mit Verzögerung ein. Jedes Mal fürchtete ich, in der plötzlichen Helligkeit einen von der Decke baumelnden Hausbewohner zu entdecken. Es war mir ein Rätsel, wie die Idee von selbstgemordeten Nachbarn in mein Hirn gekommen war. Aber sie hielt sich schon seit Jahren.

Mit einer gewissen Unruhe im Nacken schloss ich mein Kellerabteil auf. Hier herrschte Übersicht. Vor Kopf ein Regal mit einem alten Rimowa-Koffer, im untersten Fach zwei große Übertöpfe aus blau lackiertem Ton und ganz oben mein CD-Spieler, den Spotify in den Abstellraum verdrängt hatte. Rechts auf dem Boden neben dem Regal zwei gestapelte Umzugskisten mit CDs und fünf Kartons meines Lieblings-Rotweins. Links mein Rennrad mit sorgfältig eingefetteter Kette. Es war Dezember, die Saison für mich vorbei. Auch wenn es eine meiner meditativen Lieblingsbeschäftigungen war, mit meinem Bruder durch die Gegend zu strampeln, er vorneweg, ich hinterher, wurde das Rad nur von April bis Oktober genutzt. Keine Ausnahme. Sasch fuhr, wann immer die Sonne schien, aber ich ging im Winter joggen.

Ich zog den Rimowa im mittleren Fach nach vorn. Ypsilon guckte hoffnungsfroh. Hunde erwarteten in jeder neuen Kiste eine schöne Überraschung, nur wir Menschen wussten, dass das Leben so nicht war.

Als die Kellertür, ohne dass man ein Öffnen gehört hatte, mit einem Rumms zufiel, kam sein Schwanzwedeln zum Erliegen. Auch ich änderte meinen Plan. Ich würde den nur wenig verstaubten Koffer komplett mit nach oben nehmen. Hier darin zu wühlen, während Nachbarn ihre Rumpelkammern durchsuchten oder schlimmer noch, einen Strick unter der Decke festmachten, funktionierte nicht. Der Koffer besaß keine Rollen, weil ich als junger Mann nicht omamäßig hatte ziehen wollen. Aber er war nicht schwer. Wie mein kompletter Keller waren auch die Devotionalien meiner Jugendzeit überschaubar.

Frau Smirovsky aus dem dritten Stock war der Türgeist gewesen. Jetzt guckte sie aus ihrem Verließ. Ypsilon lief auf sie zu.

„Na, Herr Wolf, wollen wir verreisen?" Sie streichelte meinem Hund den Kopf.

„Nee, nur ein bisschen in alten Sachen kramen."

„Ohje. Lassen sie sich von einer alten Frau gesagt sein, dass einen das selten voranbringt. Nach vorne gucken, da spielt die Musik!"

„Frau Smirovsky, sie sind ja wohl keine alte Frau."

„Dreiundsechzig immerhin. Aber ich sage es auch nur, damit die Leute widersprechen."

„Bei mir hat ihre Taktik funktioniert."

„Bei meinem Mann funktioniert sie schon ein Leben lang."

„Vielleicht ist das das Geheimnis einer guten Ehe."

„Nee, nee, Herr Wolf. Da muss es schon ehrlich zugehen. Und was ich eben sagte: Immer geradeaus gucken und nicht in alten Sachen kramen. Die Liebe von gestern hilft nicht weiter, die muss man jeden Tag aufs Neue fühlen."

Ich gab ein zustimmendes Grunzen von mir und zog weiter. Als mein Hund seinen Satz durch die Tür machte, riss er mir beinahe den Koffer aus der Hand.

„Pass doch auf", maulte ich ihn an. Erst später kam ich auf die Idee, dass er auf Smirovskys Seite stand und etwas dagegen hatte, dass ich in den Hinterlassenschaften meines früheren Lebens schnüffelte. Sowie ich den Koffer auf meinen Hochflor-Teppich im Wohnzimmer gelegt hatte, schmiss er sich nämlich davor und legte seinen Kopf auf dem Deckel ab.

„Was soll das denn?", fragte ich ihn und ließ mich ebenfalls auf dem Boden nieder.

Er folgte mir mit den Augen, ohne sich ansonsten zu bewegen.

„Komm, hau ab, lass mich mal da ran!"

Nichts.

Am Ende zog ich meinen Koffer unter seinem Kopf weg. Er stand auf und versuchte, mir durchs Gesicht zu lecken, was ich nicht ausstehen konnte. Irgendwann gab er auf, legte sich neben mich und seinen Kopf auf mein Bein.

„Willst du mich trösten?"

Aus dem alten Rimowa stieg mir eine erstaunliche Portion muffiger Geruch entgegen. Vorsichtig griff ich nach der kleinen, mit Zeitungspapier beklebten Kiste. Sie klapperte, als ich sie kurz schüttelte. Meine Medaillen vom Voltigieren. In der Box entdeckte ich außerdem ein paar Fotos. Ich hatte Schleifen und Pokale geknipst, bevor sie in den Müll gewandert waren. Außerdem Bilder von Michelle und mir, beim Training, mit dem Pferd in der Box, ein paar von irgendeinem Turnier.

Ich kippte die Abzüge im Licht hin und her. Michelle hatte sich tatsächlich kaum verändert. Ein paar Falten, weniger glatte Haut. Aber die entspannte, gleichzeitig interessierte Art war ihr damals schon anzusehen gewesen. Bei ihr hatte es nichts zu befürchten gegeben.

Ein wundersamer Gedanke, dachte ich. Schließlich hatte sie mich mit einem anderen betrogen.

Ich betrachtete mein eigenes Gesicht auf den Aufnahmen und versuchte, es zu entschlüsseln. Außer

Kolja war nichts zu erkennen, ein junger Mann ohne Balast.

Ich legte Michelle und mich zurück in die Kiste und hielt mir einen winzigen Teddybären von Steiff unter die Nase. Veit hatte ihn mir irgendwann geschenkt, vielleicht fünf Zentimeter groß, blau. Er stank noch schlimmer als der Koffer. Ich hatte es damals nicht übers Herz gebracht, ihn wegzuschmeißen. Nicht, weil er mit Veit zu tun hatte, sondern weil er ein Bär war. Auch jetzt ermahnte ich Ypsilon, der sich aufgerappelt hatte und das kleine Ding seiner Stofftiersammlung zuführen wollte. Beleidigt legte er sich wieder hin. Ich stellte den Bären direkt vor seine Schnauze. Der Hund fing an zu schielen. Ich kitzelte seine Schnauze. Er gab vor, es nicht zu bemerken.

Irgendwann erlöste ich ihn, packte das Stofftier wieder ein und holte mein Tagebuch aus dem silbernen Koffer, der als endgültiges Grab gedacht gewesen war. Ich wiegte den gelben Leitz-Ordner in den Händen. Es war deutlich mehr Papier als ich gedacht hatte. Ich schnitt ein paar Gähngrimassen, weil mein Ohr schon wieder anfing zuzufallen.

Das Tagebuch war die zwingende Konsequenz eines Geschenks gewesen. Ich hatte zum fünfzehnten Geburtstag meinen ersten Computer bekommen und, weil ich nicht wusste, was ich mit der Textverarbeitung anfangen sollte, angefangen zu schreiben. Schnell war ich zum begeisterten Verfasser meiner Autobiografie geworden und hatte mir vorgestellt, dass ich sie irgendwann veröffentlichen und die Welt das literarische Talent des Schauspielers entdecken würde. Um die Vorteile des Digitalen zu nutzen und außerdem kein Tagebuch wie Mädchen zu schreiben, hatte ich das Ganze nicht linear angelegt, sondern in Dateien mit Namen wie *Schauspiel*, *Veit-Gespräche*, *Michelle*, *Mama*, *Volti* oder auch *Nacktschildprojekt*.

Erst nach Abitur und Zivildienst, als es ans Studieren ging, hatte ich mir einen neuen Computer gekauft und mit dem Tagebuchschreiben aufgehört. Das jugendliche Gefühl der eigenen Bedeutsamkeit war damals schon verblüht, aber ich hatte die Ergüsse trotzdem ausgedruckt, bevor ich den alten Rechner entsorgte. So waren meine stürmischen Jahre ad acta gelegt worden.

Ich griff in den Stoß, schätzte ihn auf zwei- oder dreihundert Seiten, gut fünfundzwanzig alphabetisch sortierte Reiter. Mit dem Zeigefinger bohrte ich unter das Deckblatt *Nacktschildprojekt* und schob die darüberliegenden Seiten über den Bügel. Sie verhakten sich ein bisschen.

Ich wollte wissen, ob es bei dieser Aktion schon übergriffige Ansätze gegeben hatte, doch unter dem Datum 20.09.2004 fand sich lediglich schwer zu ertragendes Geschwafel über ein Beuys Projekt. Irgendwann hatte Veit mir seinen Gedankenblitz verkündet.

„Wir machen demnächst auch Kunst! Man kann doch einfach anfangen."

„Was denn für welche?"

„Egal. Auch irgendwas mit Widersprüchen. So wie Stein und Baum. Wie wäre es mit Nackt und Seele?"

Immerhin stimmte die Zeichensetzung. Aber ich hatte mich reifer in Erinnerung. Mein Geschreibsel in Kombination mit Veits Hybris begann, mich in seiner Peinlichkeit zu amüsieren.

Nachdem die Idee mit den nackten Jungs und ihren Gedankenschildern aus der Taufe gehoben worden war, hatte es eine Diskussion über die geeignete Kamera gegeben. Veits Vorschlag, seine Spiegelreflex zu benutzen, hatte ich abgelehnt.

„Du spinnst wohl. Ich lasse mich doch nicht nackt bei Foto-Schmitz entwickeln. Dann mache ich nicht mit."

Der Ausflug in analoge Zeiten entspannte mich. Eine leicht verrückte Aktion von zwei Jungs war das Ganze gewesen, mehr nicht. Damals hatten wir Träume und Ideen eben direkt umgesetzt, hatten erst einmal gemacht und erst danach darüber nachgedacht. Wenn überhaupt. Fast konnte ich die jugendliche Aufregung darüber, dass wir uns über Grenzen gewagt hatten, wieder spüren. Das begeisterte und gleichzeitig ängstliche Kribbeln, das jeder Schritt in eine neue Welt mit sich gebracht hatte.

Noch immer schmunzelnd holte ich mir ein Glas Rotwein. Ypsilon verzog sich auf seine Decke. Er sah wohl ein, dass seine Verhinderungstaktik gescheitert war.

Ich las noch ein bisschen weiter, ließ mich erinnern an Bart und Brustbehaarung, die bei mir gesprießt waren, während bei Veit noch qualvolle Glätte geherrscht hatte, an meine Überzeugung, intellektuell zu wirken, wenn ich kritische Distanz zum Projekt demonstrierte und an Veits „Unterhose aus!"-Befehle, mit denen er meine Versuche zu schummeln, weil wir uns eh hinter Pappschildern versteckten, im Namen der Kunst eine Abfuhr erteilt hatte.

Irgendwann war ich von unserer damaligen Leichtigkeit so eingelullt, dass ich mich traute, zum Ende der Rubrik Veit zu blättern. Ich wollte wissen, was ich damals empfunden hatte. Doch in meinem Tagebuch gab es keinen Schluss. Der letzte Eintrag beschrieb einen gemeinsamen Klamottenkauf, für den wir mit der Bahn in die Großstadt Köln gefahren waren. Normaler Teenagerkram. Es war mir anscheinend nicht möglich gewesen, aufzuschreiben, was wenig später vorgefallen war.

6

Ich hatte bereits eine Kerze und das Feuerzeug in der Hand, entschied mich dann aber doch dagegen. Mit dem Fuß schob ich den Koffer mitsamt Ordner unter den Sessel. Musik? Nein, unpassend. Stattdessen holte ich mir noch einen Wein, stellte das Glas dann unerreichbar neben den Fernseher.

Wie ein neues Möbelstück, das nun doch nicht zur Einrichtung passt, stand ich in meinem Wohnzimmer. Irgendwann ließ ich mich einfach nieder und streckte mich mit unter dem Kopf gekreuzten Armen auf dem Teppich aus. Endlich. Das fühlte sich richtig an. Augen zu und atmen. Erinnern. Jetzt durfte es sein.

Obwohl ich so etwas noch nie gemacht hatte, gelang es mir, mich anzuknipsen. Es ging los. Ich sah mich als jungen Mann vor mir.

Irgendeine Party, im Keller, buntes Licht, die Musik leiser als gedacht. Ich stehe neben Veit. Etwas längere Haare, glattrasiert, lachend, ein weites Shirt.

Trotzdem sieht man mir an, dass ich viel Sport getrieben habe. Vergangenheit, weil ich kurz vorher aufgehört habe zu voltigieren. Wegen Michelle. Aber das hier ist Schule, da ist sie eh nicht.

Auch wenn ich nicht im Zentrum des Geschehens sein will, eher am Rand, wirke ich selbstbewusst, vielleicht sogar überheblich. Sollte ich mich unsicher fühlen, sieht man es mir nicht an.

Ich bestätige mir, den anderen nicht erzählen zu müssen, dass ich eine Weile auf Knutschen und alles, was darauffolgen kann, verzichten will und rede mir ein, dass das alles sowieso kein großes Ding ist. Der eine macht es so, der andere halt anders. In Wahrheit schwirrt mir die Frage, wem ich wie davon berichten soll, seit meiner Entscheidung ein paar Wochen vorher ziemlich massiv durch den Kopf. Nur weil ich mich nicht ins Abseits schießen will, habe ich beschlossen, dass es niemanden etwas angeht.

Veit, der ist mein bester Freund, der muss es natürlich wissen. Bislang hat es noch keine Gelegenheit gegeben, vielleicht habe ich mich auch gedrückt, aber es muss allmählich raus. Mitten im Gespräch über die eher lahme Party sage ich ihm, dass ich eine Sex-Pause machen will. Eher beiläufig. Ich bin stolz auf den Begriff und schiebe zur Begründung hinterher, dass es mir zurzeit nicht so viel Bock bringt, mit Mädchen zu schlafen.

Für einen Moment guckt er mich an, als ob ich ihn verarschen will, deswegen setze ich noch einen obendrauf und erkläre, dass mir Sex sogar ein bisschen eklig ist.

Veit fängt an zu lachen, beugt sich vornüber, presst raus, dass das nicht sein kann, weil sich jeder Mann fortpflanzen will. „Das ist genetisch! Auch bei dir! Du willst nur keine Girls mehr ficken, weil du schwul bist. So sieht die Sache aus!" Blitzschnell kneift er mich, wo er meine Brustwarze vermutet, und trifft.

Ich kläre ihn auf, dass meine bisherigen Aktivitäten garantiert nichts mit Fortpflanzung zu tun hatten, eher mit deren Verhinderung und dass dieses Argument gerade für ihn als Schwulen superlächerlich ist.

„Es geht um Spaß! Beziehungsweise um keinen Spaß. Und übrigens bin ich mir sicher, dass ich mit Jungs auch nichts machen will. Es dreht sich bei der Sache um mich, nicht um andere. Ich will mit Schleim und Körperöffnungen erst mal nichts zu tun haben."

Die beiden unangenehmen Wörter rotze ich ihm ins Gesicht.

Immerhin lacht er nicht mehr. Aber er grinst. Und holt eine Flasche Wodka. „Darauf trinken wir einen". Wir kippen den Schnaps gekonnt weg. „Und noch einen auf dein gutes Abi."

„Und auf deins auch noch einen." Ich halte ihm mein leeres Glas hin. Wir sind geübt darin, auf etwas anzustoßen und machen weiter. Ich wundere mich, dass er auf einmal mehr verträgt als ich. Zumindest wirkt es so.

„Komm, wir gehen zu mir. Hier ist eh nichts los."

Wir hauen ab, ohne jemandem Tschüss zu sagen. Unterwegs nehmen wir noch ein paar Schlucke. Er hat die Flasche mitgenommen.

Bei ihm lasse ich mich aufs Bett fallen und schlafe sofort ein.

Am nächsten Morgen werde ich sehr langsam wach. Er daddelt schon mit seinem alten Gameboy, legt ihn aber weg, als ich ein Geräusch aus mir herausquetsche. Ich habe seit ewigen Zeiten nicht mehr bei ihm übernachtet. Wir sind ja keine Kinder mehr.

Er schiebt seinen Arm unter die Decke. „Nochmal?"

„Spinnst du? Hau ab!" Ich schlage nach seiner Hand und setze mich auf.

„Ich hole uns mal Kaffee", sagt er, drückt mir eine Wasserflasche in die Hand und verlässt das Zimmer. Ich reibe mir die Augen und realisiere allmählich, was passiert ist.

Als ich nach dem schnellen Einschlafen noch einmal wach geworden bin, hat Veit meinen steifen Penis im Mund gehabt und sich ein braunes Fläschchen mit grell-gelbem Etikett unter die Nase gehalten.

Mir dann auch. Ich spüre den Geschmack von Lösungsmittel nach wie vor im Hals, weiß aber nur noch, dass das Zeug meine Schläfen zum Pochen und die Augen zum Brennen gebracht hat. Dass mein Kopf heiß geworden ist. Ich frage mich, ob ich mich gewehrt oder sogar mitgemacht habe und glaube, dass es weder das eine noch das andere gewesen ist. Beides wüsste ich. Vorsichtig gucke ich unter der Decke nach und sehe ein paar feine krustige Ränder auf meinem Bauch.

„Gut, dass du es danach zum Kotzen noch aufs Klo geschafft hast. Du hattest ganz schön einen hängen. Vielleicht verträgst du das Poppers auch nicht." Veit reicht mir eine Tasse. „Aber ich wusste, dass du nicht nein sagen würdest, wenn man dir saftig einen bläst." Er lacht.

Ich stelle den Kaffee ab, sage ihm während des Anziehens, dass ich ihn nie wieder treffen möchte und gehe.

***

Während dieser Film vor meinem inneren Auge ablief, hatte ich regungslos auf dem Boden gelegen. Eine Hand war eingeschlafen. Ich schüttelte sie, richtete mich langsam auf und rieb mir irritiert die Augen. Wie kleinteilig und klar ich mich noch an das Ganze erinnern konnte. Auf der anderen Seite war ich mir nicht sicher, ob ich mir trauen sollte.

Und jetzt? Ich griff nach dem Wein und leerte ihn zur Hälfte. Das Glas hatte einen kleinen Kalkrand. Blöd, dass das immer wieder passierte.

Ich würde Veit absagen.

Oder nicht?

Hundeleine. Draußen konnte ich zumindest gehen.

Mein engster Vertrauter hatte mich abgefüllt und mir einen geblasen. Gegen meinen Willen. Zumindest gegen meinen nüchternen. Das war inakzeptabel, es war auch schrecklich.

Ypsilon machte mich auf sich aufmerksam, indem er an einer Laterne schnüffelte und sich weigerte weiterzugehen. Ich ließ ihm seinen Willen.

Gleichzeitig fühlte sich die Angelegenheit nicht mehr so groß an, wie ich sie abgespeichert hatte. Mein Abstrafungseifer erschien mir mit dem großen zeitlichen Abstand so jugendlich verpeilt wie Veits Versuch, mir meinen Weg zu zeigen oder mich sogar zu heilen. Das eine Vergewaltigung zu nennen, das kam mir jetzt allerdings auch wie ein Affront gegenüber allen vor, die so etwas wirklich erleiden müssen.

Aber durfte man es kleiner machen? Ich konnte mich nicht entscheiden, ob das ein Ausdruck von zu geringer Selbstachtung sein könnte, und teilte meinem Hund mit, dass ich mich nicht weiter mit der Frage quälen wollte.

Am nächsten Abend hatte ich nicht abgesagt.

„Bitte akzeptiere meine Entschuldigung! Du musst!"

„Das geht jetzt aber zackig. Wir haben uns fünfzehn Jahre nicht gesehen."

„Es sollen nicht noch einmal fünfzehn werden."

Ich hob die linke Augenbraue. Was für ein Drama, was für ein Phrasendrescher! Wahrscheinlich hätte ich mich doch nicht mit ihm treffen sollen.

Nun saß ich in einem italienischen Restaurant, dem das Reinigungspersonal abhandengekommen zu sein schien, und musste fürchten, dass mein aussortierter Kumpel theatralisch vor mir auf die Knie sank oder gar in Tränen ausbrach.

Ich würde die erstbeste Ausrede nutzen, um mich zu verabschieden.

Veit hatte vor dem Restaurant auf mich gewartet und war wie Rumpelstilzchen vor mir herumgesprungen, weil ich erschienen war. Früher hatte ich über dieses Übertriebene gelacht. Jetzt war es mir unangenehm. Ypsilon hatte ihn sogar angebellt.

„Übrigens waren deine Ausreden schon mal besser", ließ er mich über die karierte Tischdecke, die dringend in die Wäsche musste, wissen. Vielleicht hatte er gemerkt, dass die Verzeih-mir-Orgie eine Nummer zu groß gewesen war.

„Welche Ausreden meinst du?"

„Dass du zu viel Arbeit hast, um mich zu treffen."

Für Mitte dreißig hatte er ordentliche Lachfalten unter den langen Haaren. Und die waren früher voller gewesen.

„Ich war noch nie gut, wenn es ums Rauswinden ging. Ich lüge nicht gern. In Momenten, in denen ich nicht die Wahrheit sagen will, versage ich."

„Was wäre die Wahrheit gewesen?"

„Du kennst sie."

„Dass du nie wieder mit mir reden willst?"

Ich nickte.

„Dieser Vorsatz ist gebrochen. Wir können also entspannt sprechen."

„Das ist mir zu einfach."

„Ah, Michelangelo, Grazie mille", wandte Veit sich überschwänglich an den Wirt, nur weil der ein Wasser und ein Bier brachte. Schon, als wir hereingekommen waren, hatte er diesem Michelangelo ein „Buonasera" entgegengeschmettert und war in seine ausgebreiteten Arme gelaufen. Entweder er hatte sehr oft Hunger, wenn er in der Galerie war, oder er wurde Unbekannten gegenüber zu schnell zutraulich. Immerhin hatte er anschließend nicht auf Italienisch bestellt. Das machte meine Mutter hin und wieder, was mir unendlich peinlich war. Demnächst würde ich dieses Schauspiel auch noch auf Spanisch bezeugen können, fiel mir ein.

Ich ermahnte mich, mich auf das Problem vor mir zu konzentrieren.

„Warum jetzt?", fragte ich, nachdem wir einen Schluck getrunken hatten.

„Mitte dreißig. Der erste große Rückblick. Geht dir das nicht so?"

Ich machte eine skeptische Miene und schüttelte den Kopf. „Es gibt keine First-Third-Crisis."

„Wie früher. Du merkst einfach, wenn ich Blödsinn rede." Er prostete mir zu. „Es gibt keinen richtigen Grund, warum jetzt. Es hat einfach immer mehr gedrückt. Man denkt über sich nach, mal mit Therapeuten und mal ohne, man wird weniger egozentrisch. Irgendwann sieht man die Dinge anders."

„Irgendwann?", fragte ich und ließ Minimengen gemahlenen Pfeffers aus dem Streuer in meiner Hand auf die Tischdecke rieseln. „Es erstaunt mich, dass du jemals davon ausgegangen bist, dich nicht entschuldigen zu müssen."

Veit überlegte laut, ob er mir das Folgende sagen sollte. Er entschied sich dafür. „Die ersten Jahre habe ich an dir gezweifelt, habe dich für einen Spinner gehalten, verweichlicht, irgendwie eine frigide Tussi. Ich weiß, so was sagt man nicht, aber ich habe es halt gedacht. Welcher Mann ist schon sauer, weil man ihm einen bläst? Wahrscheinlich war ich auch ein bisschen beleidigt. Du warst der erste, der sich beschwert hat. Und übrigens auch der letzte."

„Halt dein Maul, Veit. So nicht!" Ich war nicht bereit, die Geschichte ins Lächerliche ziehen zu lassen.

Veit machte sich etwas größer und schloss kurz die Augen. „Irgendwann habe ich gespürt, dass die Sache mit dir nicht abgeschlossen war. Du bist nie weg gewesen, hast mir gefehlt. Wir zusammen haben in meiner Seele immer existiert, egal, was ich gedacht oder gesagt habe. Mein bester Freund war halt vorübergehend verschollen. Weil ich mich scheiße verhalten habe." Seine Tonlage wurde tiefer und energischer. „Mensch, ich wusste doch von Anfang an, dass das Kacke war. Aber man muss das auch erst mal vor sich zugeben. Und dann kann man es natürlich nicht ewig mit sich rumschleppen."

„Soll ich jetzt Mitleid haben?" Ich spürte eine gewisse Genugtuung. Vielleicht hatte ich unseren Streit besser weggesteckt als er. „Du bist hier nicht das Opfer, Veit."

Und ich bin nicht in einer Soap, dachte ich, weil mir meine eigenen Worte pathetisch vorkamen.

„Stimmt. Und trotzdem ist man ein bisschen der Leidtragende der eigenen Tat. Oder von deren Folgen. Das ist für dich vielleicht schwer zu ertragen. Aber für mich ist es so." Er streckte seine Hand nach meiner aus, brach die Bewegung aber ab, weil ich zurückzuckte. „Es tut mir leid, Kolja. Alles. Sehr leid. Damals dachte ich, dem muss ich nur mal zeigen, wie geil Sex ist. Dann hat er von allein Lust."

Michelangelo stellte mit einem geflüsterten attenzione das Essen vor uns und verschwand so geräuschlos wie er sich diesmal genähert hatte.

Ich hoffte, dass er über ein gutes Gespür verfügte, nicht über besonders gute Ohren.

Veit wurde leiser. „Ich dachte damals, ich gebe dem hübschen Kerl ein bisschen Poppers und lutsche seinen Schwanz. Cool fand ich das. Saucool. Und vor allem lustig. Wahrscheinlich habe ich auch überlegt, dass du mir vielleicht dankbar sein würdest, weil du durch mich erkennst, dass du schwul bist. Oder weil ich zumindest deine vorübergehende Blockade löse. Was weiß ich, was mich geritten hat. Sex war für mich schon immer unabhängig von irgendwelchen Partnern. Auch heute noch. Ich sehe das als Freizeitbeschäftigung, die mit vielen Leuten verdammt viel Spaß macht."

„Mir nicht."

Das war mir ein bisschen zu zackig rausgerutscht. Ich beobachtete aus den Augenwinkeln, wie Veit den Blick auf seine Pizza senkte. Er traute sich nicht, mich zu fragen, wie das heute bei mir war. Keiner rührte das Besteck an.

„Das hattest du damals ja erzählt, dass du keinen Bock auf Sex hast und so. Das fand ich halt völlig gaga, ein bisschen außerirdisch. Und dann hat es mich auf diese Scheißidee gebracht."

Ich sah ihm in die Augen, braun mit Tränensäcken. Mich selbst als mangelhaft zu bezeichnen, war etwas völlig anderes, als von jemandem anders in eine Gaga-Ecke geschoben, als verrückt angesehen zu werden.

Natürlich hatte ich das noch nie so erlebt. Ich sprach ja mit niemandem über mich.

„Ich will damit nicht sagen, dass es deine Schuld war. Sorry." Veit hatte anscheinend eine Veränderung in meinem Gesicht bemerkt.

Ich schob meinen Stuhl zurück, die Hände auf der mich mittlerweile anwidernden Tischdecke. Ypsilon erhob sich.

„Mich interessiert dein Warum nicht, Veit, und ich werde dir auch nicht mit Rührung und Tränen verzeihen. Wir sind hier nicht bei RTL. Mir geht es ohne dich wahrscheinlich besser und ich glaube nicht, dass das hier etwas bringt. Du warst mein bester Freund, ja, mein allerbester. Und dann warst du es halt nicht mehr. Viel mehr gibt es über damals nicht zu sagen."

Weil mein Hund seine Schnauze in meinen Schoß legte, konnte ich nach unten gucken und seinen Kopf tätscheln, bis die Schlieren vor meinen Augen verschwanden.

„Das Ganze ist lange her. Ich werde es schaffen, trotzdem meinen Teller hier mit dir leerzuessen." Ich drückte die Schulterblätter zusammen. Ypsilon legte sich wieder hin.

Es war gut, dass er erst einmal schwieg. Nach einigen Bissen fragte er, ob ich immer noch so sei.

Ich bejahte.

„Ich konnte dich also nicht heilen?"

Der Scherz tat weh, aber ich wollte ihn aushalten und hielt Veit das Pizzamesser vor die Gurgel.

Er grinste.

„Hast du es eigentlich irgendjemandem erzählt?"

„Bist du verrückt? Nein. Es war doch ein Beste-Freunde-Geheimnis."

„Preisgegeben von einem, den du für eine frigide – fällt dir eigentlich auf, dass es für einen Mann wie mich nicht mal ein Schimpfwort gibt? – also für eine frigide Ich-sage-es-mal-nicht gehalten hast, du Blödmann."

„Trotzdem."

Ich war hin- und hergerissen von der Vertrautheit, die sich jetzt auf einmal über dem schmutzigen Rot-Weiß breitmachte. So schnell durfte es nicht gehen, fand ich.

Veit fuhr sich durch die Haare. „Weißt du, was fürchterlich ist?"

Ich schüttelte den Kopf.

„Jetzt sitze ich hier mit dir, endlich, will mich entschuldigen für all den Mist. Und was passiert? Wieder macht mein Hirn das Gleiche wie damals. Wenn ich ehrlich bin, überlege ich schon wieder, dass du einfach noch nicht gut genug gevögelt hast. Was für eine Scheiße ist das denn?"

Ich erschrak. Gleichzeitig kriegte er mich mit dieser Offenheit. Endlich bestätigte mal jemand, was ich sowieso befürchtet hatte. „Ist schon okay", beruhigte ich sein schlechtes Gewissen.

„Reagieren viele Leuten so blöd?"

„Keine Ahnung. Es weiß fast niemand. Nur mein Bruder und wahrscheinlich seine Frau. Meine Mutter ein bisschen, nein, auch die nicht wirklich. Ich rede da nicht drüber."

Er überlegte. „Hattest du mal geilen Sex?"

„Hör auf mit diesem Dreck von Ursache und Wirkung." Ich schob meine Pizza von mir weg, auch, weil sie nicht schmeckte.

„Sorry. Man möchte es so gern verstehen. Aber egal. Du willst nicht, du willst nicht, du willst nicht. Und damit basta." Er hämmerte sich das Basta mit der flachen Hand in die Stirn.

Nachdem er mit einem Blick gefragt und ich mit einem Nicken geantwortet hatte, schob er die Pizza wieder vor mich. „Wenn das Essen hier halb so gut wäre wie die italienische Folklore, wäre viel gewonnen."

„Du hast die Buonasera-Mitmach-Show gestartet. Also beschwer dich nicht." Ich aß noch ein paar Stücke labberigen Teig.

„Jetzt mal zu dir", nahm Veit unser eigentliches Thema wieder auf, „wie konntest du mit dem, was in dieser Nacht passiert ist, umgehen?", fragte er.

„Oh. Du redest auch mal nicht über dich?" Ich grinste über meinen Witz.

„Man kann auch im Scherz furzen, dass es stinkt."

„Seit wann bemerkst du Zwischentöne?"

Zur Antwort legte er die Stirn in Falten.

„Okay", sagte ich, „nochmal von vorne. Wie bin ich damit umgegangen?" Ich überlegte kurz. „Ich habe dich einfach für ein blödes Arschloch gehalten."

„Nur weil ich dir einen geblasen habe? Ich habe dich doch nicht vergewaltigt."

„Keine Ahnung, wie man es nennen soll. Ich habe das mit niemandem ausdiskutiert. Es ist letztendlich egal, was es war. Du warst mein bester Freund. Ich hatte dir was anvertraut. Das kontert man nicht mit Sex."

„Aber du hast nicht nein gesagt, du hast gestöhnt, du bist gekommen."

„Ich war besoffen, Veit. Mit deiner Hilfe!"

„Oh Mann." Veit raufte sich die Haare.

„Lass uns über was anderes reden. Warum bist du so oft in Köln?"

Natürlich hatte ich erwartet, dass die Kunst, seine Ausstellung ihn hierhergelockt hatte. Aber das war falsch. Er hatte sich in einen Kölner Architekten verliebt. Bruno Lopes. Ich kannte den Namen. Soweit ich wusste, war er einer für Wettbewerbe und Stehempfänge. Seitdem er mit ihm liiert war, hielt Veit sich regelmäßig in der Stadt auf, hatte die Ausstellung konzipiert und ansonsten ein, wie er es nannte, ziemlich verbürgerlichtes Leben geführt. Er sei erstaunt über sich selbst.

„In Berlin ficke ich aber schon noch in der Gegend rum. Nicht, dass du denkst, ich sei in Spießigkeit vertrocknet."

Dieses Geschwätz ließ mich erstarren. Unterm Tisch stand mein Hund auf und drehte sich um die eigene Achse. Als mein Atem zurückkam, ließ er sich wieder fallen.

„Veit, es lässt sich schlecht beschreiben, was ich hier gerade empfinde. Es fühlt sich zu gut an. Die Verbundenheit passt nicht, aber ich nehme sie jetzt mal so hin. Trotzdem weiß ich eins hundertprozentig: Ich will von dir nichts über Ficken, Vögeln, Bumsen oder was auch immer hören. Du bist nicht mehr achtzehn. Das klingt völlig scheiße und es interessiert mich auch nicht. Mach, was du willst, aber verschone mich mit den Geschichten. Die fühlen sich an, als ob du mir damit einen reinwürgen willst. Wenn das zwingend zu dir gehört, auch gut. Aber dann stehe ich besser auf und gehe."

„Sorry."

Ich spürte mein Herz nachpochen. Es beruhigte sich nur allmählich. Ich trank meinen letzten Schluck Wasser.

Woher er gewusst habe, dass ich in der Ausstellung und dann am Glühweinstand gewesen sei.

Er habe Aurel, dem Mitarbeiter der Galerie, mein Foto von unserer Büro-Website gegeben und ihn gebeten, anzurufen, falls ich auftauchte. Deswegen auch die außerordentlichen Bemühungen seines Spions, mich so lange wie möglich in der Ausstellung zu halten.

„Ich muss leider zugeben, dass ich diese strategische Durchtriebenheit bei einem Perlenketten-Mann nicht erwartet hätte."

Veit wurde unbeweglich, zog nur seine Brauen leicht nach oben.

Ich begriff. „Asche auf mein Haupt! Gefangen in Klischees."

Ein angedeutetes Nicken.

„Dabei stehe ich in der öffentlichen Wahrnehmung sicher noch weit unter deinem Aurel. Schwul, bi oder so was ist für die meisten wahrscheinlich immer noch besser als gar nichts."

Jetzt zeigte er mir einen Vogel, ohne dabei seinen Finger zur Stirn zu bewegen.

„Tu mir trotzdem den Gefallen und halt weiterhin die Klappe. Ich will nicht als verdammter Schlappschwanz gesehen werden."

Er hatte den Mund offen. Ein bisschen wie Der Schrei, nur dass es bei ihm die langen Haare waren, die das blasse Gesicht einrahmten. Regungslos saß er da. Er hatte noch immer keinen gescheiten Bartwuchs, nur zwei Flecken am Kinn und einen dünnen Streifen auf der Oberlippe. Ich fuhr mir über meinen fünf-Millimeter-Unterkiefer. Immerhin war ich äußerlich ein Kerl.

Veit las meine Gedanken und begann zu monologisieren. „Es gibt Männer mit viel Bart, es gibt welche mit keinem. Und es gibt alles dazwischen. Du kannst eins schöner finden als das andere, von mir aus auch männlicher. Das ist legitim. Aber es gibt keinen guten und keinen schlechten Bartwuchs. Es gibt einfach nur verschiedene Haare im Gesicht."

„Du hast mich ertappt."

„Ich weiß. Aber ich kann damit entspannt umgehen. Und du kannst dich ebenfalls locker machen. Ein Schwanz ist auch nur ein Bart."

Ich ermahnte ihn mit ausgestrecktem Finger.

Er hob beschwichtigend die Hand.

Dann verstand ich, was er mir hatte sagen wollen. Ich ließ mir den Satz noch einmal durch den Kopf gehen. Jetzt fing er an, mir zu gefallen. Ich musste lächeln. Ein Schwanz ist auch nur ein Bart. Das musste ich mir merken.

„Vielleicht ist dein philosophischer Aphorismus ein gutes Schlusswort."

Er zuckte mit den Schultern. „Sehen wir uns wieder?"

Ich nickte.

Als er mich zum Abschied in den Arm nahm, schreckte er plötzlich zurück und entschuldigte sich.

„So schlimm ist es nun auch wieder nicht."

Er nahm mich ein zweites Mal in den Arm, diesmal etwas fester.

Als er außer Sichtweiter war, schlug ich meine Faust in die andere Handfläche. Ich konnte mich nicht erinnern, wann ich zum letzten Mal so stolz gewesen war.

„Vielleicht, als ich dich endlich stubenrein hatte, du kleiner Stinker." Ich hockte mich kurz vor meinen Hund, nahm seinen Kopf in beide Hände und wuschelte seine Ohren. Ypsilon freute sich über das Kämpfchen und versuchte, mich mit den Vorderpfoten wegzuschieben.

Wie von mir selbst berauscht machte ich mich auf den Weg, obwohl sich in Wahrheit nichts entschieden hatte. Selbst, ob ich Veit überhaupt noch gut leiden konnte, hätte ich nicht sagen können. Vielleicht lebten wir zu verschieden, um wieder gemeinsame Themen zu finden. Aber darum ging es nicht.

Ich spürte, dass er als eine Last von meinen Schultern gefallen war. Anscheinend hatte er dort jahrelang vor sich hin gelegen, ohne dass ich ihn bemerkt hatte. Das Gewicht war zu einem Teil meines eigenen Körpers geworden. Aber jetzt wusste ich, dass es weg war.

Ich kramte mein Handy aus der Jackentasche und wählte Saschs Nummer.

„Wie war's?", fragte der, anstatt mich zu begrüßen. Er sei froh, nahezu begeistert, dass seine Worte Wirkung gezeigt hätten, erklärte er, nachdem ich den Pizzeria-Besuch kurz zusammengefasst hatte. Dann könne ich ihn demnächst zu einem Dankesessen einladen.

Obwohl ich ihm seinen Bruderstolz gönnte, ging ich nicht darauf ein. Das andere Ass im Ärmel verlangte danach, gezogen zu werden. Allerdings schlug ich einen Umweg ein.

„Ich habe übrigens nicht nur Veit, sondern vergangenen Sonntag auch Frau Hageböck getroffen."

„Wer ist das?"

„Meine alte Deutschlehrerin."

„Sagt mir nichts.“

„Die von der Theatergruppe.“

„Ach so. Hat sie dir eine Rolle angeboten?“

„Wie kommst du darauf?“

„Worüber solltet ihr anders reden? Und du warst ja auch ziemlich gut damals als dieser Schüler, der gemobbt wird und sich wehrt. Nachdem er im Keller schon einen Haken in die Decke geschraubt und sich einen Strick besorgt hatte. Und du hast es geliebt. Du bist mir mit deinem Schauspiel-Bla-Bla eine Weile richtig auf die Nerven gegangen, weil du von nichts anderem geredet hast. Und du warst hundertprozentig davon überzeugt, dass du Profi wirst.“

„Unsere Mutter war sich genauso sicher, dass ich einen Knall hatte.“

Wir lachten.

„Trotzdem. Nimm es als Zeichen, dass du Frau Hagendingsda getroffen hast. Die sucht doch sicher nach wie vor nach Leuten für ihr Kleinstadt-Theater.“

„Woher weißt du, wie die heißen?“

„Sie hießen damals so. Ich habe mir ein paar Sachen von denen angeguckt. Und mich nicht getraut zu fragen, ob ich mitmachen darf.“

„Ich könnte ein gutes Wort für dich einlegen.“

„Nee. Im Gegensatz zu dir bin ich untalentiert."
Mein Zwillingsbruder erkannte die Fragezeichen in
meinem Gesicht sogar durchs Telefon und fuhr fort:
„Ich habe mich bei Schauspielschulen beworben, als
ich in München war."

„Davon habe ich noch nie was gehört. Aber vom
Modeln ist das ja auch nur ein kleiner Schritt."

„Er war zu groß für mich. Du bist der Schauspieler
von uns beiden."

Ich musste lachen. „Völliger Quatsch. Ich kann
nicht einmal vor drei Leuten reden."

„Das ist Blödsinn aus dem Universum des einsa-
men Wolfs."

„Herzrasen und Übelkeit, wenn ich nur daran
denke. Das ist keine Einbildung. Aber lassen wir
das mal so stehen. Ich habe nämlich noch jemanden
getroffen."

„Was ist denn mit dir los?"

„Ja, da staunst du! Und mit Recht!"

„Nun gib mal nicht so an, nur weil du dich wie ein
normaler Mensch benimmst. Wen hast du getroffen?"

„Rate mal."

„Paula?"

„Wie kommst du auf Paula? Die treffe ich jeden
Tag."

„Ja. Und sie wäre die nächstliegende für was Engeres."

„Aha."

„Sie würde das auf alle Fälle wollen."

„So ein Quatsch. Würde sie nicht. Außerdem haben wir das Thema vor Jahren geklärt."

„Ehrlich?"

„Ja, natürlich." Manchmal machte mein Bruder einen auf begriffsstutzig.

„Ich bin mir bei ihr manchmal nicht so sicher."

„Es reicht, Sasch."

„Okay, ich höre auf. Wen hast du getroffen?"

„Michelle."

„Nein! Michelle! Die Michelle? Die große Liebe? Die, die dich wegen irgendeinem Heiopei aus der Reithalle abserviert hat? Wegen der du so gejammert hast, dass ich befürchtet habe, du hängst dich in echt im Keller auf?"

„Nun übertreib mal nicht, Brüderchen. Ich war mal kurz mit der zusammen, mehr nicht. Aber ja, die Michelle."

„Das ist ja Wahnsinn. Wie war es?"

„Ganz nett."

„Was soll das heißen?"

„Nichts. Es war ganz nett. Wir sind uns zufällig in der Ausstellung über den Weg gelaufen und haben hinterher einen Glühwein getrunken. Mehr nicht."

„Ich fasse zusammen: Drei Leute wiedergetroffen. Keiner wollte dir etwas tun. Es war sogar nett. Niemand hat versucht, dich flachzulegen."

„Davon war ich auch nicht ausgegangen."

„Aha? Na, das lasse ich mal so stehen. Liebes Brüderchen, ich freue mich, dass wieder ein bisschen Leben in deine alten Knochen kommt."

„Spinner."

Kurz danach legten wir auf. Ich packte das Telefon allerdings nicht zurück in die Tasche, sondern schrieb in der guten Laune des Augenblicks eine Nachricht an Michelle.

Weiß noch nicht genau wann, aber komme demnächst nach Schwerenau. Bin sehr gespannt. Soll von Veit grüßen. KW

7

Paula schmiss ihre Jacke, die sie schon fast angezogen hatte, zurück auf den Tisch. Obwohl ich sehr in Eile bin, muss ich mich um diesen absurden Gedanken direkt kümmern, sollte das wohl heißen.

„Warum Holz?" Sie ließ sich auf einen Stuhl fallen.

„Warum nicht? Wir müssen uns weiterentwickeln."

Das sei richtig, aber wir seien nun einmal auf preisgünstige Zweckbauten spezialisiert, nicht auf Bürogebäude aus Holz. Sie kapiere nicht, warum ich unserer Strategie untreu werden wolle.

Das konnte ich nachvollziehen, denn es gab an meinem Vorhaben auch nichts zu verstehen. Es war einfach eine spontane Idee. Ich hatte die Ausschreibung am Tag zuvor gesehen, ein kleiner Wettbewerb, und Lust bekommen, mich in etwas Neues einzuarbeiten.

Paula hatte das zunächst für einen Scherz gehalten.

„Und wer soll das dann präsentieren? Ich auf jeden Fall nicht."

Ich zuckte mit den Schultern. „Ich auf jeden Fall auch nicht."

Sie verdrehte die Augen. „Die Zeit, in der ihr überlegt, wie man irgendwelche Latten aneinandernagelt, fehlt ihr für die Projekte, mit denen wir Geld verdienen. Außerdem machen wir keine Wettbewerbe."

„Das ist eine interne Regel, die haben wir nie nach außen kommuniziert."

„Und wann willst du das machen?"

„Keine Ahnung. Wird schon irgendwie gehen."

„Mein Kolja macht jetzt irgendwie zwischendurch. Irre. Aber okay, so soll es sein. Du dein Spaß-Projekt, dann habe ich aber auch eins gut. Und wir setzen jeweils nur einen Mitarbeiter darauf."

„Deswegen führe ich ein Büro mit dir. Schnell und pragmatisch. Auf die Wünsche des anderen eingehen, ohne den eigenen Vorteil zu vergessen!"

Sie lachte und fischte ihre Jacke vom Tisch. „Ich bin beim Dröger vom Baureferat. Der ist heute den letzten Tag vor den Weihnachtsferien im Büro. Knochenarbeit für mich. Im Gegensatz zu deiner Villa Kunterbunt."

„Holz und Farben! Gute Idee für einen Bürobau."

„Farbkonzepte erhöhen die Kosten", rief sie mir noch zu, während sie mit schnellen Schritten entschwand und die Tür hinter sich ins Schloss fallen ließ.

Ich drehte einen fröhlichen doppelten Rittberger mit meinem Bürostuhl und ließ die Hände anschließend auf den Schreibtisch platschen. Es ging mir nur um ein kleines Abenteuer, nicht um eine grundlegende Änderung.

Paula und ich hatten unser Büro von Beginn an auf funktionierende Gebäude für möglichst wenig Geld spezialisiert. Preisgünstige Zweckbauten nannten wir das in unserem Werbesprech. Wir machten, was getan werden musste. Andere mochten sich der Kunst oder irgendwelchen Wettbewerben hingeben, wir finanzierten uns ein gutes Leben und bezahlten das Personal fair. Bisher waren wir stetig gewachsen.

Der Schwerpunkt hatte sich automatisch, ohne Strategieworkshops und Marktanalysen ergeben, denn der Sinn fürs Machbare, der uns schließlich dazu bewegte, unser gemeinsames Büro Kress & Wolf zu eröffnen, hatte uns bereits verbunden, als wir im vierten Semester an der Hochschule zum ersten Mal einen gemeinsamen Entwurf erarbeiteten. Eine Bushaltestelle. Für das Projekt war Partnerarbeit angeordnet worden. Wir waren übriggeblieben.

„Wie früher beim Sport in der Schule", hatte ich mich darüber lustig gemacht, dass wir die letzten waren.

„Wieso? Ich wurde immer früh gewählt und du siehst auch nicht gerade aus, als ob du keinen Ball fangen kannst."

„Ich bin Großmeister im Völkerball, habe voltigiert und hatte in der Schule tatsächlich ein paar Freunde".

„Also einigen wir uns darauf, dass unsere lieben Kommilitonen blind sind, weil sie uns nicht ausgesucht haben, und stürzen uns in die Arbeit."

Nach der gemeinsamen Haltestelle waren wir ein architektonisches Paar geblieben und hatten Garagenreihen, Umkleidegebäude und einen Spielplatz entworfen. Ganz automatisch hatte sich dabei unsere Arbeitsteilung ergeben: Wir entwickelten gemeinsam, dann kümmerte ich mich um die konkreten Materialien und den Kleinkram, während Paula die Entwürfe präsentierte und die Kontakte nach außen pflegte. Innenminister und Außenministerin. Die Rollenverteilung passte bis heute, denn sie hasste Details und ich wollte auf keinen Fall Reden vor Publikum halten, weil mir dabei vor Aufregung die Ohren zufielen und sich meine eigene Stimme anhörte wie die eines Unterwasser-Roboters.

Als Abschlussarbeit hatten wir ein Hallenbad entwickelt, das die niedrigen Wasserstände der kommunalen Kassen berücksichtigte und um ein Viertel billiger war als vergleichbare Bauten. Mittlerweile standen die Dinger in fünf Vororten von Köln und Leverkusen. Einige der früher nach Paulas Worten sehschwachen Mitstudenten waren mittlerweile zu meist unterlegenen Mitbewerbern in einem Markt mit eigenen Regeln geworden. Sie warfen uns gerne vor, dass unsere Bäder auch um ein Viertel hässlicher aussahen, was Paula regelmäßig mit „Findest du? Ach, das tut mir leid!" quittierte. Sie offenbarte dabei jedoch nicht, ob ihr Mitleid sich darauf bezog, dass ihr Gegenüber unser Gebäude angucken musste oder so blöd war, es nicht gut zu finden. Ich tippte auf Letzteres, hatte aber nie nachgefragt.

Mit einer weiteren Drehung auf meinem Stuhl, diesmal in die andere Richtung, vielleicht ein Axel, feierte ich, dass Paula und ich uns in der Hochschule gefunden hatten. Ihr Pragmatismus sowohl in privaten als auch in geschäftlichen Dingen vereinfachte mein Leben. Sie kam definitiv nicht von der heiligen Inquisition, sondern fragte nach und konnte die Dinge dann stehenlassen. Eine Gabe, die zu mir passte. Ich machte eine weitere Drehung und rief mit leichtem Schwindel Alicia in mein Büro. Die Haare kamen zuerst.

„Lust auf Überstunden?", fragte ich sie.

„Wofür?"

„Ich habe eine kleine Weihnachtsüberraschung für dich. Ich würde gerne mit dir zusammen ein

Gebäude aus Holz entwickeln. Für einen Wettbewerb."

Auf ihrer Stirn entstanden ein paar Fältchen. „Ich bin keine Architektin. Ich bastele euch manchmal eine Präsentation. Aber eigentlich bin ich dafür zuständig, dass das Büro läuft. Wie am Schnürchen." Sie kicherte über ihr „Schnurschen".

„Genau darum geht es. Ich bin Architekt und du weißt, wie Büro geht. Das schmeißen wir zusammen."

Jetzt verstand sie und riss die Augen auf. Ich spürte, wie sie sich zurückhielt, um nicht hinter meinen Schreibtisch zu kommen und mir um den Hals zu fallen. Schon dafür, dass sie sich zusammenriss, hätte ich sie umarmen können.

„Okay mit ein paar Überstunden?", fragte ich.

„Yes, yes, yes. Auf alle Fälle." Ihr Lachen animierte Ypsilon aufzustehen und zu ihr zu trotten. Sie ging in die Knie und knuddelte ihn. In ihre gute Laune hinein fragte ich sie, ob sie gut präsentieren könne.

„Auf jeden Fall. Ich hatte ‚Presentation Skills' am College." Sie wandte sich an den Hund und legte direkt los: „Lieber Herr Ypsilon, ich freue mich wirklich sehr, dass Sie heute ein paar Minuten ihrer wertvollen Zeit für mich erübrigen wollen. Wie sie an meine bisschen Akzent", sie lachte Ypsilon an, „höre könne, bin isch Amerikanerin."

„Das reicht", rief ich dazwischen. „Ich weiß, dass du deine Fehler nur machst, damit man dich noch mehr bewundert."

Alicia verließ strahlend und wippend mein Büro, zögerte aber in der Tür noch einmal, weil Ypsilon seinen Kopf zur Seite legte und ihr mit einem schmachtenden Blick nachsah.

„Schmeiß dich nicht allen Leuten an den Hals, du kleiner Charmebolzen", ermahnte ich ihn.

Er verzog sich auf seine Decke.

***

Eine halbe Stunde später war sämtliche Anmut aus meinem Vierbeiner gewichen. Er war für mich der beste Hund der Welt, auch der schönste, aber beim Kacken wirkte er nichts als dämlich. Den Rücken rund hockte er auf Halbmast und glotzte mit hängenden Ohren und Lefzen stumpf geradeaus. Normalerweise gab er sich Mühe, sich hinter einem Busch zu verstecken, heute musste allerdings das Stämmchen eines frisch gepflanzten Baums reichen. Ich sah diskret zur Seite. Nach getaner Tat entfernte er sich wie immer mit sichtbarer Erleichterung von seiner Hinterlassenschaft, so, als käme jemand tanzend vom Klo.

Ich fingerte ein Tütchen aus meiner Jackentasche. „Sasch, kann ich dich mal was fragen?"

Mein Bruder war, kaum, dass Alicia es verlassen hatte, in mein Büro gekommen, um in Erfahrung zu bringen, was ich mit der jungen Frau angestellt hatte. Sie sei so aufgedreht. Ich würde es ihm draußen erzählen, hatte ich ihn geködert und nach der Hundeleine gegriffen. Normalerweise ging er nicht mit uns Gassi, aber seine Neugier hatte dieses Prinzip über den Haufen geworfen.

„Mach erst mal den Kram weg!" Er guckte angewidert in die entgegengesetzte Richtung. Erst, als das Beutelchen entsorgt war, nahm er das Gespräch wieder auf. „Worum geht es?"

„Die Frau war Michelle!" Ich hatte mir seit Tagen vorgenommen, ihm das zu verraten. Nun explodierte es aus mir heraus.

„Welche Frau?"

„Der ich ein paar gescheuert habe."

„Aber mit der warst du doch zusammen."

„Das war zwei Jahre danach."

„Da ist sie dir nochmal an die Wäsche gegangen? Na, da hatte sie dich ja offensichtlich in bester Erinnerung!"

Er klopfte mir auf die Schulter.

Ich drehte mich im Gehen weg.

Nach kurzem Schweigen bat er mich, genauer zu erzählen, was damals passiert war. Zum Glück entschuldigte er sich nicht für alles, was er sagte und was ihm anschließend als unpassend auffiel.

„Internationales Frühjahrsturnier in Wiesbaden. Sie hat ein paar Wochen vorher gesagt, wenn ich gewinnen würde, würde sie hinterher gerne noch einmal mit mir schlafen. Das habe sie mit John, das war der Typ, der nach mir kam, so abgesprochen."

„Wow. Das nenne ich mal selbstbewusst. Was sollte das sein? Eine besondere Form der Motivation?"

„Für mich war es ein Scherz. Ich bin gar nicht weiter darauf eingegangen. Was es für sie bedeutet hat, weiß ich nicht. Sie wollte halt immer unabhängig sein, sich nicht von Konventionen leiten lassen und so was."

Sasch wich einer großen Pfütze aus. Er sah zu mir rüber, was ich als Aufforderung weiterzuerzählen verstand.

„Vielleicht war es so was wie die Neuverfilmung eines Klassikers. Unser erstes Mal war auch nach einem Turnier."

„Ja genau, ihr wart irgendein Meister geworden und dann ging's zur Sache. Ich erinnere mich."

„Woher weißt du das denn?"

„Große Brüder wissen alles." Er lachte. „Aber wie ging es weiter? Hast du bei dem Turnier in Wuppertal gewonnen?"

„Wiesbaden. Nee, dritter."

„Und dann?"

„Es war wie erster. Ich habe mich tierisch gefreut."

„Und dann?"

„Habe ich irgendwann gemerkt, dass sie keinen Witz gemacht hatte. Wir kamen erst abends zurück, Pferd versorgen, Auto ausräumen und der ganze Kram. Dann hat sie mich auf einen Siegertrunk zu sich eingeladen. In meiner guten Laune über mein erstes internationales Podium habe ich direkt zugesagt. Ich wollte ein bisschen feiern, aber sie ist in ihrem Zimmer sofort über mich hergefallen. Ich war völlig baff, habe sie ein bisschen weggedrückt, aber sie war hartnäckig, hat so ein Ich-kriege-dich-Gesicht gemacht und nach der Kordel an meiner Trainingshose gegriffen. Genau weiß ich es auch nicht mehr, aber ich habe ihr auf jeden Fall eine geknallt. Peng. Richtig Peng. Nicht nur ein bisschen. Frag mich nicht, wie ich auf die Idee gekommen bin. Mein Arm hat getan, was mein Körper befohlen hat. Mein Verstand hat gepennt."

„Und dann?", fragte Sasch, die Hände in den Jackentaschen, den Blick weiterhin starr auf den Boden vor sich, so als ob jede plötzliche Veränderung meinen Redefluss stören könnte.

„Was soll dann gewesen sein. Wir waren, wenn ich mich richtig erinnere, beide erschrocken. Vermutlich habe ich Scheiße gesagt. Mich entschuldigt. Und bin dann gegangen. Kein normaler Mensch macht nach so was eine Flasche Sekt auf."

„Lassen wir normal mal außen vor."

„Sorry. Ich weiß. Ich bin es nicht."

„Das wollte ich damit nicht sagen."

Ich wusste aber, dass er genau das gemeint hatte. Bei meinem Zwilling machte mir das nichts aus. Ich sah mich ja selbst als eine Art Freak, dem urmenschliche, vor allem urmännliche, Triebe fehlten.

„Und seitdem?", nahm er den Faden noch einmal auf.

„Ich habe am nächsten Tag offiziell aufgehört zu voltigieren. Wenn es am schönsten ist, soll man… Blablabla. Ich fand es total kacke, hatte noch viel vorgehabt. Aber ich konnte nicht mehr. Ich habe mich geschämt. Für mich. Für meinen Schwanz. Für meine Hand. Für alles."

Ich trat mit sanfter Wucht gegen einen Laternenpfeiler. Mein kleiner Zeh knackte und mir schossen Tränen in die Augen. Vielleicht waren sie auch schon vorher dagewesen.

„Michelle hat mich noch zwei- oder dreimal angerufen, hat um Verzeihung gebeten, hat versucht, mich zu überreden weiterzumachen. Ich glaube sie hat sogar angeboten, selbst aufzuhören, damit ich freie Bahn hatte. Aber ich bin hart geblieben. Zwei Monate später oder so, nach den Abiprüfungen, habe ich mir einen Zivildienstplatz in Köln gesucht und bin weggezogen. Ende, Aus, Schwerenau. Ende, Aus, Volti."

Sasch blieb stehen. Ich ging ebenfalls nicht weiter, fragte mich, was er vorhatte. Er kam, ohne etwas zu sagen, auf mich zu und nahm mich in die Arme. Mitten auf einem Bürgersteig in der Kölner Innenstadt. Es war mir unangenehm. Ich klopfte ihm auf den Rücken, um weniger innig zu wirken. „Lass mich los, sonst fange ich an zu heulen." Das war weniger Scherz, als ich es klingen ließ.

„Tut mir leid, dass ich das damals nicht gemacht habe. Jemand hätte dich drücken müssen, aber irgendwie habe ich nichts mitgekriegt. Und unsere Mutter ja wohl auch nicht."

„Die wollte noch nie was merken", sagte ich.

Wir gingen weiter.

„Sei nicht so hart in deinem Urteil. Vielleicht fehlt ihr das Können mehr als das Wollen."

Ich überlegte kurz. Wenn Eltern nicht lieferten, hatte das für mich mit Unwillen zu tun, nicht mit mangelnden Fähigkeiten. Als kleines Kind schrieb man ihnen eine Allmacht zu, die sich lange hielt, vielleicht zu lange. Man ging davon aus, dass sie wussten und konnten, woran man selbst verzagte.

Erst wenn sie alt wurden, gebrechlich und offensichtlich schwächer, sah man ein, dass sie weder Wonderwoman noch Superman waren.

„Du meinst, ich überschätze unsere Mutter?"

„Ich glaube, dass bei einer Frau, die so jung ihren Mann verliert und dann nie wieder eine ernstzunehmende Beziehung eingeht, irgendetwas schiefgelaufen sein muss. Frag mich aber bitte nicht, was. Es ist ein Gefühl. Ich glaube einfach nicht, dass sie die toughe Nuss ist, die sie vorgibt zu sein."

Eine Fahrradfahrerin fuhr direkt neben uns durch eine Pfütze. Sasch kriegte einige Spritzer ab. Sorry. Kein Thema, nichts passiert. Manchmal war es einfach.

Ich nutzte die Gelegenheit, um das Gespräch noch einmal auf Michelle zu bringen. Die interessierte mich mehr als unsere Mutter, weil ich immer wieder überlegte, erst einmal auf Zeit zu spielen und doch nicht nach Schwerenau zu fahren. Oder zu fahren und diese entsetzliche Ohrfeige anzusprechen. Damit wäre sie dann vielleicht vom Tisch. Aber wie?

Entschuldige, dass ich dir damals eine geknallt habe. Ich hoffe, mein Faux Pas hat keine bleibenden Schäden angerichtet. Denkst du manchmal noch an meine Ohrfeige?

Völlig unmöglich, erst recht aus heiterem Himmel. Dieser Zwischenfall war wie die hässliche Anrichte von Tante Anneliese, die im Weg rumstand, aber einfach zu schwer war, um sie wegzuräumen.

Dabei hatte ich große Lust, beim Voltigieren zu gucken. In dem Moment, an dem ich an meinen vergrabenen Sport erinnert worden war, hatte er mich wieder interessiert. Ich wollte wissen, was die heute machten.

Aber einfacher war es, Voltigieren Voltigieren und Michelle Michelle sein zu lassen. Ich wusste, dass Sasch mir raten würde, sie trotzdem zu sehen. Danach brauchte ich nicht zu fragen.

„Würdest du die Ohrfeige bei Michelle ansprechen?", erkundigte ich mich stattdessen.

„Auf keinen Fall", platzte es aus ihm heraus. Vielleicht hatte er über diese Antwort bereits vor meiner Frage nachgedacht. „Sie hat dir doch gesagt, dass sie sich über euren Kontakt freut. Punkt. Das reicht. Solltet ihr in vier Monaten enge Freunde sein, dann kommt das Thema sicher sowieso noch mal auf den Tisch, in Ruhe, da, wo es passt. Aber erst einmal würde ich die Klappe halten."

„Aber ich kann doch nicht so tun, als ob es das nie gegeben hätte."

„Jetzt hör auf, heiß zu laufen. Zum einen hat sie wahrscheinlich auch noch ein schlechtes Gewissen. Man packt Leuten eben nicht einfach so an die Hose. Du kannst mir glauben, dass die meisten Männer das unangebracht fänden. Außerdem hat sie an dem Tag sicher geschnallt, dass du asexuell bist. Ist doch ein Vorteil, dass sie schon Bescheid weiß."

Er hatte recht. Ich nahm mir vor, mich locker zu machen. Irgendwie würde es mir gelingen, diese bescheuerte Ohrfeige von Anno dazumal in die Hinterstube meines Hirns zu schieben.

„Ich hasse dieses Wort übrigens."

„Welches?" Mein Bruder sah mich an.

„Asexuell. Das klingt nach asozial."

Er verdrehte die Augen. „Ich freue mich auf jeden Fall, dass du deine soziale Ader wiederentdeckst. Keine Lust auf Sex ist nämlich nicht asozial!"

Natürlich implizierte diese Aussage, dass er in meinem Fall das Gegenteil befürchtet hatte. Ich hatte gelernt, sehr genau hinzuhören, wenn es um mein Thema ging, reagierte aber trotzdem nicht weiter auf seine Worte.

„Okay. Dann werde ich wohl wirklich irgendwann demnächst nach Schwerenau fahren." Ich dachte kurz nach. „Vielleicht nehme ich Veit einfach mit. Das würde es auf der einen wie auf der anderen Seite leichter machen."

„Super Idee. Mach doch."

Ich schlug im Vorbeigehen übermütig auf einen Ampelpfeiler. Autsch, dachte ich, als ich merkte, dass ich eine scharfkantige Unebenheit im Metall getroffen hatte. Ich leckte das Tröpfchen Blut ab. Dass ich auch dem nächsten Mast einen Klaps verpasste, merkte ich daran, dass mein Bruder mich fragte, ob ich den kompletten Rückweg lang randalieren wolle. Ich bat meinen Hund, den Spießer neben mir in die Wade zu zwicken, aber er hörte nicht.

Zurück im Büro wedelte mir Alicia mit einem großen Umschlag entgegen. Er sei an mich privat adressiert, von einer Renate Hageböck. Sie brauchte drei Anläufe, um den Nachnamen aussprechen zu können. „Diese furchterlichen Umlaute!" klagte sie.

„Fürchterlich, mit Ü!", korrigierte ich. „Fünf glückliche Pflücker mit gebücktem Rücken verzücken in Perücken. Tschüß."

Ich verschwand in meinem Büro. Nur zehn Minuten bis zum nächsten Termin, aber ich war neugierig, was die alte Deutschlehrerin zur Aufführung bringen wollte, und riss den Umschlag auf. Zum Glück gab es eine Zusammenfassung des Dramas. Die reichte. Selbst wenn ich eine Rampensau gewesen wäre, hätte ich da nicht mitgemacht. Ich war nicht schwul. Und nicht in den Siebzigern aufgewachsen. Und wir waren nicht mehr in den Nullerjahren. Das Stück hatte sein Mindesthaltbarkeitsdatum längst hinter sich. Ich musste meine Panik vor öffentlichen Auftritten nicht weiter offenbaren, sondern konnte einfach wegen des Texts absagen. Es würde keine zweite Schauspielkarriere geben.

Es ging um zwei Männer, beste Kumpel in einer Schulzeit mit viel Moral und ein bisschen Exzess, die sich beim Klassentreffen nach dreißig Jahren wiedersehen, der eine, mittlerweile schwul und in Amerika, der andere ein deutscher Normalo, mit Anstellung, Frau und Kindern. Sie sondern sich von der Party ab, lästern über die Vergangenheit, erinnern sich und stellen irgendwann fest, dass sie sich schon immer geliebt haben.

Wollte Renate mir mit diesem Text sagen, was sie über Veit und mich vermutete? Unwahrscheinlich. Wenn jeder Schauspieler wäre, was er spielt, hätten wir ziemlich viele Mörder rumlaufen. Frau Hageböck war wohl einfach ein bisschen gestrig. Eine gute Deutschlehrerin war noch lange keine Intendantin.

Ich schob die Seiten wieder in den Umschlag und drehte mich zu Ypsilon um, weil sein Gestank nach nassem Hund zu mir herüberschwappte. Er rollte sich auf den Rücken und streckte die Pfoten in die Luft. Ich zeigte ihm einen Vogel. „Jetzt wird nicht gekrault. Und demnächst geht es sowieso mal aus der Stadt raus. Pferde und Pampa, da kannst du richtig Köter sein. Das wird aufregend, mein Lieber. Dann ist mal Schluss mit Körbchen und Schoßhund."

8

Hier eine Party, dort ein Empfang – Veits Alltag unterschied sich gewaltig von meinem und weil er wenig Zeit hatte, obwohl er häufig in Köln war, hatte ich mich entschieden, gleich am ersten Wochenende des neuen Jahres allein nach Schwerenau zu fahren. Die Mischung aus Panik und Neugier war in den paar Wochen seit meiner Nachricht an Michelle zu einer gespannten Vorfreude geworden, besonders nachdem wir einmal telefoniert hatten. Die Normalität, mit der sie das Gespräch mit mir führte, war beruhigend gewesen und mittlerweile hatte ich mich daran gewöhnt, dass ich sie treffen würde. Selbst am Abend vorher verschwendete ich keinen Gedanken mehr daran, doch noch abzusagen.

Kurz nach elf war meine Bettzeit, auf einen beständigen Schlafrhythmus legte ich großen Wert. Sieben Stunden sollten es mindestens sein, einschlafen vor Mitternacht, Wecker um halb sieben, dann ein oder zwei Schlummertasten, anschließend Gassijoggen, eine knappe Dreiviertelstunde. Ausnahmen passierten äußerst selten.

Wie jeden Abend löschte ich, bevor ich ins Bad ging, die Lampen im Wohnzimmer, schlug die Bettdecke auf, zog meinen Schlafanzug an, legte Maske und Ohrstöpsel bereit und kippte das Fenster. Mein Hund nahm das als Signal, es sich im Korb vor der Schlafzimmertür gemütlich zu machen. Ich tätschelte ihm seinen Kopf, ein Ritual, ohne dass er und ich wahrscheinlich nicht hätten einschlafen können. Mit einem kurzen, zur Gewohnheit gewordenen Blick in den Flurspiegel richtete ich mich wieder auf. Ich brauchte einen neuen Schlafanzug. Die Bündchen von dem, den ich trug, waren schon seit ewigen Zeiten löchrig. Sieht sowieso keiner, hatte ich bisher gedacht, was ja auch stimmte. Aber trotzdem. Ich betrachtete mich genauer. Schlafanzüge waren die einzigen Kleidungsstücke, bei denen ich auf meinen Schwarzstandard verzichtete. Dieses hellblaue Modell wirkte allerdings wie die Nachtwäsche eines Zwölfjährigen. Vielleicht sollte ich mir um meiner selbst willen mehr Mühe geben. Irgendwann. Jetzt wurden erst einmal die Zähne geputzt.

Ich konnte noch nicht sehr lange geschlafen haben, als Ypsilon zu bellen begann. Bei seinem Organ halfen auch keine Ohrstöpsel. Ich schob die Maske hoch und zischte den Hund an, ruhig zu sein. Das Handy dudelte. Mitten in der Nacht. Ich sprang aus dem Bett, lief in den Flur. Meine Mutter. Mit leichter Panik löste ich das Gerät vom Kabel.

„Es tut mir leid, dass ich dich um diese Uhrzeit – wie spät ist es eigentlich? Ohje, kurz vor Mitternacht. Also, entschuldige bitte, dass ich störe, Kolja, aber ich komme gerade aus dem Krankenhaus. Mach dir keine Sorgen, nichts Schlimmes, aber ich habe mir den Arm gebrochen. Ich war mit Angelika in der Oper und als sie mich hinterher zuhause abgesetzt hat, bin ich vor dem Auto ausgerutscht und musste mich abstützen. Da ist es passiert, einfach glatt durch. Er ist geschient, das ist alles. Aber ich wollte dir sagen, dass ich in den nächsten Wochen ein bisschen Hilfe brauchen dürfte. Sascha rufe ich gleich auch noch an. Der ist um diese Zeit ja sowieso noch auf."

Ich hatte mitten in ihren Ausführungen beruhigt ausgeatmet. „Das ist ja blöd, tut mir leid. Aber immerhin Glück im Unglück. Kommst du denn jetzt zuhause klar?"

Während sie mir erklärte, dass ihre Freundin Angelika noch bei ihr sei und alles wie am Schnürchen liefe, wanderte ich wieder ins Schlafzimmer, setzte mich aufs Bett und inspizierte meine Zehen. Unter den Nägeln hatten sich an einigen Stellen Fusseln festgesetzt. Die musste ich morgen vor dem Joggen entfernen.

Hoffentlich verlängert der Armbruch meine Absagefrist für Mallorca, dachte ich außerdem. Meine

Mutter hatte vor ein paar Tagen angekündigt, dass wir demnächst gemeinsam in ihr Reisebüro gehen würden. Als ob es ihr gehören würde. Sie hatte von allem etwas Eigenes.

„Dann hoffe ich, dass du erst einmal eine einigermaßen schmerzfreie Nacht hast und schlafen kannst."

„Das wird schon. Ich bin zuversichtlich."

„Okay. Ich melde mich."

So cool sie auch tat, der Unfall hatte ihr einen kleinen Schock verpasst. Sonst hätte sie um diese Zeit nicht mehr gestört. Meine ganze Jugend über hatte sie mir eingebläut, dass das Telefon nach zwanzig Uhr nur bei Notfällen zu benutzen sei. In ihrer schockfreien Welt fiel eine glatt gebrochene Elle nicht in diese Ausnahmekategorie.

Ich ließ mein Telefon der Einfachheit halber neben dem Bett liegen, machte das Licht aus und freute mich, dass ich ein zweites Mal in die andere Sphäre hinübergleiten konnte. Sich langsam aus der Realität herauszuschälen und in die Welt der Träume zu entschweben, war herrlich. Abends, wenn ich müde war, erlebte ich das nur für einen kurzen Moment, aber morgens, wenn man nach dem Wecker noch einmal für ein paar Minuten eindöste, dann konnte ich diesen Reisezustand länger genießen. Alles schien dann möglich. Bis die Schlummertaste ihren Dienst tat.

Ich war allerdings noch nirgendwo hingeglitten, als das Telefon zum zweiten Mal dudelte.

„Hallo Mama, was gibt es noch?"

„Meine Güte, klingst du genervt. Und warum benutzt du für deine Mutter noch immer dieses albern betonte Mama? Ist sie mittlerweile Königin von Frankreich?"

Ich sah auf die Uhr. Null Uhr dreizehn. Ich hätte auf meinen Bauch hören sollen. Veit passte nicht in mein Leben. Eine Pizza mit ihm und schon lief alles aus dem Ruder.

„Veit, es ist fast eins. Ich bin nicht die Telefonseelsorge. Und meine Mutter habe ich nur erwähnt, weil sie ebenfalls gerade, mitten in der Nacht, angerufen hat. Anscheinend seid ihr ungefähr gleich verrückt, nur dass sie zur Entschuldigung einen gebrochenen Arm vorgebracht hat."

Er lachte.

„Das war ernst gemeint."

„Dafür hast du es ziemlich unterhaltsam vorgetragen. Entschuldige, wenn du schon geschlafen hast, aber es ist Samstag und ich habe gerade erst den Hörer aufgelegt, weil ich ewig lang mit Michelle geplaudert habe. Ich wollte dir nur sagen, dass ich morgen doch mitkomme. Ich kann sogar fahren."

Ich war wacher, als ich sein wollte, und fragte betont verschlafen, warum er nun doch Zeit habe.

„Ich wollte eigentlich zu dieser Fetischparty heute Nacht, aber dann hatte ich doch keine Lust und habe Bruno allein losgeschickt."

„Too much information."

„Ich glaube, ich werde alt."

„Holst du mich ab?"

„Ich habe Michelle übrigens gefragt, warum sie dich damals hat sitzen lassen."

„Ich wollte eigentlich wissen, ob du mich abholst."

„Ja, mache ich. Aber weißt du, was sie gesagt hat?"

„Nein."

„Sie hätte es dir hinterher am Telefon erklärt. Ich solle dich fragen."

„Aber sicher nicht nach Mitternacht. Mein Wecker rappelt um halb sieben." Vor allem konnte ich mich an kein Telefongespräch erinnern.

„Michelles auch. Das kann kein Zufall sein."

„Doch, kann es." Ich verabschiedete mich und überlegte weiter, auf welches Telefongespräch sie sich bezogen haben konnte. Ich hatte sie doch händchenhaltend mit dem Typen erwischt, wir hatten voreinander gestanden und nicht telefoniert. Die Angelegenheit ließ mir keine Ruhe. Eine halbe Stunde später stand ich im Aufzug Richtung Keller. Als Ordnung schätzender Mensch hatte ich den Koffer mit meiner Vergangenheit längst wieder aus der Wohnung geschafft.

Meine Sperrstunde fürs Untergeschoss lag ungefähr beim Beginn der Tagesschau, um diese Uhrzeit war ich noch nie hier unten gewesen. Wie erwartet erschien es mir noch unheimlicher als tagsüber. Obwohl es keine Fenster gab, machte die Dunkelheit draußen es hier noch düsterer. Und nur weil Sasch mich darauf hingewiesen hatte, woher die Furcht kommen mochte, von der Decke baumelnde Selbstmörder zu entdecken, war diese nicht verschwunden. Ich hasste diesen Ort.

Möglichst schnell und leise zog ich mein Tagebuch aus dem Koffer. Die Kiste mit den Medaillen fiel scheppernd auf den Boden, der Lärm ließ mich erstarren. Für einige Sekunden verschwand das Leben aus meiner Muskulatur. Als es mit Macht und Hitze zurückkehrte, klaubte ich sie hektisch wieder auf. Die Box lag gerade wieder im Koffer, da hörte ich die Kellertür aufgehen. Ich hielt die Luft an. Ein Vorhängeschloss wurde geöffnet, wahrscheinlich im ersten Gang. Um mich bemerkbar zu machen, ließ ich den Koffer so laut wie möglich zufallen. Wer immer du bist, häng dich später auf, wollte ich damit sagen.

Mit dem Ordner unter dem Arm bewegte ich mich Richtung Ausgang. „Frau Smirovsky!" Am liebsten wäre ich ihr um den Hals gefallen, weil es sie und niemand anders war. „Was treiben sie denn um diese Uhrzeit hier unten?"

„Hallo Herr Wolf. Ihnen kann ich es ja sagen. Ich hatte auf einmal einen solchen Heißhunger auf Apfelmus und keinen mehr in der Wohnung."

Ich lachte. Hoffentlich habe ich in deren Alter auch noch Heißhunger auf irgendwas, schoss es mir durch den Kopf. Einen Augenblick später fragte ich mich, ob ich das wirklich gedacht hatte. Seit wann war ich ein Typ für plötzliche Gelüste?

„Und sie? Wollen sie schon wieder in alten Zeiten kramen?" Sie zeigte auf den Ordner und hob den Zeigefinger. „Vorsicht, Vorsicht. Lieber nach vorne."

„Nur ein kurzer Blick in den Rückspiegel, bevor die Fahrt beginnt", versuchte ich ihr entgegenzukommen.

„Das haben sie schön gesagt."

„Vielen Dank."

Sie guckte auf meine Schlafanzughose, die aus meinem Mantel ragte. „Und nun rasch ins Bett. Morgen fangen wieder hundert neue Tage an."

Ich war ein Meister der Autosuggestion. Aber mir einzureden, dass sich meine Nachbarin nicht über meinen hellblauen Kinder-Schlafanzug wunderte, gelang mir nicht. Sie fragte sich jetzt sicher, welche weiteren dunklen Geheimnisse ich hütete. Selbst Ypsilon musste sichergehen, dass ich tatsächlich noch ich war, und schnüffelte an mir, als ich die Tür öffnete.

„Alles gut", tröstete ich ihn. Und mich.

Dann setzte ich mich zurück ins Bett und blätterte in meinem Tagebuch-Aktenordner zur letzten Seite des Abschnitts Michelle. Tatsächlich, ein Telefonat.

31.07.2004

Michelle hat noch einmal angerufen.

„Hallo. Wie geht's?"

„Wie soll es schon gehen, wenn man verarscht wurde."

„Wir bleiben Freunde. Bitte. Müssen wir. Wir haben zusammen Training."

„Voltigieren ja. Freunde? Ich weiß nicht."

„Aber wir waren in den letzten Wochen doch super Freunde."

„Wir waren zusammen. Ein Paar."

„Findest du?"

„Ich hätte nicht gedacht, dass es daran etwas zu finden gibt."

Sie war kurz still.

„Kolja, du hast dich schon seit ein paar Monaten wie ein superguter Freund benommen. Nicht wie mein Freund."

„Was meinst du damit?"

„Muss ich das wirklich sagen?"

„Du meinst, weil ich abends Hausaufgaben machen musste?"

„Ich meine das, was man abends macht."

„Wir haben auch nachmittags miteinander geschlafen."

„Wie oft? Zweimal?"

„Dreimal. Glaube ich."

„Kolja, du hast da keinen Bock drauf. Deswegen ist es besser, wenn wir Freunde sind."

„Das ist Quatsch. Natürlich habe ich Bock."

„Ich dachte, es hilft dir, wenn ich dir das sage."

„Du willst davon ablenken, dass du mich verarscht hast."

Viel gekränkte Eitelkeit, fand ich, aber anscheinend hatte sich meine Problematik schon früher angebahnt, als ich gedacht hatte. Warum Michelle sich wohl noch so genau daran erinnern konnte? Zufall? Wohl eher, dass sie im Gegensatz zu mir keinen Grund gehabt hatte, es zu verdrängen. Trotzdem fühlte ich mich dank ihrer Diskretion sicher. Ich sah auf die Uhr, löschte das Licht und kuschelte mich in meine Decke.

Am nächsten Morgen erinnerte ich mich an einige Details unseres Treffens, die ich mir träumend ausgemalt hatte. Ich hatte gesehen, wie wir zusammen in der Sonne saßen, lachten, wie ich auf ein Pferd sprang, sogar auf ihm stand, wie Veit tolle Fotos machte. Lauter solche Sachen.

Dass Veit einen VW Polo fuhr, war nicht vorgekommen. Auch kein anderes Auto. Aber auch ohne es zu träumen, war ich von mehr Glamour ausgegangen. Eine Corvette. Oder einen Geländewagen mit Ketten rechts und links anstelle von Türen. Oder zumindest einen bemalten Bus mit Koje und Kitchenette. Aber gut, dann eben einen Polo. Der war zumindest nah dran an einem Büro für kostengünstige Zweckbauten.

Er erzählte, dass Bruno und er Silvester mit einem „befreundeten Pärchen" verbracht hätten. Ich versuchte, diese Worte mit seinen sonstigen Eskapaden in Einklang zu bringen, die mir viel besser zu Veit zu passen schienen als ein Pärchenabend. Oder wohnte in dem langhaarigen Typen, der heute eine Art Melone trug, auch ein kleiner Spießer?

Wieder einmal las er meine Gedanken. „Wir waren alle vier nackt", sagte er sachlich und konzentrierte sich auf die Autobahn.

Ich traute mich nicht, nachzufragen, ob das ein Scherz war. Er wollte wissen, was ich gemacht hatte.

„Silvester bin ich traditionell zuhause, trinke Champagner, esse exquisiten Käse und lese, denke ein bisschen nach, lasse die vergangenen zwölf Monate an mir vorbeiziehen. Nach dem Dezember-Stress im Büro genieße ich das jedes Jahr aufs Neue. Es ist ein schöner Schlusspunkt. Ein Abschnitt ist abgeschlossen und man blickt mit Respekt, aber auch mit Freude, auf den nächsten. Außerdem passe ich auf, dass Ypsilon nicht um zwölf die Wände hochgeht, weil er glaubt, er werde erschossen." Mein Hund auf der Rückbank reckte den Kopf, als er seinen Namen hörte.

„Interessant, dass du vor diesem Hintergrund den Mund wegen eines Pärchenabends verziehst. Aber apropos, was war denn nun der Grund dafür, dass Michelle dich abserviert hat?"

„Keine Ahnung. Wird wohl diverse Gründe gegeben haben."

Er merkte an, dass sich das bei ihr anders angehört habe, aber ich wollte mich nicht als jugendlichen Schlappschwanz hinstellen und er hakte freundlicherweise nicht nach. Ich war froh, dass er viel über sich und seine Arbeit zu erzählen hatte und ich zuhören konnte.

Erst als wir auf den Parkplatz vor der Reithalle rollten, bemerkten wir, dass wir etwas zu spät dran waren. Mit schnellen, aber leisen Schritten ging ich voraus. Michelle stand bereits im Zirkel, konzentriert auf Pferd und Sportler.

Ich war direkt gefangen. Das war nicht mehr die alte Voltigier-Welt. Das war hundertmal professioneller. Ich genierte mich, geglaubt zu haben, mal gut in diesem Sport gewesen zu sein und starrte auf Schrauben, Hebungen und Sprünge, die ich noch nie in meinem Leben gesehen, geschweige denn ausgeführt, hatte. Grundschulkinder besaßen hier eine Körperspannung, von der ich zu meinen besten Zeiten geträumt hätte. Sie wurden von kraftstrotzenden jungen Männern in die Höhe gestemmt, machten Handstände und Spagate. Die Älteren konnten auf dem galoppierenden Pferd stehen wie ich auf dem Boden. Kein Wackeln, kein Ausgleichen, auch wenn sie gerade dreißig oder vierzig Kilo durchtrainiertes Kind auf ausgestreckten Armen hielten. Je länger ich zuguckte, desto mehr sah ich mich selbst in der Rolle dieser Untermänner. Das Ganze wirkte so einfach.

So wie die Sportler schien auch das Pferd eine Ausbildung durchlaufen zu haben, die hervorragende Leistung vom Zufall entkoppelte. Mene, so riefen sie den Rappen mit großer Blesse, war total auf Michelle an der Longe konzentriert. Nichts brachte ihn aus der Ruhe. Jeder konnte sich hier auf den anderen verlassen.

„Du machst das wahnsinnig gut", lobte ich Michelle nach einer Stunde hinter der Bande, in der ich kein Wort mit Veit gewechselt hatte. „Das alles zu beobachten, wie das funktioniert und was ihr könnt – irre!" Ich konnte mich nicht erinnern, wann ich zuletzt so beeindruckt gewesen war.

Sie errötete ein bisschen. „Danke für das schöne Kompliment! Freut mich sehr, dass ich dich nicht umsonst hierhergelockt habe."

„Hast du ganz sicher nicht", sagte Veit und grinste sie verschwörerisch an. „Er konnte beim Zugucken kaum atmen und hat nicht ein einziges Mal nach dem Hund an seiner Leine geguckt."

Ein Teil der Wahrheit war auch, dass ich am liebsten zu Michelle gelaufen wäre, um zu fragen, ob ich mitmachen durfte. Mein Körper hatte die Bewegungsabläufe des Aufspringens gespürt, meine Beine gewusst, wie die Galoppade auszugleichen war, wenn man auf dem Rücken eines Pferdes stand. Das Gefühl von früher hatte sich in mir ausgebreitet, der Glaube daran, gut zu sein, Zuschauer und mich selbst begeistern zu können. Erst jetzt, nachdem Mene seine letzte Runde für heute gedreht hatte, ließ das Kribbeln nach. Ich vergegenwärtigte mir, dass das hier semiprofessioneller Sport war, kein Phantasialand für mittelalte Herren.

„Was machen wir jetzt?", fragte ich, als wir vor der Halle standen und ich mich bei Ypsilon für Leinenzwang statt Abenteuer entschuldigt hatte.

„Wie schön, dass du das fragst, und nicht wie beim letzten Mal in erster Linie nachhause willst", meinte Veit und lächelte mich spöttisch an. Er hatte, anders als die Diva, die er früher gewesen war, zäh durchgehalten, obwohl er sich nicht für Pferde interessierte. Wahrscheinlich freute er sich deswegen umso mehr auf den nächsten Programmpunkt.

Michelle blickte amüsiert von einem zum anderen. „Ich habe was reserviert", sagte sie.

„In der Scheinbar?", fragten Veit und ich wie aus einem Mund. Die war zu Oberstufenzeiten unsere Stammkneipe gewesen.

„Da muss ich die Herren enttäuschen. Die gibt es schon ewig nicht mehr. Hier direkt nebenan." Sie zeigte auf ein Blockhaus aus dicken Stämmen mit großer Veranda, das zwischen Reithalle, einem kleinen Container-Dorf und einem Einkaufszentrum mit landebahngroßem Parkplatz deplatziert wirkte. „Der Laden heißt ‚Pferde müssen draußen bleiben'. Hunde dürfen aber rein und das Essen ist besser als die Optik. Überwiegend vegetarisch, regional. Wir leben nicht mehr in der Scheinbar unserer Jugend, Jungs."

Veit schob sich seinen Hut ins Gesicht. „Der eine Junge findet, dass der Name bekloppt ist. Aber der Rest klingt gut. Eine kleine Entschädigung fürs frühe Aufstehen."

„Ich denke, du bist kein Langschläfer."

Ich fragte mich, wieso Michelle das wusste, und korrigierte ein weiteres Künstlerklischee in meinem Kopf.

Dem Lokal hätte weniger Bilderbuch-Image bei der Wild-West-Anmutung ebenfalls gutgetan, aber viele Leute wollten wohl Folklore. Es war voll. Immerhin gibt es echte Kakteen, dachte ich.

Eine zur Tischdecke passende, rot-weiß-karierte Cowgirl-Kellnerin brachte uns zu unserem Tisch und stellte Ypsilon ungefragt einen Napf Wasser hin. Aus Dankbarkeit beendete ich meine Analyse des gastronomischen Designs.

„Kommst du jetzt öfter zum Gucken?", fragte Michelle über die Speisekarte.

Immer noch diese direkte Art. Ich konnte mich noch gut daran erinnern, wie sie nach einem überraschenden Triumph bei der Verbandsmeisterschaft, nach Tänzen und Umarmungen meine Hand nicht mehr losgelassen hatte. Einfach so, ganz selbstverständlich. Damals war aus den guten Freunden ein Paar geworden, denn noch am selben Abend hatten wir zum ersten Mal miteinander geschlafen.

„Ich könnte einen weiteren Co-Trainer gebrauchen und immerhin weißt du, wie es geht."

„Architekt, selbständig, keine Zeit", erklärte ich, obwohl ich wusste, dass ihre Frage nicht ernst gemeint war.

„Schade, das hätte was werden können."

„Was denn?", wollte Veit schelmisch wissen.

Ich beschimpfte ihn in Gedanken als böse Ratte.

„Ein gutes Team." Michelle verzog keine Miene.

Chapeau, junge Frau, dachte ich und fragte sie, ob sie manchmal noch selbst aufs Pferd springe.

„Um Himmels willen. Die Zeiten sind längst vorbei. Machst du denn noch Sport?"

„Ein bisschen Völkerball, ein bisschen Fitness, Joggen, im Sommer Rennradfahren."

„Rennrad!", rief sie. „Herrlich! Endlich mal jemand, der auch fährt. Ich gurke immer ohne Begleitung durchs Bergische."

Es stellte sich heraus, dass wir uns beide vor gut zehn Jahren Räder gekauft und seitdem viele Runden gedreht hatten, sie allein, ich mit Sasch.

„Er hat mich zum Radfahren gebracht", erklärte ich.

„Bei mir waren es die Schleck-Brüder, Andy und Fränk."

Michelle und ich guckten ungläubig auf Veit.

„Ich bin zwar ein dünner Hering", sagte er, „aber ich komme die Berge ziemlich gut hoch. Das werde ich euch beweisen."

Ich konnte es immer noch nicht glauben.

Veit tippte an seine Melone. „Kein Scherz."

„Und was haben die Schlecks damit zu tun?", fragte Michelle.

„Ich fand den Namen lustig. Schleck. Und dann hieß der eine auch noch Fränk. Zum Schießen."

Michelle sah mich fragend an.

„Lass uns nicht weiter auf ihn eingehen." Ich zog meine linke Augenbraue hoch. Zum einen fiel mir nicht ein, was ich auf Veits krude Aussage hätte erwidern können. Zum anderen hatte ich keine Lust auf freie Assoziationen zum Namen Schleck.

„Okay. Aber ich würde sagen, wir haben eine Verabredung", verkündete sie. „Sobald es ein bisschen wärmer wird, machen wir eine kleine Sonnen-Ausfahrt. Vielleicht kommt Sascha ja auch mit."

„Sascha?", fragte ich ungläubig. „Ich wusste gar nicht, dass du den so gut kennst."

„Tue ich nicht. Er war manchmal da, wenn ich auch da war. Sonst nicht. Aber er fährt Rad und ist dein Bruder. Warum also nicht? Sieht er immer noch genauso aus wie du?"

„Nein, besser!", erklärte Veit. Er hatte tatsächlich die Broschüre der Kölner Stadtwerke in die Finger bekommen, in der Sasch einen stolzen Eigenheimbesitzer mimte.

„Bei Zwillingen sieht man, wie das Leben sich in die Gesichter brennt. Die Ähnlichkeit geht zurück", erläuterte ich.

„Mann, das war ein Witz!" Veit verdrehte die Augen, so dass fast nur noch das Weiß zu sehen war. „Ihr seht immer noch ziemlich gleich aus. Du arbeitest halt nur nicht als Model."

Ich tippte mir mit der Hand an die Stirn. Diesmal brachte ich beiden Brauen zum Einsatz.

"Bist du eng mit deinem Bruder?", wollte Michelle wissen.

Ich nickte.

„Und wie äußert sich das?"

Es fiel mir schwer, passende Worte zu finden. „Vertrauen. Verständnis. Man ist füreinander da."

„Schön."

Ich hatte das Gefühl, dass sie sich ernsthaft über die Nähe zwischen Sasch und mir freut.

„Das wird auf jeden Fall großartig", meinte Veit.

„Was?", fragten Michelle und ich gleichzeitig. Wir mussten lachen, auch weil uns einfiel, dass er die Fahrradtour gemeint haben musste.

Nach dem Essen, bei dem Veit und ich rumalberten wie früher nach einer doppelten Zwei im Diktat, fragte ich Michelle, ob ich mir Mene noch einmal aus der Nähe betrachten dürfe.

„Ja klar. Aber ich muss dich vorher noch von Renate fragen, wie du das Stück fandst. Sie ist immer sehr engagiert, musst du wissen."

Ich verzog den Mund. „Aus der Zeit gefallen? Altmodisch? Um nicht zu sagen, fürchterlich."

Michelle lachte. „Das hat Jörg auch gesagt. Unspielbar!"

„Jörg?"

„Das wäre dein Co-Schauspieler, von dem sie so geschwärmt hat."

„Und du kennst den?"

„Sehr gut sogar. Er ist ein ganz enger Freund."

Selbst Veit verkniff sich die Frage, wie eng ganz eng war.

„Kannst du ihr bitte schonend beibringen, dass ich nicht mitmachen werde", bat ich sie auf dem Weg zum Stall.

„Klar, das kriege ich hin. Kein Problem."

Veit wollte Pferden auf keinen Fall zu nah kommen. Die seien ihm zu groß. Lieber würde er noch schnell zwei Sachen im Supermarkt einkaufen, sagte er und ließ uns allein.

Michelle schob den Riegel der Box auf, als ob sie unnötigen Krach vermeiden wollte. Mene bewegte seinen Kopf langsam in unsere Richtung. Was für ein Kontrast zur Stimmung eben am Tisch. Er beschnupperte meine ausgestreckte Handfläche und wackelte die obere Lippe hin und her. Dass es nichts zu finden gab, schien ihn nicht weiter zu stören. Ypsilon beobachtete uns, auch er schien darauf bedacht, die Ruhe nicht zu stören. Ich hatte verdrängt, wie weich die Nüstern und das Maul eines Pferdes waren. Groß und sanft. Ich nahm meine andere Hand und kraulte Mene zwischen den Ohren. Er hielt still, als ob er den Moment dehnen wollte.

Michelle beobachtete die Annäherung. Sie hatte sich an die Boxenwand gelehnt, die Hände in den

Taschen. Ein Stillleben mit Mensch, Pferd und zuschauendem Hund.

„Ich wollte dir noch was sagen." Obwohl sie leise sprach, zerstörte ihr Satz, was mir wie eine Idylle vorgekommen war. Wie hatte ich so blöd sein können, eine solche Situation herbeizuführen. Sie war wie gemacht für eine Aussprache.

Ich gab vor, mich weiter auf den Wallach in seiner Box zu konzentrieren, aber durch meinen Körper rauschte Adrenalin. Fluchtinstinkt, obwohl weit und breit kein Säbelzahntiger zu sehen war, sondern nur im Raum stand, was Michelle zu sagen hatte. Ich wollte es nicht hören. Wir hatten uns doch gerade erst wiedergetroffen, sahen uns jetzt zum zweiten Mal, nach so langer Zeit. Es war so schön und es gab nichts zu besprechen, noch nicht. Das hatte Sasch richtig gesehen. Ich hatte mich doch entschuldigt. Mehrfach. Die Konsequenzen hatte ich ebenfalls getragen. Auch wenn mir das heute übertrieben erschien, hatte ich meinen Sport aufgegeben.

„Du musst dir keine Gedanken wegen damals machen. Wirklich nicht."

Mir gelang ein minimales Nicken, allerdings hatte ich keine Ahnung, ob sie es sah, weil ich meinen Blick nicht von Mene zu ihr wandern lassen konnte. Nur nicht zucken, um nicht noch schlimmere Wallungen auszulösen. Die Angst packte direkt wieder zu. Ich hatte Sasch im Ohr, der sagte, dass sie wegen damals wahrscheinlich wisse, was mit mir los war. Ich wollte das aber nicht besprechen. Kein Mitleid, kein Großmut. Einfach die Klappe halten.

„Und ich finde, wir sollten fünfzehn Jahre später auch keine Ursachenforschung mehr betreiben."

Ich schaffte es, meinen Kopf in ihre Richtung zu drehen und endlich mal Luft zu holen.

Mene schüttelte sich. Ich klopfte ihn und lächelte Michelle an. „Dann ist das ja jetzt geklärt."

Das Pferd rieb sein Auge an meinem Ärmel.

Ich war erleichtert. Aber ich überlegte. Keine Ursachenforschung. Was sie damit wohl gemeint hatte? Meine übliche Subtext-Interpretation setzte ein, nur dass es sich diesmal anfühlte, als ob ich mit einem Rasenmäher in ein Veilchenbeet fuhr. Die latente Furcht, dass andere Leute mir versteckte Sex- und Beziehungs-Botschaften sandten, konnte ein Killer sein. Ich wehrte mich, wandte mich noch einmal dem Pferd zu, das sich noch immer an mir schubberte und mich nur widerwillig unter seinem Hals durchkrabbeln ließ. „Ich will Veit nicht zu lange warten lassen."

Michelle schloss die Boxentür so sanft, wie sie sie geöffnet hatte, und folgte mir durch die Stallgasse. Als wir an der Reithalle vorbeikamen, schepperte etwas gegen die Wellblech-Außenwand. Ein Schimmel erschrak, machte auf den Hinterbeinen kehrt und kam direkt auf uns zu galoppiert, einmal quer durch die Halle. Beim zweiten Bocken verließen den Jungen auf seinem Rücken die Kräfte. Er landete im Sägemehl, stand aber schnell wieder auf, als ob er so verhindern könnte, dass irgendjemand von seinem Missgeschick erfuhr.

Michelle packte das Pferd, das an der Bande vor uns zum Stehen kam, an der Trense und hielt es fest, bis sein Reiter wieder übernehmen konnte. Ich schätzte ihn auf elf oder zwölf.

„War nicht dein Fehler", flüsterte sie dem Jungen zu. „Pferde hauen ab, wenn ihnen was nicht geheuer ist. Da kannst du nichts für. Irgendwann wird er dir so vertrauen, dass er keinen Grund mehr sieht, wegzulaufen. Wirst du sehen."

Der Junge zischte: „Mistbock!" und zog den Vierbeiner hinter sich her.

„So ganz hat ihn deine Ansprache nicht erreicht", feixte ich. Ich hatte sie schön gefunden.

Draußen schien die Sonne. Veit hatte den Polo umgeparkt, so dass sie ihn durch die offene Fahrertür wärmte. In seinen Mantel eingewickelt döste er vor sich hin, vielleicht war er sogar eingeschlafen.

Auf mein Zeichen hin schlichen wir uns an. Michelle zeigte auf die Halle hinter uns, um mir zu signalisieren, dass mein Plan, auf die Hupe zu drücken, ein schlechter war, wenn ich nicht das nächste Kind vom Pferd holen wollte. Sie schob sich an mir vorbei und schnippte mit dem Zeigefinger von unten gegen Veits Melone.

Träge öffnete der seine Augen. „Da seid ihr ja."

„Kein Fluchttier im Gegensatz zu denen da drinnen", erklärte Michelle mir, wandte sich dann an Veit, um in Erfahrung zu bringen, wann sie sich wiedersehen würden.

„Wenn ich wieder in Köln bin. Biken oder mal essen."

„Ich freue mich", sagte sie. „Und du?"

„Bald und öfter." Ich winkte ihr zu, stieg schnell in den Wagen und freute mich wie ein kleines Kind über meine drei Worte, die mir sehr geschliffen vorkamen.

***

Ein paar Kilometer später hielt ich meine Hände vors Gesicht. „Mann, Veit, das ist echt peinlich!".

Dadurch stachelte ich ihn nur noch mehr dazu an, mit Leuten im Stau Kontakt aufzunehmen, ihnen Kusshände oder ein royales Winken zuzuwerfen. Ich betete, dass mich niemand kannte, auch wenn ich seine Aktionen insgeheim lustig fand, zumal die meisten sich über die Ablenkung freuten.

„Da vorne ist einer mit Regenbogen-Aufkleber!" Veit wechselte dreimal die Spur, was nicht annähernd so gut ankam wie seine Grüßerei. „Ein Pornomobil, wie geil! Gleich haben wir ihn." Wir waren schräg hinter dem dunkelbraunen A5 Cabrio angekommen. Veit kramte einen Block und einen Edding aus der Türablage.

„Warum hast du einen Edding im Auto?"

„Am liebsten wäre mir, du würdest dich jetzt auf meinen Schoß legen, dich, wenn wir neben dem sind, aufrichten, dir demonstrativ den Mund abwischen und so tun, als ob du mir einen geblasen hättest. Aber ich vermute, da hast du keine Lust drauf." Er machte eine Pause. „Mach den Mund zu, mein Freund. Du musst ja nicht."

„Sei froh, dass ich so gut gelaunt bin", war das Einzige, was mir einfiel.

Veit schmierte ein paar Zahlen auf den Block. Selbst ich brauchte nicht lange, um zu verstehen, dass das seine Handynummer war. Als wir neben den blonden Mann rollten, weiche Gesichtszüge, er sah ein bisschen aus, als ob er gerade auf dem Weg zu Mama war, presste Veit den Zettel an die Seitenscheibe. Der Mann lachte und tippte auf sein Armaturenbrett. Veit holte sein Handy aus der Manteltasche. Ich hielt den Atem an. Es ging nur zwei- oder dreimal hin und her, dann reichte er mir den Hörer. „Der will lieber mit dem geilen Kerl neben mir sprechen."

„Das hat der nicht gesagt."

„Doch. So ähnlich."

„Ich will aber nicht."

Neben uns hupte es. Lachend forderte der Milch-bubi mich auf mitzuspielen.

„Der nächste Parkplatz?", war das erste, was ich von ihm hörte.

„Kolja hier", sagte ich und hielt das Mikro zu, um Veit hektisch zuzuzischen, dass der Mann auf einen Parkplatz wolle.

Veit schüttelte sich vor Lachen. „Eher ins Gebüsch dahinter." Mit dem Verstehen kam der Ärger über meine Begriffsstutzigkeit. Veit lachte noch immer.

Na dann, dachte ich, schloss die Augen und quetschte die nasalsten Töne, zu denen ich fähig war, aus mir: „Du, sorry, du, mein Freund will im-mer zugucken, aber selbst das kann er nur in ge-schlossenen Räumen mit Licht aus." Als ob ich ein Paillettenkleid mit Federboa trug, hielt ich Veit sein Telefon vors Gesicht und gestikulierte zum Auto links neben uns, dass es mir leidtat. Dann ließ ich mich erleichtert ausatmend in meinen Sitz sinken, so gut das in einem Polo möglich war.

Veit trat auf die Bremse und ließ den Audi vorfah-ren. Ich sah gerade noch den hochgestreckten Dau-men des Mamasöhnchens. Hinter uns hupte es mehrstimmig. Ich fasste es als ein Lob auf, dass Veit mir dreimal mit der flachen Hand vor die Brust schlug und lachte.

Als wir den Stadtrand erreichten, fragte ich ihn, ob er mich zu Sasch und Elin bringen könne. Elin wollte meinen Hund noch mit auf einen Spaziergang nehmen. Das machte sie öfter. Sie liebte Ypsilon.

„Warum heißt dein Hund eigentlich Ypsilon?", wollte Veit wissen.

„Weil er das Chromosom hat, das mir zu fehlen scheint."

„Dir fehlt doch gar nichts. Guck mich dagegen mal an. Bei mir gibt es zu wenig Testosteron." Er fuhr mit der Hand über seine unbehaarte Wange. „Das ist erst mal kacke."

„Voll Kacke", stimmte ich ihm zu.

„Darüber hinaus hätte ich dir so viel Selbstironie gar nicht zugetraut."

„Womit du recht hast. Ich habe damals einfach nach einem ausgefallenen Namen gesucht. Die Idee mit dem Chromosom kam mir erst eben."

„Aus dir wird noch was", meinte Veit, drückte, warum auch immer, auf die Hupe und schlug mir nochmals auf die Brust.

***

Zur Begrüßung meiner Schwägerin wedelte der Hund, der seit heute nach einem Chromosom benannt war, wie verrückt mit der hinteren Hälfte seines Körpers. Seine Freude beruhte auf Gegenseitigkeit.

„Und schon wieder ist das Vieh in der Bude." Sasch versuchte, es wie einen Witz klingen zu lassen, aber Elin und ich wussten, dass Mama und er haarige Wesen gerade mal ertrugen. Von Zuneigung konnte keine Rede sein. Wir ignorierten es. Elin durfte sich den Hund ausborgen und ich hatte einen Sitter, wenn ich mal einen brauchte. Win-Win-Lose nannten wir das, wenn wir uns über Sasch lustig machen wollten.

Der wollte wissen, wie es gewesen sei.

„Lustig. Und beeindruckend." Ich ließ mich in einen Sessel fallen.

Mein Bruder blieb stehen. „Gibt es ein bisschen mehr als Adjektive?"

Ich erzählte vom Voltigieren, von Mene und unserem Mittagessen. Das Wild-West-Blockhaus ließ ich aus, weil ich ihm keine Gelegenheit bieten wollte, über Michelles Auswahl die Nase zu rümpfen. „Übrigens kannst du demnächst zu einer Radtour mit Veit, Michelle und mir mitkommen."

„Was? Die fahren Rad? Ist ja irre. Und du jetzt natürlich auch im Winter." Er streckte den Daumen hoch. „Die haben einen guten Einfluss auf dich.

Sonst war's dir von Oktober bis April doch immer zu kalt, zu nass, zu rutschig und zu was-weiß-ich-was. Ich glaube, zu gefährlich, hast du bei meinem letzten Versuch, dich bei schönstem Sonnenschein zu überreden, gesagt. Ja genau. Zu gefährlich."

9

Ypsilon drehte sich vor der Küchentürschwelle unschlüssig um die eigene Achse. Elin hatte ihn ausgetobt, gesäubert und frisch gebürstet wieder bei mir abgegeben, aber jetzt wusste er nicht, wie er sich hinlegen sollte. Seine Standardposition passte nicht, weil mein Tagebuchordner im Weg stand. Ich hatte nach meiner Rückkehr die komplette Rubrik Michelle durchgelesen, von der ersten bis zur bereits bekannten letzten Seite. Jetzt war ich schlecht gelaunt, vielleicht eher erschüttert, auf jeden Fall peinlich berührt vom jungen Kolja.

„Sei nicht so ein Spießer, du kannst auch mal ein bisschen anders liegen", maulte ich. Nach der fünften Drehung ließ er sich endlich fallen. Gleiche Richtung wie immer, halb auf dem Ordner. Unbequem sah das aus, aber das gefiel ihm anscheinend besser als eine neue Stellung. Er beobachtete mit großer Geduld, wie ich Kartoffeln schälte, Salat wusch und Eier rührte. Seit Jahren hoffte der Hund, dass Essbares von der Arbeitsplatte zu ihm geflogen kam. Bislang ohne Erfolg, was seine Zuversicht nicht schmälerte. Er wartete beharrlich, wann immer ich in der Küche werkelte. Manchmal sabberte er sogar.

Ypsilon durfte hier nicht rein, keinen Schritt, nicht einmal eine halbe Pfote. Auch nicht ins Schlafzimmer. Warum ich ihm das anerzogen hatte, wusste ich selbst nicht, denn es war mir egal, in welche Ecken er sich fläzte. Ich hatte keine Angst vor Haaren oder irgendwelchen Bazillen und wenn er nachts im Traum Karnickel oder anderes Getier jagte, kriegte ich das ohnehin durch die offene Schlafzimmertür mit. Trotzdem gehörten Hunde nicht in Koch- oder Schlafräume. Punkt. Meiner hielt sich daran, wenn auch mit hängenden Ohren, und hoffte auf Essen auf Flügeln.

Ich dachte an Frau Smirovsky, an ihren Heißhunger auf Apfelmus und ihre Empfehlung, nach vorne zu gucken. Recht hatte sie. Mein Tagebuch förderte auf keinen Fall die Selbstachtung. Ich hatte immer gedacht, schon sehr früh einen klaren Blick auf die Dinge gewonnen zu haben. Aber der junge Kolja war in erster Linie Pubertät.

Das Dokument Michelle 20040730 erzählte zum Beispiel, wie Veit und ich ein paar Tage, nachdem Michelle mit mir Schluss gemacht hatte, in der Scheinbar, unserer Lieblingskneipe, gesessen hatten. Wir waren in der 18-Uhr-Vorstellung von (T)Raumschiff Surprise gewesen und hatten rumgealbert.

Irgendwann war Michelle mit John aufgetaucht, nach einer Weile war sie an unseren Tisch gekommen.

Ich war wie ein Vorstadtcowboy aufgesprungen, hatte irgendwann Fass mich nicht an, nie wieder! gebrüllt, zwei Gläser vom Tisch geschlagen, die Tür geknallt und noch ein paar Fahrräder umgetreten. Zu Veit hatte ich dann ziemlich oft Scheiße gesagt und mich zum Thema Ficken geäußert. Wer wen, wann, wie und so weiter. Ich selbst wollte noch am gleichen Abend losgehen und irgendeine andere… Ein drittklassiges Drehbuch hätte es nicht schlechter erfinden können.

Überhaupt war Beziehung wohl eher etwas gewesen, was ich für andere performte. *Mama kann ruhig mitkriegen, dass ihr Sohn ein Mann ist*, hieß es an einer Stelle. Meine Mutter hatte gefragt, ob Michelle jetzt häufiger über Nacht bleibe.

Veit hatte ich das, was da entstand, wie ein Oswalt Kolle der Nullerjahre erklärt: *„Erst bumsen, dann Beziehung. Ist der bessere Weg."*

„Und wie war's?", hatte er laut Tagebuch gefragt.

„Wie soll's gewesen sein?"

„Schön oder nicht schön."

„Dann wahrscheinlich schön."

„Wahrscheinlich?"

„Okay, ohne wahrscheinlich."

„Klingt nicht sehr überzeugend."

„Du kannst einem den letzten Rest Spaß verderben."

„Wollte ich nicht. Sorry."

„Ich kann mich gar nicht mehr so richtig erinnern. Ich bin aber froh, dass es gemacht ist."

„So wie Treppe kehren?"

Offensichtlich war auch ohne psychologische Grundausbildung zu spüren gewesen, dass mein Verhältnis zur Körperlichkeit krude war. Damit das nicht auffiel, hatte ich mich, wohl eher unbewusst, wie ein Emporkömmling mittleren Alters benommen, der seine Freundin ins Theater, ins Kino oder zu einer Pizza ausführt und wahnsinnig gerne mit ihr quatscht.

Ganz am Anfang war es zumindest noch lustig zugegangen, da hatte ich in einer hellblauen Unterhose mit lila Karos einen Tanz für Michelle aufgeführt und sie hatte nackt Handstand gemacht, um mich sehen zu lassen, was ihre Brüste dabei taten. So stand es zumindest in meinem Ordner. Auch über einen Urlaub im nächsten Sommer hatten wir gesprochen: Arcachon, Dune du Pilat, Camping auf Le Gurp. Ob das in unseren Voltigierturnierkalender passen würde, hatten wir bezweifelt. Dass wir dann noch zusammen sein würden, nicht.

Zu Weihnachten hatte ich ihr einen Kettenanhänger geschenkt. Ein silbernes K. Für mich selbst hatte ich ein M gekauft. Offensichtlich war das Geschenk gut angekommen. *Michelle hatte ganz feuchte Augen*, stand im Tagebuch. Ob das stimmte? Michelle wirkte auf mich nicht wie eine Frau, die sich leicht rühren ließ. Schon gar nicht zu Tränen.

Auch von meiner Mutter war sie wie eine Schwiegertochter in spe behandelt worden. Sie hatte sie sogar zu ihrem Geburtstags-Brunch, damals noch FrüMi, eingeladen. Mir war beim Lesen der Aufzeichnungen zum 29. November 2003 ein verzweifeltes Lachen herausgerutscht, weil das alles klang, als ob ich als Schnösel im Goldknopf-Jackett mit Paisley-Einstecktuch am Tisch gesessen hätte.

Ich habe mir sogar zwei Löffel Krabbencocktail auf meinen Teller gefüllt. Fisch fand ich bislang eher zum Kotzen, aber es ist langsam an der Zeit, erwachsener zu essen. Mit genügend Toast habe ich ihn gut runtergekriegt.

„Kannst du dich noch erinnern, was auf deinem Zettel steht?", hat Michelle mich gefragt, als wir mit dem Geburtstags-Spiel angefangen haben. Logischerweise konnte von ihr nichts vorgelesen werden. Vor einem Jahr ist sie ja noch Michelle, die vom Voltigieren, gewesen. Nicht meine Freundin.

Ich habe ihr gesagt, dass mir das noch nie gelungen ist, obwohl ich jedes Jahr denke, dass ich es diesmal nicht vergessen werde.

„Ach, wie schön", hat Mama verkündet, als sie meinen Zettel in der Hand hatte. „Ich will eine Beziehung."

„Das hast du ja bestens hingekriegt, Brüderchen". Sasch hat sogar applaudiert. Besser als du, habe ich gedacht,

*weil bei ihm ja immer irgendwas, aber nie was Festes
läuft. Michelle hat gelächelt und ihren Kopf an meine
Schulter gelehnt. Total schön. Wie im Film. In diesem
Augenblick hat dann auch noch die Sonne durchs Blu-
menfenster auf den FrüMi-Tisch geschienen. Es haben
nur noch Geigen und Schmetterlinge gefehlt. Wie bei einem Happy End. Dabei haben Michelle und ich doch gerade erst angefangen.*

Meine Affinität zu Krabben war so schnell verschwunden wie das Happy-End-Gefühl und danach auch nie wieder aufgetaucht.

Ein letztes Mal wendete ich meine Bratkartoffeln.
Sie sahen lecker aus. Doch die Vorfreude konnte
nicht die Frage verdrängen, die sich mir aufdrängte,
seitdem ich den ganzen Quatsch gelesen hatte. Was
hatte Michelle an mir gefunden? Warum hatte sie
diesen ganzen Mist mitgemacht? Ich schloss aus,
dass sie ähnlich überfordert wie ich gewesen war
und sich auf peinliche Rollenspiele eingelassen
hatte. Sie war schon immer gewesen, wie sie halt
war, zugänglich für alle, auch für Außenseiter, ohne
dabei naiv zu wirken. Das einfachste wäre gewesen,
sie anzurufen und zu fragen. Aber dann hätte ich
zugeben müssen, dass ich Tagebuch geschrieben
und es jetzt noch einmal gelesen hatte. Das erschien
mir nah am Stalken.

Außerdem, ermahnte ich mich, sollte ich mich ohnehin erst einmal nach dem Befinden meiner Mutter erkundigen. Das schob ich bereits vor mir her,
seitdem ich aus Schwerenau zurückgekommen

war. Mein Blick wanderte wieder zu zwei Fotos, die ich in meinem Ordner gefunden und mit in die Küche genommen hatte.

Auf dem einen: Mama, Betonung auf der zweiten Silbe, und ich. Bei ihrem Geburtstags-Brunch, am Esstisch, im Gespräch. Beide lachend, den Blick auf den anderen gerichtet. Und wie! Die enge Verbindung, jemand anders als ich hätte wahrscheinlich von Liebe gesprochen, war nicht zu übersehen. Sicher nicht mit Heiteitei, hab' dich lieb und Küsschen aufs Schnüsschen. So etwas gab es bei uns auch damals nicht. Aber unter der Oberfläche waren wir uns offensichtlich nah gewesen, sehr nah sogar.

Heute konnte ich das nicht mehr nachempfinden und ich fragte mich, ob ich zumindest damals unsere natürliche Verbundenheit begriffen hatte. Ich fuhr mit dem Daumen über das Bild. Auf der Rückseite fand sich kein Datum, aber ich schätzte mich auf vierzehn oder fünfzehn.

In meinem Ordner hatte auch ein Foto meines Vaters gesteckt. An das Bild konnte ich mich gut erinnern, an ihn selbst jedoch kaum. Er bedeutete mir wenig. Als schweigsam und zurückhaltend hatte ich ihn abgespeichert, als freundlich, aber distanziert. Vielleicht war dieser Eindruck aber auch nur aus den Erzählungen meine Mutter erwachsen, weil ich, als er starb, für eigenständige Vorstellungen noch zu jung gewesen war. In mir gab es nicht einmal ein Bild des krebskranken Mannes. Er saß gesund und kräftig, so wie ein Vater für einen kleinen Jungen halt aussah, am Esstisch und dann war er tot.

Nahezu legendär war seine Ähnlichkeit mit Rock Hudson. Als wir etwas älter waren, hatten Bekannte und Freundinnen meiner Mutter hin und wieder über ihn gesprochen und uns jedes Mal darauf hingewiesen, dass er ein Abbild des Schauspielers gewesen sei. Sasch und ich hatten uns irgendwann ein paar DVDs ausgeliehen, aber näher war uns unser Vater dadurch nicht gekommen. Im Gegenteil, er war in eine teils schwarz-weiße Welt längst vergangener Jahrzehnte gerutscht.

Mit neun oder zehn hatte ich mal aufgeschnappt, dass er sein Aussehen durchaus zu nutzen gewusst habe, ein Schwerenöter gewesen sei. Heimlich war ich ins Wohnzimmer zum Regal mit dem Brockhaus geschlichen und hatte wenig von dem verstanden, was ich da las. Aber auf jeden Fall war es nicht mit dem Bild meines Vaters übereinzubringen, das meine Mutter gezeichnet hatte und so hatte ich das Ganze schnell als unwichtig abgetan. Bis heute. Mein Vater war zu lange tot, als dass wir noch über ihn sprachen. Bevor ich die Nummer meiner Mutter wählte, schob ich die Fotos zwischen die längst nicht mehr genutzten Kochbücher im Küchenregal.

Die Patientin war zufrieden. Schmerzen habe sie keine und nicht nur Angelika, sondern auch Friederike und Ursula-Luise kümmerten sich exzellent und aufopferungsvoll um ihr Wohlergehen, erklärte sie. Sie schien die Gesellschaft zu genießen und wäre es nicht um meine Mutter gegangen, hätte man vermuten können, die Damen lebten in einer lustigen Kommune. Dank Constanze Wolf, geborene von Otto, war das aber ausgeschlossen.

Sie habe allerdings eine Bitte, ließ sie mich wissen, als ich schon fast wieder auflegen wollte. Ob ich ihr am nächsten Morgen ein paar Bildbände zum Thema Architektur vorbeibringen könne. „Ich möchte die Zeit gerne nutzen, um mich in deinem Bereich ein wenig weiterzubilden."

Erstaunt sagte ich zu und entdeckte bei der Suche nach geeigneten Exemplaren für die interessierte Laiin sogar ein paar Anregungen für meinen Holzhaus-Wettbewerb. Vielleicht sollte ich tatsächlich ein Bürogebäude ins Auge fassen, das nach Südstaatenhaus oder Villa Kunterbunt aussah. Die Idee faszinierte mich.

Noch am nächsten Morgen im Büro trällerte ich stumm vor mich hin: Zwei mal drei macht vier, widdewiddewit und drei macht neune. Natürlich konnte ich mir die Welt nicht so machen, wie sie mir gefiel, aber ich hatte Lust auf Ausgefallenes, auch in puncto Arbeitsweise.

Alicias Ideen und Anmerkungen sollten nicht nur zu roten anstelle von grauen Türgriffen führen, sondern ich hatte mir vorgenommen, sie wirklich ernst zu nehmen. Von Bürokräften entworfen würde über meinem Wettbewerbsbeitrag stehen, das sah ich als die einzig erfolgversprechende Strategie, die mir offenstand. Ein Spektakel aus Holz würde mir keiner abnehmen, denn ich konnte weder Spektakel noch hatte ich Hölzernes vorzuweisen. Also agiles Arbeiten. Das stand bei der Allgemeinheit hoch im Kurs, für die gottgleichen Stars der Architektur aber sicher so wenig auf der Tagesordnung wie bei der siebentägigen Welt-Erschaffung im Alten Testament.

Über Weihnachten und zwischen den Jahren hatte ich ein paar Sachen über den Einsatz von Holz gelesen, recherchiert, welche Bürobauten es bereits gab, und dann fünf Ideen skizziert, die ich mit unserer Büromanagerin besprechen wollte. Sie hatte keine Ahnung, was sie erwarten würde, aber zwei Latte Macchiato in der Hand, als sie in mein Büro kam. Ein Pluspunkt.

Sie solle sich zurücklehnen, bot ich ihr an, weil ich ihr ein paar Möglichkeiten, von der Büro-Ranch bis zum Glaspalast aus Holz, zeigen wolle. Alicia blieb unschlüssig, mit den beiden Gläsern in der Hand stehen. Offensichtlich wusste sie nicht, wo sie sich hinsetzen sollte.

Ich schlug das Kopfende meines kleinen Besprechungstischs, meinen angestammten Platz, vor.

Sie stellte beide Gläser ab und ließ ein langgezogenes Okay hören. Vermutlich überlegte sie, ob mein Angebot ernst zu nehmen sei, denn normalerweise waren Paula und ich diejenigen, die vor Kopf die

Daumen hoben oder senkten. Kress & Wolf war
schließlich unser Laden.

Als ob sie sich selbst Mut machen wollte, klatschte
Alicia in die Hände. „Dann machen wir das halt einfach mal umgekehrt. Great!" Sie setzte sich und gab
mir ein Zeichen, dass sie bereit sei zuzuhören. Dass
ich von einer Mitarbeiterin die Freigabe zu sprechen bekam, irritierte mich für einen Moment, doch
ich legte los.

„Ich finde die alle schön. Sehr schön", sagte sie nach
einer halben Stunde. „Aber irgendwie gar nicht so
praktisch."

Ich blickte von meinem Kaffee auf, der kalt geworden war, musste kurz schlucken, besann mich aber
sofort wieder darauf, was ich wollte. „Genau so was
habe ich gehofft", spornte ich sie an. „Was würdest
du denn anders machen? Schieß los!"

„Ich würde ganz anders rangehen. Für mich, ich
muss in dem Ding arbeiten, kommt Innen vor Außen. Das ist wie bei den Menschen auch."

Ich mochte diese Sichtweise, begann aber zu ahnen,
dass es hier nicht um Kleinigkeiten, wie die neue
Überschrift Created by Office People oder ein paar
versetzte Wände ging. Alicias Locken wippten immer stärker, als es aus ihr heraussprudelte: Fenster
bis zum Boden erlaubten ungewollte Blicke, Glas
dürfe es erst ab Oberkante Schreibtisch geben. Dann
gerne. Aber man brauche auch ein paar Wände.
Großraum- oder Einzelbüros, wollte ich wissen.

Beides Kacke! Zweier-, Dreier-, Viererzimmer. Statt Türen lieber so etwas wie Insektenvorhänge aus Samt oder Hanf, geschlossen und gleichzeitig offen. Für jeden eine „personal wall", hier ging ihr das Deutsch aus, für Bilder, die man zum Wohlfühlen brauche. Sie meinte einen Paravent, der als transportable Pinnwand ein Hier-wohne-ich-Gefühl aber auch Privatsphäre schaffen sollte. In der Gebäudemitte wollte sie einen Lichtschacht, drumherum Küche, Meeting-Rooms, manche mit Tischen, manche mit Sitzsäcken. Toiletten in einem abgetrennten Bereich, Fenster waren ihr auf den Klos nicht so wichtig, eher eine Dunstabzugshaube, wie sie das ausdrückte.

Die Plätze in diesem Büro würden alle zwei, drei Monate neu zugelost. Hierarchieebenen, Abteilungen, alles durcheinander. Mit eigenem Paravent und dem persönlichen Rollcontainer würde man umziehen, denn in einem Büro mit wenigen Leuten sei es wichtig und schön, sich kreuz und quer kennenzulernen. Und wie das Ding dann von außen aussehe, sei für die, die drinnen etwas leisten müssten, irrelevant. Es müsse halt irgendwie zum Brand-Image passen, aber das ginge notfalls mit ein paar Paneelen in der richtigen Farbe.

In einem zehnminütigen Feuerwerk zerstörte meine Expertin für Büroabläufe meine Entwürfe. Du hast es so gewollt, sagte ich mir. Trotzdem brauchte ich ein paar Tage, um mich damit abzufinden, auf was ich mich eingelassen hatte.

Dann begannen wir mit unserer eigentlichen Arbeit. Zweimal die Woche blieben Alicia und ich abends im Büro und kreierten einen Holzrahmenbau, der ihren Anforderungen gerecht wurde.

Bei unserer vierten oder fünften Sitzung – Alicia hatte das Projekt mittlerweile Holzoffice getauft - steckte Paula, schon in eine leuchtend grüne Daunenjacke gehüllt, den Kopf in mein Büro: „Was macht ihr hier eigentlich immer so lang?" Sie war es nicht gewohnt, dass andere das Licht ausmachten, und schob sich durch die Tür. Fellstiefel. So etwas hatte ich noch nie an ihr gesehen. Ihre normalen Schuhe musste sie in den Jackentaschen haben.

„Wenn ich es nicht besser wüsste, würde ich euch verdächtigen." Sie drehte sich zu mir. „Aber Alicia hat einen ziemlich schnuckeligen Freund. Gegen den hast selbst du alter Beau keine Chance." Dann zu Alicia: „Viele Grüße an Max."

Ich vermutete, dass sie den attraktiven Freund nur vorschob, uns aber eigentlich meinetwegen nichts unterstellte, weil sie sich mittlerweile sicher sein musste, dass ich tatsächlich nicht auf Zweierkisten aus war. Trotzdem verfolgte sie das nach wie vor. Gelegentlich gab es Nachfragen, die wohl unauffällig sein sollten. Ich hoffte, dass sie nach Jahren ergebnisloser Beobachtung entspannt durchs Leben gehen konnte und gab vor, ihre Neugier nicht zu bemerken. Denn dann musste ich auch nicht über deren Grund nachdenken.

„Wir entwerfen ein Holzoffice, das innen sexyer ist als außen", erklärte ich ihr.

„Holzoffice heißt die Bude jetzt. Aha. Und seit wann willst du sexy?"

Ich war selbst erstaunt. „Alicias Worte, nicht meine."

„Ich denke mal darüber nach, ob mich das beruhigt." Sie stapfte Richtung Tür.

„Machst du eine Nachtwanderung?", fragte ich.

Sie wusste sofort, worauf ich anspielte. „Nein. Das ist einfach nur überflüssiger Scheißdreck an meinen Füßen. Ein bisschen wie deine getunte Hundehütte." Ihr tiefes Lachen. „Ich habe mir Stiefel gekauft und keine Ahnung, wann ich sie anziehen soll. Deswegen trage ich sie jetzt manchmal auf dem Weg ins Büro. Zehn Minuten am Tag ist besser als nie. Aber ich frage mich, wie man sich in solchen Dingern fortbewegen soll. Die fühlen sich an, als ob mich die Mafia im Rhein versenken will."

„Lovely crazy", sagte Alicia, als die Tür hinter Paula zugefallen war.

Ich nickte. Very crazy. Aber die beste Partnerin, die ich mir vorstellen konnte.

Als ob er gewartet hätte, bis Paula fertig war, erschien Veits Nummer auf meinem Handydisplay. Er rief mittlerweile fast täglich an. Auch mit Michelle sprach ich ein oder zweimal die Woche.

Anfangs war mir das wie Übereifer vorgekommen, aber dann hatte ich mich Saschs Ansicht angeschlossen, dass das von ganz allein auf Normalmaß zurückgehen würde. „Es ist wie mit einem Schmuckstück, das man hinter der hässlichen Anrichte von Tante Anneliese wiedergefunden hat. Obwohl man es vorher nicht vermisst hat, trägt man es jetzt dauernd. Irgendwann schrumpft es aber wieder zu normalem Schmuck", hatte mein Bruder erklärt.

Warum in meiner Familie so häufig von Tante Annelieses Anrichte gesprochen wurde, obwohl wir weder eine Verwandte dieses Namens noch ein Sideboard besaßen, war mir nach wie vor ein Rätsel, aber neben der Faszination des Wiederentdeckten ging es bei unserer Telefoniererei wohl auch darum, dass sich keiner vorhalten lassen wollte, sich nicht ausreichend gekümmert zu haben, falls die Sache ein zweites Mal schief ging.

Ich drückte auf die Taste mit dem grünen Hörer und ließ Veit wissen, dass ich keine Zeit hatte, weil ich gerade darüber stritt, ob eine Treppe im zentralen Bereich sein müsse. Alicia fand es elementar, dass man schnell von einer Etage zur nächsten huschen konnte. Natürlich machten Veit und ich sofort eine flapsige Bemerkung über ihre Art, das Wort huschen auszusprechen, aber sie verzieh uns.

„You guys can't even say ‚Hi' properly!", erklärte sie mit breitem US-Akzent. Wir wussten, warum wir nicht widersprachen.

Ich erklärte Alicia, dass ihre Vorstellung mit den Fluchtweganforderungen kollidierte. Sie liebte dieses deutsche Wort und machte es wie ein Papagei nach. Fluchtweganforderungen. Fluchtweganforderungen. Fluchtweganforderungen.

„Are you betrunken?", fragte Veit durchs Telefon.

Ich versuchte, ihn aus der Leitung zu reden.

„Nur noch eins", widersetzte er sich, „ich bin übernächste Woche kurz in Köln. Vielleicht können wir Rad fahren. Aber auf jeden Fall treffen wir uns in der Galerie. Die Ausstellung hat Bergfest. Merk dir den Termin vor, ich sage Michelle auch Bescheid. Bruno wird ebenfalls da sein. Der hat schon sechs Holzhäuser entworfen, hat er mir gesagt. Das könnte dir also nutzen. Falls du mich nicht einfach so sehen willst."

„Pappnase!" Ich flötete ein freundliches Auf Wiederhören hinterher.

Alicia lachte mich an. Sie mochte unsere lockere Art. Die sei very charming. Ich wolle aber gar nicht charmant sein, sondern die Sache mit der Treppe klären, holte ich sie in die emotionsfreie Gegenwart des Büros zurück.

10

Äußerst gut gelaunt stand ich einige Tage später schon um vier Uhr von meinem Schreibtisch auf und packte meine Sachen.

„Arbeitest du jetzt halbtags?", rief Paula mir an der Tür hinterher.

Ich warf ihr eine Kusshand zu.

Ab sechs sollten wir in der Galerie auftauchen, hatte Veit gesagt. Normalerweise bedeutete das für mich sieben oder halb acht. Heute stand ich mit einem neuen schwarzen Hemd unterm Mantel um fünf vor sechs an der mir bekannten Ampel.

„Hier waren die Ladies. Kannst du dich erinnern?", fragte ich meinen Hund. Er hielt den Kopf schief. „Da vorne geht es dann rechts, dann gleich noch einmal rechts und dann sind wir fast da."

„Du sprichst mit deinem Hund?" In der tiefen Stimme hinter mir hörte ich Verachtung.

Ich drehte mich um. Ich hatte weder gemerkt, dass ich auf Ypsilon eingeredet hatte, noch, dass jemand hinter mir stand. Ein Mann mit Mütze starrte mich an.

„Bruno?" Ich war mir nicht hundertprozentig sicher.

„Genau." Er zwang sich zu lächeln.

Sofort meinte ich zu wissen, warum Veit mit ihm zusammen war. Er war ein ideales Fotomodel. Nicht klassisch gutaussehend, soweit ich das beurteilen konnte. Aber mit verwirrenden Augen. Zum einen wirkten sie traurig, als ob er kurz davor war zu heulen. Zum anderen war sein Blick messerscharf. Ich hätte nicht sagen können, ob er gleich melodramatisch vor mir zusammenbrechen oder einen Revolver ziehen und mich erschießen würde. Alles schien im Bereich des Möglichen, nur etwas Normales oder Durchschnittliches durfte man wohl nicht erwarten. Ich konnte mir diesen Mann unmöglich an einem Zeichenbrett vorstellen. Eher in einem Schwarz-Weiß-Film von Edgar Wallace.

„Ist was?", fragte er. Anscheinend hatte ich ihn zu lange angestarrt. Sein gereizter Ton verriet, dass er mich nicht leiden konnte. Von wegen nützlich. Da hatte Veit sich verschätzt.

Ich versuchte es mit einer Begrüßung und streckte ihm die Hand entgegen. In dem Moment wurde es grün. Schweigend setzten wir uns in Bewegung. Das einzige Thema, das mir einfiel, war unser Job.

Aber ich traute mich nicht, ihn auf seine Holzhäuser anzusprechen. Bruno strahlte mit jeder Pore aus, dass er nicht befragt werden wollte. Selbst Ypsilon zog es vor, nicht aufzufallen und ließ die Ohren hängen. Ich war froh, als wir endlich in der Galerie ankamen.

Die ersten Gäste, fast ausschließlich Männer, waren schon da. Offensichtlich verstand man ab sechs in dieser Szene anders als ich. Die Musik zwang die Leute, laut zu reden. Es wurde viel gestikuliert.

Bruno nutzte das komplette Volumen seiner Bass-stimme, als er seinen Freund als seinen „kleinen Mapplethorpe" begrüßte. Offensichtlich hatten sie sich eine Weile nicht gesehen, denn sie fielen sich um den Hals, als ob sie allein in ihrem Schlafzimmer wären. Ich konnte nicht anders als hinsehen. An ihren Mundwinkeln vorbei blitzten trotz Brunos Vollbart ihre Zungen auf, die sie sich gegenseitig in die Rachen schoben. Brunos rechte Hand lag auf Veits Hintern. Er drückte dessen Unterleib gegen seinen. Ich war irritiert. Dies war öffentlicher Raum, wir waren keine Teenager mehr, außerdem waren es zwei Männer. Es gab für mich einiges, was gegen diese Form des Hallos sprach.

Endlich ließen die beiden voneinander. Bruno verschwand nach hinten und Veit kam auf mich zu. Er drückte mich, ich klopfte auf seinen Rücken.

„Dein Freund kann mich nicht leiden", flüsterte ich.

„Quatsch. Du fandst nur eklig, dass wir geknutscht haben."

„Wie kommst du darauf?"

„Ich habe deinen Blick gesehen?"

„Du konntest bei der Schlabberei noch was erkennen?"

„Du hast auch danach noch angewidert geguckt."

„Ich hätte etwas mehr Diskretion angebracht gefunden."

„Für mich wäre es am besten gewesen, wenn er mich auch gleich noch gefickt hätte."

Ich verdrehte die Augen.

„Daraus lernen wir, dass weder du noch ich bestimmen sollten, was schicklich ist und was nicht."

Ich musste lächeln. „Touché. Sorry."

„Neustart", schlug Veit vor. „Ich freue mich, dich zu sehen."

„Ganz meinerseits", erwiderte ich. „Aber dein Freund kann mich trotzdem nicht leiden."

„Der ist überfordert", rief er in mein Ohr.

Weil die Musik auf einmal so laut war, dass uns niemand mehr verstehen konnte, traute ich mich, es anzusprechen. „Hast du ihm etwa gesagt, dass ich…? Das ist doch wohl nicht dein Ernst!"

„Reg dich ab. Natürlich nicht. Er hat mich gefragt, ob du schwul bist und ich habe Nein gesagt. Mehr nicht. Aber er glaubt mir nicht, weil ein Typ wie du, der hätte in deinem Alter Frau und Kind, wenn er nicht auf Männer steht, sagt er. Ich konnte ihm schlecht die Wahrheit sagen."

„Nein konntest du nicht. Ich warne dich. Der ist Architekt! Dann weiß es gleich die ganze Branche und ich kann den Laden zumachen."

„So kann er dich nicht einordnen und wittert eine Liebes-Verschwörung. Auf jeden Fall mehr als nur Sex. "

Ich wechselte das Thema und fragte, wo ich Ypsilon lassen konnte.

„Aurel und ich haben eine Hütte für ihn gebaut!". Begeistert zeigte er auf einen Tisch in der Ecke. Eine Seite war mit einer Decke verhangen, auf dem Boden hatten sie ein Fell ausgelegt.

„Er wird sich fühlen wie ein arabischer Prinz", freute ich mich und bugsierte meinen Hund an seinen Platz. Er ließ sich fallen und schmiegte sich an die Wand. Vorsichtshalber wickelte ich die Leine um ein Tischbein. Die Stimmung hier war zu aufgekratzt für einen seiner Rundgänge.

„Jetzt gibt es erstmal ein Glas Sekt."

Ich folgte Veit in den nächsten Raum. Am anderen Ende stand der Mann mit der Perlenkette, der heute einen schwarzen Gehrock über grauer Weste, eine dunkelrote Krawatte und weiße Handschuhe trug. Mit gescheiteltem Haar und ernster Miene schenkte er zwei jungen Männern, die ihre Jacketts auf blanker Haut trugen, ein Getränk ein. Mein Eindruck war, dass hier deutlich mehr junge Gespielen von Veit und Bruno waren, die sich an Sekt und Häppchen vergingen, als erwachsene Männer und Frauen, die in der Lage waren, ein Bild zu kaufen. Ich behielt diesen Gedanken für mich.

Weil ich ihn bislang nur als Galerie-Mitarbeiter erlebt hatte, stellte Veit Aurel und mich einander mit Namen vor und verschwand Richtung Eingang.

„Du bist also sein Spion", eröffnete ich die Unterhaltung.

„Ich spioniere nicht, ich nehme Einfluss", sagte Aurel mit dem Anflug eines diabolischen Grinsens. Die freundliche Perlenkette gab sich heute als fieser Manipulator. Ein komischer Typ, dachte ich. Das war mir zu viel Show. Trotzdem bemühte ich mich um ein normales Gespräch, fand heraus, dass er nur nebenher in der Galerie jobbte, hauptsächlich seine Dissertation schrieb. Er hatte Kunstgeschichte studiert. Es ging um die Darstellung des Theaters in Gemälden oder so etwas und ich bekam schnell den Eindruck, dass die Welt für ihn eine einzige Bühne war.

„Ich will unterschiedliche Seiten von mir darstellen. Dazu nutze ich Klamotten und Accessoires.

Historische Kostüme zum Beispiel oder Frauenkleider, bunte Anzüge, Sportsachen. Heute Butler."

Ich fragte ihn, was daran schön sein sollte, ein Paradiesvogel zu sein. Er gab keine Antwort.

Veit kam mit einer älteren Frau im Schlepptau zurück. Endlich eine potenzielle Käuferin, dachte ich. Sie ließ sich von Aurel einen Orangensaft servieren und lobte seine passende Garderobe.

Veit schirmet seinen Mund mit der Hand ab und raunte in meine Richtung: „Man kann sich auch hinter dem Auffälligen verstecken. Du hältst die Klappe, er verkleidet sich. Die Leute reden dann über seine Outfits, nicht über ihn. Aber im Endeffekt seid ihr euch nicht unähnlich. Das Wichtige bleibt im Dunkeln."

Wieder eine von seinen eher simplen Gebrauchsphilosophien. Ich verkniff mir die naheliegende Frage, was mit dem jungen Mann nicht stimmte.

„Wann kommt Michelle?", fragte ich.

„Gar nicht."

„Oh." In mir erschlafften die Organe, als ob ein Stöpsel gezogen worden wäre. „Schade. Warum nicht?" Ich merkte, wie sehr ich mich auf sie gefreut hatte.

„Sie wollte mit Renate fahren, aber die gute Frau Hageböck hat vorhin mitgeteilt, dass sie sich nicht so fühlt."

„Und allein traut sie sich nicht? Das kann doch nicht sein. Ich rufe sie mal an."

„Mach das. Hier war gerade ein erstes Geschnatter, als sie anrief, da hatte ich keine Muße, sie zu überreden."

Es tutete nur zweimal, dann war sie dran.

Kurzes Blabla, bis zu „ich würde mich so freuen, dich zu sehen."

„Ich mich auch. Aber ich bin mir nicht sicher, ob ich wegen des Galerievolks eine Überlandfahrt machen will."

„Wegen der Leute hier garantiert nicht. Aber meinetwegen. Notfalls gehen wir woanders hin."

„Das klingt gut."

„Also kommst du?"

„Klar." Sie legte auf. Wir hatten das Wort Autobahn nicht einmal erwähnt. Vielleicht war ihre Phobie nicht ganz so schlimm.

Veit grinste, als ich ihm von meinem Erfolg berichtete, blickte dann aber direkt über meine Schulter hinweg. „Da ist Giovanni."

„Oh. Der auch noch", entfuhr es mir. Veit hatte ihn nicht angekündigt. Wir begrüßten uns. Ob ich ihm dankbar sei, wollte er als erstes wissen. Ich verstand nicht sofort. Er habe immerhin dafür gesorgt, dass mein früherer bester Kumpel und ich wieder Freunde seien.

„Sind wir das?", fragte ich, beeindruckt davon, dass alle anderen Freunde und Bekannten, die zu diesem Fest eingeladen worden waren, mir so sehr anders vorkamen anders ich.

„Veit hat es zumindest behauptet", erklärte Giovanni. „Aber ansonsten springe ich gerne ein." Mit einem anzüglichen Lächeln legte er mir die Hand auf den Oberarm. Ich drehte mich weg.

„Diese Art Freund war ich mit Veit nie und werde es auch nicht sein." Mein Ton war unmissverständlich.

„Okay", sagte Giovanni.

Es entstand ein unangenehmes Schweigen. Ich ärgerte mich, dass ich Michelle in dieses Irrenhaus gelockt hatte. Sonst hätte ich jetzt einfach verschwinden können.

„Stehst du auf Frauen?", fragte Giovanni. „Ich war mir da nie so sicher."

„Es gibt keinen Grund, beim Wort Frauen das Gesicht zu verziehen, finde ich. Und darüber hinaus geht es dich nichts an, worauf ich stehe. Glaubt ihr eigentlich, ihr befindet euch hier im Vorzimmer eines Swinger-Clubs?."

„Ui, so verklemmt warst du früher nicht." Sein Lächeln sagte, du alter Spießer.

Wieder entstand eine dieser unangenehmen Pausen, in denen beide nach einem möglichen nächsten Satz suchen.

„Ich gucke dann mal weiter rum", erlöste Giovanni uns.

„Ich muss auch mal nach meinem Hund sehen", fiel mir rettend ein.

Wir lächelten uns an, froh darüber, nie wieder ein Wort miteinander wechseln zu müssen. Zum Glück konnten Veit und ich mittlerweile selbst unsere Nummern wählen. Der Bote hatte ausgedient.

Ich ging nach vorn und linste unter den Tisch. Ypsilon schlief, also würde ich, um die Zeit bis zu Michelles Ankunft zu überbrücken, mir noch einmal die Fotos ansehen. Schließlich fand dieses Narrentreffen in einer Galerie statt. Allerdings drückte ich mich dann lieber vor den Nacktschild-Fotos im Eingangsbereich rum, um Michelle auf keinen Fall zu verpassen.

Sie war blass und wirkte außer Atem, als sie durch die Tür kam. Nachdem sie ihre Jacke aufgehängt hatte, zeigte sie auf Ypsilon, der unter seinem Tisch weiterhin dem aufgeregten Geschnatter um sich herum trotzte. Dann entdeckte sie mich und kam auf mich zu. Sie zitterte.

„Die Autobahn. Ich habe mich überschätzt. Ich habe wirklich selten Angst, aber auf der A1 schließe ich gefühlt alle zwei Minuten mit dem Leben ab. Egal jetzt. Schön, dich zu sehen."

Ich merkte, wie sie auf dem Weg zur Küsschen-rechts-Küsschen-links-Begrüßung, die bei diesem Event angebracht war, eine Verzögerung einbaute, und interpretierte das als Rücksichtnahme. Sasch hatte wohl recht gehabt. Sie wusste Bescheid.

„Ich bin wirklich froh, dass du da bist. Das hier ist definitiv ein Teil von Veits Leben, mit dem ich wenig zu tun haben möchte."

„Ich freue mich, dass ich angekommen bin." Ein erstes Lächeln, noch immer etwas angestrengt, aber ihr Gesicht wurde allmählich lebendiger. „Was ist denn das Problem?"

„Zu viel Gedöns."

Sie lachte. „Das wird mich als Frau vom Land auch überfordern."

„Ich vermute es. Vielleicht hoffe ich es auch ein bisschen."

Wieder lachte sie. „Wo ist Veit? Ist der auch mit Gedöns beschäftigt?"

„Nein. Mit Veit sein."

Als sie ihn mit Küsschen begrüßte, gab es keine Wackler. Beim nächsten Mal würde sie auch bei mir wissen, dass ich nicht bei jeder Berührung davonrannte.

Veit verlor keine Zeit mit Geplänkel, sondern packte uns bei den Händen und zog uns mit sich in den hinteren Raum der Ausstellung. Ich sah mich verunsichert um. An die Bilder hier konnte ich mich kaum erinnern. Bei meinem ersten Besuch in diesem Zimmer war ich wegen Michelle mit Fluchtgedanken beschäftigt gewesen. Nun war sie die Retterin. Verrückt.

„Ich möchte euch was schenken." Veit zeigte auf ein Foto. Ein Mann, vermutlich komplett nackt. Man konnte das nicht sehen, weil er direkt von oben fotografiert war, so dass Kopf und Schultern den Unterleib verdeckten. Von hinten schmiegte sich ein anderer Nackter an ihn. Von vorne, mit dem Gesicht zu ihm, eine unbekleidete Frau. Der hintere Mann hatte seine Arme um alle beide gelegt, die anderen ließen ihre runterbaumeln. Eine Ménage-à-trois.

„Was soll das werden?" Ich klang ruppiger als ich wollte.

„Ich habe das Bild bei mir in der Wohnung hängen und möchte auch euch ein Exemplar zukommen lassen. Es ist eines meiner liebsten." Er machte eine kurze Pause. „Das Motiv hat für mich nichts mit Sex zu tun, falls du das meintest, mein lieber Kolja."

„Ja, das meinte dein lieber Kolja."

„Na ja, irgendwie stehen die Leute ja auch in die jeweils richtige Richtung", wandte Michelle ein, die sich scheinbar auch nicht sicher war, ob dieses Geschenk ihre Wohnung zieren sollte.

„Ach Scheiße, vergesst es", sagte Veit, hörbar verärgert. Ich an seiner Stelle wäre auf irgendjemanden in der Galerie zugestürmt und hätte uns erst einmal stehengelassen. Er kannte ja alle hier. Aber er blieb.

Ich wartete still. Auch Michelle sagte nichts.

„Okay", begann er, nachdem er eine Weile auf das Bild gestarrt hatte, „hier ist meine Sicht der Dinge: Nackt ist nicht Sex und Sex ist nicht Beziehung. Man kann das alles entzerren und ich persönlich glaube, dass das besser ist als dieser ganze Kirchenkram, der uns weismachen will, dass die drei Sachen zusammengehören, schlimmer noch, so etwas wie einen Kreis bilden, in den niemand anders reindarf. Wenn ich dieses Bild angucke, sehe ich nicht drei Leute, die im nächsten Augenblick anfangen zu vögeln. Ich sehe Menschen, die sich nah sind, sich gegenseitig schützen. Natürlich fand ich es lustig, dass zwei Männer und eine Frau auf dem Bild sind. Aber es hätte auch in anderen Konstellationen Symbolkraft für uns. Das wollte ich euch mit dem Geschenk sagen. Nicht, dass ich mich mit euch nackig machen oder gar ficken will. Nackt steht auf diesem Bild für Vertrauen und Ehrlichkeit, mehr nicht. Aber egal. Ich habe eine Serie kleiner Abzüge von dieser Arbeit, Din A6. Davon kriegt ihr dann halt jeder einen. Die könnt ihr in irgendwelchen Schubladen verschwinden lassen. Vielleicht versteht ihr nach und nach, was ich meine." Damit machte er kehrt und ging.

Weder Michelle noch ich sagten etwas. Ich dachte über die Ansprache unseres Freundes nach. Auch, wenn ich seine Einstellung nicht teilte, hatte ich verstanden, dass sie ein Manifest freundschaftlicher Zuneigung gewesen war.

Nach zwei oder drei Minuten kam er zurück, zwei große Tragetaschen in der Hand. Er drückte sie uns in die Hände. „Scheiß der Hund drauf. Ich hatte schon eine Widmung drauf geschrieben, jetzt kriegt ihr doch die großen Dinger. Legt sie unter den Schrank. Ich zog die Pappe, in die das Bild eingeschlagen war, aus der Tasche und klappte sie einen Spalt auf. Auf dass wir uns nicht noch einmal verlieren! In Liebe (immer angezogen!) Veit.

Ich stellte das Geschenk ab und umarmte ihn. Diesmal ohne ihm auf den Rücken zu klopfen. „Danke." Ich drückte ihn länger, als er es wollte.

„Das hätte ich mir ja denken können", motzte Bruno, der in den hinteren Raum kam, um zu verkünden, dass der Stammtisch der Kunstfreunde oder ein ähnlicher Trupp angekommen war. So ganz hatte ich ihn nicht verstanden.

„Was auch immer du denkst, du denkst das Falsche. Aber du kannst nichts dafür und ich liebe dich trotzdem." Veit gab ihm einen Kuss. „Ich komme gleich."

„Veit", begann ich.

Er fiel mir lachend ins Wort. „Ich bin nicht böse, wenn ihr euch verdrückt. Man muss das hier nicht mögen. Aber wir sehen uns bitte ganz bald wieder. Ohne diesen ganzen Zirkus. Der mir allerdings auch Spaß macht." Er wackelte mit dem Kopf, grinste und zog die Brauen hoch. „Ich muss schnell nach vorne. Das sind endlich mal Leute, die nicht nur meinen Prosecco, sondern vielleicht auch ein Bild wollen." Damit verschwand er.

Ypsilon verzichtete auch in dieser Umgebung nicht auf ausgiebiges Strecken und Gähnen, dann war er bereit, mit uns nach draußen zu gehen.

„Womit habe ich das nun auch noch verdient?", fragte ich, als ein paar Meter neben der Galerie eine Frauengruppe direkt auf mich zusteuerte. Junggesellinnenabschied.

„Ladies, lasst ihn bitte in Ruhe. Ist gerade ein schlechter Moment. Danke." Michelle hatte sich mit ihrer Tragetasche zwischen die Damen und mich geschoben.

„Danke", flüsterte ich, als wir außer Hörweite waren, und schleppte sie in das einzige mir bekannte Lokal in dieser Gegend.

Die Flecken auf der Tischdecke waren noch die, die mich bereits angewidert hatten, als ich mit Veit hier gewesen war. Allerdings besaß Michelangelo durchaus Gespür für seine Gäste. Keine italienische

Folklore, einfach distanzierter Service. Michelle und ich brauchten keine Animation. Wir unterhielten uns einfach über dies und das.

„Ich hätte nicht gedacht, dass mir dieser Schuppen hier irgendwann mal wie ein friedliches Paradies vorkommen wird", lobte ich unser Gespräch, als wir die Pizzen bereits vertilgt hatten. Michelles Hand lag auf dem Tisch. Ob das Zufall war, fragte ich mich, verspürte aber trotzdem keinen Druck. Das war neu. Und es war schön.

„Renate hat die Nachricht, dass du nicht als ihr neuer Theaterstar zur Verfügung stehst, übrigens gut aufgenommen."

Ich zeigte mich erleichtert.

„Jörg lässt dir aber ausrichten, dass er Lust hätte auf eine Zwei-Personen-Stück in Eigenregie."

„Ach du liebe Güte." Mir fiel zu diesem Vorschlag nichts ein. „Wer ist eigentlich dieser Jörg genau?"

Sie blies die Wangen auf. „Was willst du wissen? Ein Zugezogener. Lebt seit ungefähr zehn Jahren in Schwerenau. Wollte raus aus Köln. Lehrer. Blond. Sieht ein bisschen aus wie du, nur in heller."

Ich beobachtete sie.

„Du musst schon nachfragen, nicht nur gucken", sagte sie und kniff ihre großen Augen verschmitzt zusammen.

„Bist du mit ihm zusammen?" Sie hatte es mir einfach gemacht. „Also, nicht, dass das eine Rolle spielen würde, es interessiert mich einfach", schob ich hinterher.

„Wir sind einfach gute Freunde. Gute Freunde mit gelegentlichen Benefits, wie man das heute wohl nennt, also mit hin und wieder Bett. Weißt du, wir sind halt beide Singles, da ist so was sehr praktisch. Für Beziehung wäre er mir zu normal, ein bisschen zu aufgeräumt, und er würde das mit mir auch nicht wollen. Aber er ist ein guter Typ. Und bei dir?"

Ich war so gebannt, von der Selbstverständlichkeit, mit der sie berichtete, dass ihre Frage mich aufschreckte. „Wie? Was meinst du mit und bei dir?" Sie wusste doch Bescheid. Was erwartete sie? Fragte sie nur aus Höflichkeit oder hatte sie doch keine Ahnung? Unsicherheiten zischten durch meinen Kopf. Ich spürte meine Grenzen. So vertraut mir unser Gespräch auch erschienen war, zu einer Offenbarung war ich längst nicht bereit.

Ich lehnte mich zurück, schielte so, dass sie es sah, unter den Tisch, wo Ypsilon friedlich pennte, und antwortet mit wiedergewonnener Ruhe: „Mann mit Hund." Michelle konnte ich ja schlecht die Geschichte von einer Krankheit in meiner Jugend aufbinden.

Sie entschied sich dagegen nachzuhaken.

Ich beobachtete sie. Sie lächelte. Wunderbar weiße Zähne. Roter Lippenstift. Ihre dunklen Brauen passten nicht richtig zu den kurzen Haaren, die schon ziemlich grau waren. Eine besondere Frau. Das galt für ihr Äußeres, aber auch für ihren Charakter. Sie strahlte so viel Zufriedenheit aus, dass sie mich ohne Weiteres vom Haken lassen konnte. Sie musste nichts aus mir herausquetschen.

„Meinst du, ich darf irgendwann noch mal bei dir voltigieren? Ich hätte so eine Lust, noch mal hochzuspringen und zu gucken, wie gut ich noch stehen kann." Der abrupte Themenwechsel war mir einfach so passiert. Vielleicht wollte ich mich auf das früher sichere Terrain retten.

„Ach du liebes bisschen! Du? Eine komische Vorstellung. Ich dachte, das wäre vorbei. Ja. Vielleicht. Mal sehen. Wenn's passt."

Eine Einladung sah anders aus. „Schoss mir nur gerade durch den Kopf", schob ich deswegen hinterher.

Sie lächelte. „Komm einfach so oft du kannst vorbei. Ich würde mich wirklich freuen. Aber jetzt mache ich mich lieber mal wieder auf den Heimweg."

Ich hatte das Gefühl, ihr anbieten zu müssen, bei mir auf dem Sofa zu übernachten. Aber ich konnte es nicht. Außerdem wollte sie mich ja auch nicht voltigieren lassen. Immerhin fragte ich sie, ob sie das jetzt stressfreier hinkriegen würde.

„Das ist gar kein Problem, ich fahr jetzt einfach über Land. Ich habe vorhin die Autobahn genommen, weil ich dich nicht so lange warten lassen wollte, aber jetzt ist es doch egal, wenn es zwanzig Minuten länger dauert."

„Das hast du gemacht? Für mich? Was für eine Überwindung! Was soll ich dazu sagen? Danke. Das ist ja wirklich Wahnsinn! Vielen Dank."

Sie lachte. „Ich bin nur eine Strecke gefahren, die für andere kein großes Ding ist. Ins Guinness-Buch kommt man damit nicht. Aber es freut mich, dass du bemerkst, dass ich mich angestrengt habe."

Ich drückte sie zum Abschied.

11

Ich konnte mich nicht daran erinnern, in den letzten Jahren jemals erst um acht aufgewacht zu sein, auch nicht an einem Sonntagmorgen. Der tägliche Halb-Sieben-Wecker hatte das zu verhindern gewusst, meine Wochenendvariable war die Schlummertaste gewesen. Früher maximal zweimal, in den letzten Wochen hatte sich ein Schlendrian eingeschlichen und ich war vier- oder fünfmal ins Standby geglitten. Gestern Abend hatte ich aus einer Laune heraus den Wecker erst gar nicht gestellt. Ich würde auch so um punkt halb sieben aufwachen.

„Das war wohl nichts", sagte ich zu Ypsilon, der vor der Tür lag und ebenfalls verschlafen oder zumindest verpasst hatte, mich zu wecken. Sein Kopf lag noch auf den Vorderbeinen, eilig schien er es nicht zu haben.

Ich schlug die Decke zur Seite. Hatte ich mir nicht einen neuen Schlafanzug kaufen wollen? Ich trug schon wieder das hellblaue Modell mit Löchern. Man sah, dass ich eine Erektion hatte. Ich zog die

Hose runter und umfasste meinen Penis. Er fühlte sich an wie immer. Nach fünf oder sechs Hin- und Herbewegungen ließ ich es sein. Es wäre mal wieder an der Zeit gewesen, aber man musste wahrscheinlich gar nicht nach Kalender masturbieren. Ich zog das ausgeleierte Gummi der Schlafanzughose nach oben und ließ es in Höhe des Bauchnabels zurück auf den Körper klatschen.

Als ich unter der Dusche stand, fiel mir Veits Vortrag ein. Nackt, Sex, Beziehung, all das müsse nicht unbedingt verknüpft und schon gar nicht auf eine Person gebündelt sein. Ich ließ mir das warme Wasser übers Gesicht laufen. Das glaubte ich nicht. Sex und Partnerschaft waren nicht voneinander zu trennen! Man sah das unter anderem daran, dass ich garantiert kein Romanzen- und erst recht kein Ehematerial war. Zumindest bis zu einem Alter, in dem auch die Gegenseite nicht mehr an allzu viel Körperlichkeit interessiert war. Wenn es mit einem Küsschen morgens und abends und ein bisschen Händchenhalten getan war, würde ich in das Beziehungsgeschäft einsteigen können. Vielleicht sogar wollen.

Ich rief mir in Erinnerung, dass ich Mitte dreißig war und sah an mir herunter. Von der Brust bis zu den Füßen klebten nasse Haare auf der Haut. Wie ein Kater in der Waschmaschine. Solange man in Saft und Kraft stand, hatte man zu kopulieren. Miteinander zu schlafen definierte den Unterschied zwischen Paaren und guten Freunden.

„Du kleines Scheißerchen", schimpfte ich in Richtung Körpermitte.

„Kann ich doch nichts dafür", ließ ich meinen Penis mit fisteliger Stimme antworten und gestattete ihm, wieder ungestört zu baumeln.

„Dein Herrchen unterhält sich neuerdings mit seinem Geschlechtsteil", erklärte ich meinem Hund, der es sich auf dem gewärmten Badezimmerboden gemütlich gemacht hatte.

Ypsilon beeindruckte das wenig. Schon dafür liebte ich ihn.

„Wenn ich funktionieren würde wie andere Männer, hätte ich vielleicht Frau und Kinder, aber keinen Hund", legte ich einen drauf.

Nun stand er doch auf, kam ein paar Schritte auf die Duschwand zu und ließ sich wieder fallen. Beunruhigung sah anders aus.

Ich konnte nicht sagen, ob ein normales Leben einfacher gewesen wäre. Es stand nicht zur Debatte. Aber so, wie meins war, war es auf jeden Fall schön! Sehr schön sogar! Zumal mir die neuen alten Freunde ein Wohlfühl-Plus bescherten. Sie brachten Abwechslung, vor allem telefonisch und durch viele kurze Nachrichten, aber ich hatte mich mit Veit auch einmal in einer Kneipe, mit Michelle sogar zweimal in einem Café getroffen. Mir fehlte die Erfahrung mit engen Freunden im Erwachsenenalter, aber innerhalb von vier Wochen erschien mir das häufig. Ich war dankbar, dass Sasch mich in Richtung Vergangenheit geschubst hatte, vor allem, weil ich jetzt wusste, dass die Gegenwart keine Kopie von damals war.

Beim Abtrocknen nahm ich mir den ersten Punkt auf Veits pseudophilosophischer Liste der voneinander unabhängigen Zwischenmenschlichkeitsstadien vor, die Nacktheit. Ich mochte den albernen Namen. Mein Spiegelbild bewies, dass er mich amüsierte. Konnte man sich unbekleidet gegenüberstehen, ohne dass der Themenkomplex Sex und Beziehung im Kopf oder, noch schlimmer, im Unterleib aufpoppte? Bislang hatte ich blanke Haut als eine Art Einstiegsdroge für die meisten Menschen gesehen. Nicht für mich, aber für die anderen. Klamotten aus signalisierte, dass man mehr wollte. Aber musste es so sein? Ich stockte. Manche Leute kifften ihr Leben lang, ohne je bei Crystal oder anderem Drecksszeug zu landen. Ich wuschelte mit dem Handtuch ein letztes Mal über meine nassen Haare, dann schüttelte ich den Kopf, so dass Tropfen auf den Spiegel geschleudert wurden. „Ob Herrchen heute mal sauniert?", fragte ich meinen Hund und klatschte wie ein Kleinkind in die Hände. Auf einmal war ich aufgeregt wie vor der ersten Fahrt in der Achterbahn.

In meiner Jugend in Schwerenau hatte ich das Schwitzen bei uns im Keller geliebt. Nach dem Sport, nach den Hausaufgaben, nach allem. Meine Mutter hatte mich manchmal H-Mensch genannt, analog zur haltbar erhitzten Milch. Nicht nur, weil sie frische Vollmilch bevorzugte, hatte ich das als Beleidigung aufgefasst.

Seitdem ich in Köln lebte, hatte ich kein Bedürfnis mehr nach Hitze verspürt. Vielmehr verkrampfte ich bis zum Muskelkater, wenn ich mir eine unbekleidete Menschenhorde auf Holzpritschen vorstellte.

Trotzdem stand ich an diesem frühen Mittag in der gewienerten Umkleide des Wellnessbereichs eines Fünf-Sterne-Hotels. Dem Impuls, vor der Rezeption doch noch umzudrehen und mich zuhause mit einem Buch aufs Sofa zu verziehen, hatte ich widerstanden. Ich war kein Feigling. Aber ich konnte kaum glauben, dass ich hier war. Ich sah mich um. Weil es zu dreckig war, würde ich schon mal nicht davonlaufen können.

Doch das Prickeln der Aufregung vor dem Ereignis verflüchtigte sich. Was blieb, war mich würgende Nervosität. Zu meiner Überraschung spürte ich keinen Druck auf dem Ohr, stattdessen fing ich an zu schwitzen, als ob ich einen eigenen Ofen mitgebracht hätte. Zum Glück war ich allein im Raum. Ich machte mich obenrum frei, zog den Bademantel über, entledigte mich meiner Schuhe. Hose und Unterhose riss ich in einem runter, verknotete den Frotteegürtel vorm Bauch. Er hing zu hoch, der Mantel war mir zu klein. Egal.

Ganz kurz hatte ich überlegt, Sasch anzurufen und ihn zu bitten mitzukommen. Ich wusste, er hätte es gemacht, aber es wäre mir peinlich gewesen. Wir hatten nie darüber gesprochen, dass ich solche Orte mied. Natürlich wusste er es, aber das hieß noch lange nicht, dass ich mich als verklemmt outen wollte.

Für den Fall, dass mir jemand begegnete, ging ich betont zielstrebig die breite Treppe nach oben. Der Pool war viel kleiner, als er online ausgesehen hatte. Eine ältere Frau schwamm hin und her. Die Maße reichten nur für Omas und Nichtschwimmer. Zu Letzteren gehörte ich ein Stück weit auch, obwohl ich Schwimmen gelernt hatte. Ich hatte es halt nicht mehr praktiziert, seitdem ich meine Klamotten in der Öffentlichkeit anbehielt. Also seit ungefähr fünfzehn Jahren. Untergehen würde ich sicher trotzdem nicht.

Unauffällig scannte ich den restlichen Raum. Die meisten jüngeren Leute hatten lediglich Handtücher um die Hüften oder den Körper gewickelt, manche betont tief. Nur die Alten waren eingehüllt. Und ich.

Am liebsten hätte ich Veit eine Nachricht geschickt: *So viel zur Trennung von Nacktheit und Sex! Je mehr Hormone, desto weniger Frottee.* Ich zog meinen Bademantel vor der Brust noch einmal zusammen, nahm den vermeintlich kürzesten Weg zu einer finnischen Sauna und fummelte mir das Handtuch um die Hüften. Es saß, ich konnte den Mantel ausziehen.

Drinnen checkte ich blitzschnell, wo der Platz mit dem weitesten Abstand von allen war. Ganz oben. Dann halt ins kalte Wasser, beziehungsweise ins Gegenteil. Ich hatte mir vorgenommen, langsam anzufangen. Doch jetzt musste es schnell gehen, die Leute starrten mich schon an wie einen Stripper, der gleich loslegen würde. Ich kletterte zwischen einer nackten Frau um die fünfzig und einer jüngeren im Handtuch nach oben. Nur nicht hinsehen. Dann ließ ich mich fallen. Das Handtuch behielt ich um, obwohl die meisten Männer ihres unter sich ausgebreitet hatten.

Irgendwann begann ich zu atmen. Die wirkten alle so entspannt. Ich war der Einzige, der anders war. Dabei hatten selbst Paula und mein Bruder mal darüber geredet, dass sie in der Sauna jegliche Kontaktaufnahme, auch jeden kurzen Blick, vermieden. Mir vorzustellen, dass die anderen auf den Holzpritschen sich ein klitzekleines bisschen wie ich fühlten, half, mich auf die eigentliche Wirkung konzentrieren zu können. Die Wärme kroch in meinen Körper. Genau wie ich es in Erinnerung hatte. Ich schloss die Augen, achtete auf meinen Atem, sperrte meine Umgebung aus. Erste Schweißtropfen kitzelten auf meiner Haut. Angenehm.

„Einen wunderschönen Tag", posaunte es so laut, dass ich die Augen aufmachte. Ein dicker Mann hatte die Sauna betreten und sah sich um.

Handtuch um den Hals, Hände in den Hüften. Einige Schwitzende murmelten zurück. Offensichtlich begrüßte man sich hier wie in einer Eckkneipe. Das hatte ich nicht gewusst. Vielleicht hatten mich die Leute angestarrt, weil sie auf das Hallo warteten. Beim nächsten Mal. Ich ließ den Kopf wieder auf die Brust sinken, guckte kurz auf meine verschränkten Arme und fiel ein zweites Mal in Selbstisolation.

Irgendwann spürte ich, wie vor mir Bewegung einsetzte. Einige Leute hatten anscheinend genug und es tat sich eine günstige Lücke auf. Ich nutzte die Gelegenheit und ging früher als ich gemusst hätte.

Draußen hielt ich kurz inne, schloss noch einmal die Augen und genoss den Moment. Herrlich. Ich hatte ein neues Hobby. Vielleicht war ich sogar ein anderer Kolja als noch vor zehn Minuten.

Ich schlüpfte in meine Adiletten.

Ein paar Meter weiter kletterte ein junger Mann in ein Kaltwasserbecken und prustete in der Lautstärke eines startenden Jets. Offensichtlich wollte er jede Frau im Raum wissen lassen, dass er sich härtesten Torturen unterzog. Sicher hatte er perfekte Spermien.

Ich erspähte die Tür nach draußen. Endlich allein. Dampf stieg von mir auf und ich fühlte mich wie damals, nach dem Gewinn der Landesmeisterschaft. Ich reckte mich und hatte irgendwie das

Gefühl, besser sauniert zu haben als die anderen. Leider wurde mir irgendwann kalt.

Unter den Brausen standen die Leute aufgereiht wie die Plastikrosen in einer Schießbude und taten, als seien sie zuhause. Dehnübungen für Rücken, Schultern und Beine standen hoch im Kurs. Eine Frau hob umständlich ihre Brüste hoch, um sich darunter einzuseifen. Ihr Mann, zumindest teilte sie mit ihm das Duschgel, fummelte an seiner Vorhaut rum.

Ich drehte mich um. Hier würde ich mich nicht einreihen, auch wenn ich Veit in einem Aspekt Recht geben musste. Diese Nacktheit war keine Vorstufe zum Sex. Eher das Gegenteil. Wie ein Klo ohne Türen. Ungeschönte Intimität, nichts für die Öffentlichkeit. Scheinbar war ich der Einzige, der das so sah. In einer merkwürdigen Stimmung aus Verblüffung und Überheblichkeit machte ich mich auf den Weg nach unten. Neben der Umkleide gab es anständige Duschkabinen.

Auf halber Treppe schielte ich zu einer Nachbildung der Venus von Milo, die in einer schlammbraunen Wandnische von oben beleuchtet wurde. Man sollte Bauherren so wenig Dekorationsgeleg…

Mein Gedanke brach abrupt ab, weil entweder mein Körper oder mein Geist oder beide im Verbund ohne jegliche Vorwarnung die Handbremse reinhauten.

Von unten kamen mir wippende Haare entgegen.

Alicia.

Leider war die Nische besetzt, ich wäre gerne hineingekrochen. Die massive Treppe aus leicht aufgerautem Naturstein machte auch nicht den Eindruck, als würde sie plötzlich einstürzen und mich in die Tiefe reißen.

„Oh hi", sagte sie. Immerhin klang sie ebenfalls verlegen.

„Hi Alicia."

Ich hatte das Gefühl, ihre Augen brannten auf meiner Brust, und zog den Mantelkragen etwas mehr zusammen.

Sie kam zwei Schritte höher, damit wir uns wenigstens auf einer Stufe gegenüberstanden. „Meeting your boss in the sauna. Probably a nightmare of many." Sie lachte, etwas zu laut.

Sofort fiel ich in den Chef-Modus. „Deswegen musst du nicht gleich Englisch sprechen. Wir sind flauschig verhüllt und volljährig." Ich war stolz auf meine Alliteration.

Sie checkte unauffällig, ob ihr Handtuch hielt. „Hast du mich hier gesucht? Müssen wir was am Holzoffice machen?"

„Quatsch. Woher sollte ich wissen, dass du hier bist?" Mit der rechten Hand sorgte ich noch immer dafür, dass der Kragen des Bademantels nicht auseinanderrutschen konnte.

„Oh, ich komme regelmäßig. Die Hotelmanagerin ist eine Freundin von mir, da komme ich billiger rein. Ich dachte, ich hätte dir das neulich erzählt."

Hatte sie.

„Nee, das muss jemand anders gewesen sein", log ich, um nicht als Stalker dazustehen. „Bist du mit, wie hieß er noch, Max hier?"

Sie schüttelte den Kopf und erzählte, dass es den schon seit ein paar Wochen nicht mehr gebe. Sie habe das bei Paulas Auftritt in meinem Büro nicht so schnell korrigieren können.

„Ich muss dann mal duschen." Ich zeigte nach unten.

„Und ich ankommen." Sie lächelte. „Machst du noch einen Gang?"

„Nein, ich bin schon lang genug hier. Es wird Zeit zu gehen."

„Okay. Dann see you in the office."

„Yes." Ich hob den freien Arm und setzte meinen Weg nach unten fort. Nach ein paar Stufen geriet das Klatschen ihrer Flip-Flops leicht aus dem Takt. Wahrscheinlich hatte sie sich nach mir umgedreht.

Ich lobte mich als souveränen Chef.

Natürlich hatte ich noch einen zweiten, vielleicht sogar einen dritten Gang machen wollen. Aber ich war auch so zufrieden. Ich konnte mich genauso gut beim nächsten Mal steigern. Allerdings würde ich mir dazu eine andere Sauna suchen, wenn das hier Alicias Stammladen war. Schade. Immerhin kannte ich mich hier jetzt schon ein bisschen aus.

Mein Handy klingelte, als ich sauber und abgetrocknet meinen Garderobenschrank aufschloss. Die drei Herren, die mit mir im Raum waren, guckten verstohlen zu mir herüber und fragten sich vermutlich, ob ich taub war, denn ich ließ es rappeln.

Nur mit einem Handtuch bekleidet telefonierte ich nicht einmal zuhause.

Noch in der Lobby rief ich meine Mutter zurück. Ihr Armbruch war mittlerweile gut verheilt. Wenn sie anrief, verfiel ich trotzdem noch in den panikbesetzten Glauben, dass sie meine sofortige Hilfe benötigte.

„Alles gut", beruhigte sie mich. „Ich würde nächste Woche aber gerne Mallorca buchen. Hast du einen Termin gefunden? Sei doch bitte so freundlich und erledige das schnell. Und kläre es dann auch gleich mit deinem Bruder. Bis Mittwoch? Dann kann ich Donnerstag zu Herrn Ruland in mein Reisebüro gehen."

Als sie aufgelegt hatte, fühlte ich mich, als hätte ich nicht bei neunzig Grad in einer Sauna gesessen, sondern von Köln nach Kalifornien auf dem Rücksitz eines VW Käfers. Wie sagte man höflich danke, aber nein?

Ich brauchte eine Lüge! Für einen Moment dachte ich daran, ihr zu erzählen, dass ich mich verliebt hätte und keinen Tag Trennung aushalten würde. Aber zum einen wäre ihr das direkt verdächtig erschienen, zum anderen hätte sie die Ausgewählte mit eingeladen.

Zunächst ratlos machte ich mich auf den Heimweg, aber wie immer war im Gehen Verlass auf mein Hirn. Das Holzoffice! Meine Mutter würde ein Projekt lieben, mit dem sie bei ihren Freundinnen angeben konnte. Preisgünstige Zweckbauten, das war für sie wie ein Klamottenkauf bei Lidl: Durfte nicht sein, und falls es doch einmal passierte, verschwieg man es bis ans Ende seiner Tage.

Aber Created by Office People, Holz, agiles Arbeiten, zusätzlich zum normalen Geschäft, Innovation, all das würde ihr gefallen. Da konnte sie endlich mal vom unverheirateten Sohn – „ihm ist halt einfach noch nicht die Richtige über den Weg gelaufen" – berichten und das Manko der Ehelosigkeit mit Fleiß und Genialität begründen. So, wie sie gestrickt war, würde sie verstehen, dass die Angebotserweiterung unseres Büros keine Zeit für kurze Luxustrips ließ – „Kolja ist ja so engagiert, manchmal sage ich ihm, er muss auch auf seine Gesundheit achten". Vielleicht konnte ich bei der Gelegenheit auch noch eine kleine Alicia-Phantasie im Mutter-Hirn lostreten. Jetzt, wo ich meine Mitarbeiterin quasi nackt kannte.

***

Drei Tage später saß meine Mutter in unserem Konferenzraum. Ich hatte ihr vorgemacht, dass ich ihre
Meinung zu einem wichtigen Innovationsprojekt
brauchte, über das ich mit niemandem außer Paula
reden konnte. Sie würde bei der Gelegenheit auch
Alicia kennenlernen, meine Mitarbeiterin, die bei
dieser Aufgabe über sich herausgewachsen sei.

Der hatte ich wiederum erzählt, dass dieser Check
kurz vor der Abgabe hilfreich für uns sein könne,
weil meine Mutter generell nach Haaren in der
Suppe Ausschau halte und meistens auch welche
finde. In ihrer Sprache seien das Fliegen in der
Salbe, ließ Alicia mich wissen. Ich fand nicht, dass
daraus tiefergehende Einsichten in kulturelle Un-
terschiede abzuleiten waren, aber hatte meine Mitarbeiterin ermuntert, bei der Gelegenheit auch
gleich die Präsentation unserer Ideen zu üben.

„Machst du das nicht?"

„Auf keinen Fall!"

Sie hatte nicht wissen wollen, warum.

Jetzt stand sie neben dem großen Monitor am Kopfende.

Mama saß ihr gegenüber. Sie trug ihr Architektur-
bürobesuchsoutfit, einen schwarzen Rollkragen-
Pullover. Ob Paula nicht da sei.

„Nein, Alicia und ich machen das in Nachtschichten allein", erklärte ich mit aufgesetztem Blick zu meiner Partnerin, den diese hoffentlich nicht bemerkte.

Meine Mutter wurde direkt von der eigenen Hoffnung übermannt. Ihr Aha ließ keine Fragen offen.

Das reichte fürs Erste. Ich grinste und ließ Alicia reden, unterbrach sie nur, um sie zu loben und gelegentlich das Revolutionäre in ihren Gedankengängen zu unterstreichen. Unser Publikum war trotz Lektüre von drei Bildbänden unbelastet von Fachwissen, da konnte ein Standard schnell zu etwas Neuem werden, ohne dass es auffiel. Nach zwanzig Minuten war die Aufführung vorbei.

Als ich Mama zum Aufzug brachte, bat ich um Verständnis, dass ich wegen dieses On-Top-Projekts nicht mitreisen könne. Nächstes Jahr aber bestimmt.

Meine Mutter nickte und klopfte mir auf die Schulter. „Natürlich. Das wird wirklich toll und macht sicher auch viel mehr Spaß als diese anderen Bauten."

Ich stimmte zu. Nicht nur, um sie zu täuschen, sondern auch, weil sie nicht komplett verkehrt lag.

„Und grüß mir deine Kollegin noch einmal. Eine wirklich aparte und so gebildete junge Frau." Als die Aufzugstür sich hinter ihr geschlossen hatte, atmete ich geräuschvoll aus.

„Viel Kritik kam nicht", stellte Alicia fest, als ich zurück in den Konferenzraum kam.

„Umso besser. Viel könnten wir eh nicht mehr machen. Wir müssen bald abgeben."

„Hast du Lust, noch mit zu mir zu kommen? Dann können wir den Erfolg mit einem Sekt feiern."

Ich schob es plump auf Ypsilon, dass ich nicht konnte, und gab mir Mühe zu glauben, dass sie mit Feiern nicht das umschrieben hatte, was ich in ihrem Blick gesehen zu haben glaubte.

12

„Kann es sein, dass Alicia sich in dich verguckt hat?", fragte mich Sasch. Wir waren auf dem Weg zum Völkerball. Um uns herum Krokusse und Tulpen, die Forsythien blühten. Alicia und ich hatten das Holzoffice-Projekt Mitte des Monats abgegeben. Ihre Präsentation war großartig gewesen.

„Nein. Ausgeschlossen. Ich habe das zwischendurch auch mal befürchtet, aber es ist nicht so. Sie hat sich in das Projekt gehängt, mehr nicht."

Nach dem Abend mit meiner Mutter hatte meine Mitarbeiterin keine weiteren Anstalten gemacht, mich einzuladen. Sie hatte lediglich einmal angekündigt, sonntags wieder in die Sauna gehen zu wollen, und zweimal in der Woche waren wir wegen unserer Sonderschichten für das Holzoffice zwei oder drei Stunden länger zusammen im Büro geblieben. Das war alles gewesen.

Ihre Sauna-Ansage hatte mir sogar weitergeholfen. Nicht nur, dass ich an diesem Tag nicht gegangen

war, ich hatte auch registriert, dass sie einen vier-
stündigen privaten Termin in ihren Outlook-Kalen-
der eingetragen hatte. So etwas gab es sonst nicht.
Ich hatte mir also nicht einmal ein anderes Hotel suchen müssen, sondern checkte den Kalender unserer Office-Managerin, bevor ich schwitzen ging.
Schon dreimal hatte ich den ersten Versuch mittlerweile wiederholt. Allmählich wurde es entspannen-
der.

„Paula hatte das Gefühl, sie müsse aufpassen, dass
du deine Befugnisse als Chef nicht überschreitest,
weil sich Alicia wohl von ihrem Freund getrennt
hat."

Ich musste lachen. Eine typische Paula-Formulie-
rung. „Wie du weißt, bin ich nicht gerade ein Über-
schreiter. Aber es ist mir auch aufgefallen, dass
Paula ein bisschen auf der Lauer gelegen hat. Ich
war mir allerdings nicht sicher, ob sie Angst hatte,
dass ihr eine Mitarbeiterin in die Quere kommt oder
dass mir ein kreatives Projekt mehr Spaß machen
könnte als die verdammten Billigbüros."

„Und? Macht es mehr Spaß?"

„Unter uns: auf alle Fälle."

Er sah mich fragend an.

„Ohne Konsequenzen. Aber wenn sich noch einmal
so etwas ergibt, bin ich wieder dabei."

Weil die anderen loslegen wollten und uns schon
von Weitem zuwinkten, beließen wir es dabei.

Mein Bruder war an diesem späten Samstagnachmittag Mannschaftsführer und durfte wählen. „Obwohl er in seinen ollen Sportsachen immer noch aussieht wie bewegungsunfähig, fange ich heute mal mit Kol an", verkündete er.

„Was für eine Liebe unter den Zwillingen", machte Frank sich lustig.

„Eifersüchtig?" Ich fragte mich, warum Sasch sich seit seiner Schulzeit mit diesem Typen abgab.

Er winkte ab und streckte mir, nachdem er ins gegnerische Team gewählt worden war, mit überheblichem Blick sein Kinn entgegen. „Wo ich bin, ist Sieg", erklärte er, gefolgt von einem Lachen, das klang, als presste er das letzte Quäntchen Luft aus seinem Brustkorb.

„Wart's ab, die Wolf-Brüder werden das hier heute rocken", gab mein Bruder an. Wahrscheinlich stachelte er damit den Ehrgeiz unserer Gegner unnötig an, denn die Wolf-Brüder verloren jedes Spiel, wenn auch knapp.

„Du weißt, wie das mit dem Hochmut und dem Fall ist". Ich sammelte die Spielfeldmarkierungen ein und zog mir meine Jacke über.

„Aber Spaß gemacht hat es, mal wieder mit dem Kleinen zu spielen." Er klopfte mir auf die Schulter. „Ich lade dich auf ein Frust-Bier und was zu essen ein. Elin trifft sich eh mit einer Freundin."

Ich hatte Lust auf mehr Zeit mit meinem Bruder und tat, was ich seit Jahren nicht mehr gemacht hatte. Ich nahm an.

„Ehrlich? So viel Zwilling hat es schon ewig nicht mehr gegeben! Wie geil. Am besten, ich dusche bei dir, dann geht es schneller. Du musst mir nur ein paar Klamotten borgen."

Vermutlich wollte er sichergehen, dass ich es mir nicht noch anders überlegte.

Von der Ess-Bar König hatte Sasch mir schon mal erzählt. Zum Glück hatten die Königs beim Logo-Design darauf verzichtet, mit einer Krone zu spielen. Das Nächstliegende zu unterlassen, war in der Gestaltung der Weg zum Erfolg.

Der Wirt, ein junger Typ, den ich auf höchstens achtundzwanzig schätzte, begrüßte meinen Bruder mit Namen, deutete aber ohne weiteren Smalltalk auf einen freien Tisch.

„Das war Chris König. Er macht den Laden zusammen mit seiner Schwester. Fürs Reden ist eher sie zuständig", flüsterte Sasch mir zu, als wir saßen. „Aber was ich dir eigentlich sagen wollte: Ich finde es super, dass du wieder mehr vor die Tür gehst. Das ist endlich wieder mein Kol. Veit und Michelle haben dich auf Trab gebracht. Die beiden tun dir gut, sehr gut sogar."

Ich nickte. Wahrscheinlich war ich nicht ganz so euphorisch wie mein Bruder, aber im Grunde genommen seiner Meinung. Mir kam es sogar lang vor, dass ich die beiden jetzt fast vier Wochen nicht gesehen hatte. Verrückt.

Veit bereitete gerade eine Ausstellung in Bad Reichenhall vor. Bruno war mitgefahren. Es sollte eine Mischung aus Arbeit und Urlaub werden, insgesamt wollten sie über drei Wochen in Bayern bleiben, was mir ein sehr bürgerlicher Plan für einen aufstrebenden Künstler und einen leicht versnobten Architekten zu sein schien.

Ich würde am nächsten Morgen mal wieder mit der Bahn nach Schwerenau zum Voltigier-Training fahren. Anschließend wollten wir wandern gehen. „Michelle ist übrigens nie wieder auf meine Frage zurückgekommen, ob ich noch einmal aufs Pferd springen darf", ließ ich Sasch wissen.

„Autsch. Hast du mittlerweile einen Verdacht, warum?"

„Keine Ahnung. Vielleicht hat sie es nicht ernst genommen."

„Glaube ich nicht. Fragst du noch einmal?"

„Auf keinen Fall."

„Warum nicht? Ich dachte, du hättest so eine Riesenlust?"

„Stimmt. Aber wenn sie nicht will, will ich sie nicht drängen."

Das konnte er verstehen. „Ich bin auf jeden Fall froh, dass an der Sache mit Alicia nichts ist. Michelle passt viel besser zu dir."

Immer wieder passierten solche Sachen. Es nervte. Ich zeigte meinem Bruder einen Vogel. „Zu mir passt niemand und daran ändert sich nichts. Können wir diesen Quatsch bitte lassen."

Er entschuldigte sich sofort. So habe er das nicht gemeint. „Ich meinte unsere Radtour. Man kann auch einfach als Vertraute, als enge Freunde zueinanderpassen."

Der gemeinsame Rennrad-Auslug mit Michelle, Veit und ihm, sechs Stunden durch die noch kühle, aber sonnige Landschaft des Bergischen, war tatsächlich ein Hit gewesen. Ein Team erwachsener Freunde, in dem es nicht um Fitnesslevels ging, die durch Zwischenspurts unter Beweis gestellt werden mussten, sondern um die Extraportion Spaß, die es brachte, dass man zusammen in einer Gruppe fuhr. Ich hatte mich in Anwesenheit anderer Leute seit Jahren nicht mehr so entspannt gefühlt. Keine heimlichen Überlegungen, kein Abchecken, kein Gefühl versteckter Missionen. Einfach nur in die Pedale treten, mittags ein paar Nudeln essen und sich über dieses und jenes unterhalten. Mehr war es nicht gewesen. Aber es hatte vollkommen gereicht.

Abends war ich bei mir zuhause erschöpft, aber glücklich zu Ypsilon auf den Boden vorm Fernseher gekrochen und hatte mich dafür entschuldigt, dass es neben ihm nun noch ein paar weitere wichtige Personen in meinem Leben gab. Er hatte es entspannt entgegengenommen.

„Woran denkst du?", wollte mein Bruder wissen. „Du guckst so glücklich."

„Wir sollten bald wieder zusammen Rad fahren gehen", sagte ich.

„Unbedingt", meinte er, „unbedingt!" Sasch sah mir mit einem kaum wahrzunehmenden Lächeln in die Augen, das dafür gemacht zu sein schien, die Riesenwirkung winziger Gesten zu belegen.

In mir stieg das Gefühl auf, mich bei ihm bedanken zu müssen. Für seine Ehrlichkeit, seine Ermutigungen und Einladungen, ihm zu vertrauen. Dafür, dass er ein Ratgeber war, der mich regelmäßig aus meinem Dasein herausschubste. Ich musste schlucken und bekam Gänsehaut. Das Übermaß an Freude und Zuneigung war mir unangenehm. In meinem Oberkörper verbreitete sich eine peinliche Wärme, eroberte dann das Gesicht und schließlich sogar meine Ohren.

Ich scannte Details der Bareinrichtung: offenliegende Kabel und Versorgungsleitungen, klassisches Industriedesign, Speck und Käse auf rauem Holz, Brot mit grober Kruste. Schnörkellos. Kraftstrotzend. Definitiv kein Ort für Liebeserklärungen. Indem ich meinen Rücken durchstreckte, verscheuchte ich zumindest die Wallungsspitzen, nahm mein Bier zur Hand und prostete meinem Ebenbild mit einem Nicken zu.

Anscheinend spürte er meinen Aufruhr trotzdem. „Finde ich auch", sagte er ein bisschen kryptisch, immer noch mit diesem feinen Lächeln, das ich trotz einiger Schlieren erkannte. „Finde ich auch."

13

Ich beeilte mich, zu meinem Gleis zu kommen. Mein Zug ging um neun Uhr dreizehn, auf der Bahnhofsuhr war es vier nach. Ich war ein bisschen aufgeregt.

Am Bahnsteig versperrte ein kleines Grüppchen älterer Leute mit E-Bikes meinen Weg. Enge Radlerhosen und -trikots, grellbunt, spannten über Sofa-Figuren. „Sport-Faker. So enden wir auch mal", flüsterte ich Ypsilon zu und hoffte, dass es nicht stimmte.

Mein Blick ging nach oben, das Wetter war besser als angesagt. Man hätte aus der geplanten Wanderung auch eine Bike-Tour machen können. Veit war zwar in Bayern, aber Sasch wäre sofort dabei gewesen. Selbst wenn man ihn nachts um drei weckte, war er bereit, in den Sattel zu steigen. Andererseits freute ich mich darauf, ein paar ungestörte Stunden mit Michelle zu verbringen. Ich mochte ihre niemals langweilige, aber immer entspannte Gegenwart.

Als ich vor dem Schwerenauer Bahnhof auf die Minute pünktlich in ihr kleines Auto stieg, mein Hund im Fußraum vor mir, umhüllte mich sofort Pferdegeruch. Sie hatte Stallklamotten an und ihr Kofferraum sah aus wie eine Sattelkammer auf Rädern. Ansonsten war der Wagen auffallend sauber. Ich tätschelte ihre Schulter zur Begrüßung.

Auch sie freue sich, mich zu sehen, wie es mir gehe und ob ich den Abend mit meinem Bruder genossen hätte. Michelle war die einzige Person, die ich kannte, bei der im Kontakt mit mir der Gesprächsstoff nie ausging. Weder am Telefon noch jetzt im Auto gab es diese kurzen Lücken, in denen man das Hirn nach einem neuen Thema durchforstet.

Reden konnte sie deutlich besser als Autofahren. Ich hatte zwar erst zweimal neben ihr gesessen, aber sofort verstanden, warum sie nicht auf die Autobahn wollte. Sie war wackelig hinter dem Steuer. Nicht körperlich. Gedanklich. Sie schien zwischendurch immer wieder zu vergessen, dass sie ein Fahrzeug lenkte. Meistens wurde sie beständig langsamer, bis jemand hinter ihr hupte und sie aufschreckte, weil er nicht länger von Fahrrad fahrenden Kindern überholt werden wollte. Seit Johns Unfall fehle ihr jegliche Verbindung zu Autos, hatte sie mir erklärt. Sie setze sich ans Steuer, weil es notwendig sei, aber ohne Haltung. Autofahren sei für sie so ähnlich wie Zähneputzen. Ich hatte diesen Vergleich gemocht, weil ich fand, dass er die Fahrerei auf ein angemessenes Niveau herunterholte.

Auf meinen ehemaligen Sport blickte ich deutlich weniger abgeklärt. Hinter der Bande bekam ich wieder feuchte Augen, wenn Übungen mir besonders gefielen. Warum ich so emotional reagierte, konnte ich nicht einschätzen, aber damit es niemand merkte, beugte ich mich nach unten und gab vor, mich um meinen Hund zu kümmern.

Sobald ich die Augen einen Moment schloss, sah ich Bilder mit mir selbst auf Mene. Voltigieren war der einzige Bereich meines Lebens, in dem ich bis heute zu schamloser Selbstüberschätzung neigte. Hier war ich noch wie der siebzehnjährige Kolja. Ein Star in seiner kleinen Welt. Es war albern. Aber auch schön.

Irgendwann schepperte ein Ball auf das Dach der Reithalle. Ähnlich wie bei meinem Besuch Anfang Januar, nur dass diesmal zwei junge Männer auf einem galoppierenden Pferd standen und ein vielleicht zehnjähriges Mädchen zwischen sich durch die Luft drehten, immerhin drei oder vier Meter über dem Boden. Mene bekam einen Schreck, aber nur ein einziger Galoppsprung wurde etwas länger, so als ob er weglaufen wollte, dann hatte er sich schon wieder gefangen, fokussierte sich auf Michelle in der Mitte und galoppierte gleichmäßig weiter.

Der kleine Taktverlust reichte aus, das Gebilde auf seinem Rücken ins Wanken zu bringen. Wie schnell das ging. Einer der Stehenden verlor kurz das Gleichgewicht, konnte sich aber so lange auf einem

Bein halten, bis das Mädchen wieder umgedreht war und den Kopf oben hatte. Bevor er fiel, drückte er das schlanke Kind noch schnell dem anderen Untermann vor die Brust, der ebenfalls wackelte und mit seiner menschlichen Ladung vom Pferd springen musste. Alle landeten heil im Sägemehl. Ich nahm meine Arme wieder runter, die sich vor lauter Schreck nach oben katapultiert hatten, und war kurz davor zu applaudieren.

Mein Angebot, die unverantwortlichen Ballspieler auf die Folgen ihres Tuns hinzuweisen, lehnte Michelle mit einem Kopfschütteln ab.

Eine halbe Stunde später, nach dem Training, erklärte sie mir, dass das Kinder aus der Flüchtlingsunterkunft nebenan gewesen waren. „Die spielen dort. Denen kann man nichts vorwerfen."

Wir machten uns auf dem Weg zum Auto.

„Was sollen die anderes machen? Mittwochs dürfen sie zumindest mal mit mir in die Halle kommen. Ein bisschen Pferde streicheln, führen und putzen. Aber dafür interessieren sich nur die Mädchen. Die Jungs haben keine Ahnung, was so ein Ball hier anrichten kann, und im Endeffekt ist es ein gutes Training fürs Pferd und für uns."

Offensichtlich hatte sie wegen dieser Mittwochssache das Ehrenamtsdingsbums bekommen.

„Da gönnst du denen einen großzügigen Blick."

„Sagen wir mal so, ich setze mich gerne mit Leuten auseinander, bei denen nicht alles glatt läuft. Ich fühle mich mit denen enger verbunden als mit den Perfekten."

Ich verkniff mir den Scherz, dass sie mit mir dann ja sehr eng sein müsse. Vielleicht weil es keiner gewesen wäre. „Und wenn sich bei dir jemand den Fuß bricht, nur weil die Jungs draußen nicht gescheit schießen können?"

Sie schloss die Autotür auf. „Wenn ich immer von Unfällen ausgehe, kann ich keinen Sport treiben."

Als wir saßen, Ypsilon wieder vor mich gequetscht, ergänzte sie: „Eigentlich kann ich dann das ganze Leben vergessen."

„Da ist was dran", sagte ich.

Sie wollte sich noch umziehen, deswegen setzten wir unser Gespräch über die Akzeptanz des Risikos und die Grenzen zum Leichtsinn auf den Weg zu ihr fort.

„Am Ende muss man sowieso bei jeder einzelnen Gelegenheit neu entscheiden", stellte sie irgendwann fest, „beziehungsweise darf neu entscheiden. Ich finde, es ist ein Privileg, dass man sich überhaupt die Frage stellen kann, was man sich traut. Es gibt so viele Kulturen und Situationen, in denen die Möglichkeiten vorgegeben und beschränkt sind, in denen man nur innerhalb kleiner, fester Rahmen entscheiden kann." Sie möge keine Setzkästen.

„Du meinst Schubladen", korrigierte ich.

„Setzkästen sind viel schlimmer. Da stellt man das Festgefahrene zur Schau."

Ich fand, sie passte weder in eine Lade noch in einen Kasten.

„Bist du eigentlich eine lokale Berühmtheit wegen deines Fahrstils?", fragte ich, als hinter uns wieder gehupt wurde.

„In der Zeitung stand ich deswegen noch nicht."

„Es wäre Zeit."

„Du kannst gerne laufen."

„Okay, ich halte die Klappe."

Wir lachten.

„Du hast Veits Bild ja doch aufgehängt", stellte ich fest, als sie Ypsilon und mich in ihrer Küche parkte.

„Du etwa nicht?", fragte sie im Gehen.

„Es lehnt an der Wand."

„Richtig- oder falschrum?"

„Richtigrum natürlich", rief ich ihr hinterher.

„Natürlich!"

Ich hatte Veits Geschenk nur zwei Tage in seiner Tragetasche gelassen. Dann hatte ich es doch ausgepackt. Nicht, dass ich die sexuelle Konnotation plötzlich mochte. Sie war mir nach wie vor zuwider.

Aber es war ein Geschenk von ihm und für ihn ging es um Vertrauen. Ich hatte entschieden, dass unsere Freundschaft über meinen ästhetischen und inhaltlichen Bedenken stand.

„Warum hast du es aufgehängt?", fragte ich in Richtung Küchentür.

„Veit zuliebe. Es ist nicht ganz mein Geschmack, aber in der Küche stört es mich nicht. Und so viele richtige Künstler kenne ich nicht, als dass ich es mir erlauben könnte, ein geschenktes Werk abzulehnen." Man merkte an ihrem gepressten Sprechen, dass sie dabei war, sich umzuziehen.

„Das klingt ein bisschen opportunistisch."

„Ich finde, das klingt in erster Linie realistisch. Leben ist eine Kunst des Machbaren."

„Und das klingt philosophisch. Das merke ich mir." Erst jetzt traute ich mich, einen Stuhl unter dem Tisch hervorzuziehen und mich zu setzen. „Warum hast du eigentlich ein Bücherregal in der Küche?"

„Die in den anderen Zimmern waren voll."

„Hast du früher auch schon so viel gelesen?"

„Nee, erst nach Johns Tod. Da kam der Wunsch nach mehr Bildung in mein Leben, das hatte ich davor irgendwie schleifen lassen."

„Manche Werte erkennt man erst ab einem gewissen Alter."

„Man erkennt sie auch schon vorher, wenn man zum Beispiel eine Mama hat, die einen darauf schubst." Sie hatte die Betonung auf die zweite Silbe gelegt. „Wer sich selbst schubsen muss, hat es schwerer."

„Und leistet eigentlich viel mehr."

„Danke." Lächelnd tauchte sie im Wanderoutfit in der Küchentür auf. „Ich bin auf jeden Fall froh, dass mir Versuche, schlauer zu werden, wichtig geworden sind."

Wir machten uns auf den Weg und redeten über ein paar Bücher, die wir beide gelesen hatten, hauptsächlich jedoch über deren Themen. Unabhängigkeit war eins davon. Sie war überzeugt, dass viele Menschen hauptsächlich durch den Wunsch angetrieben wurden, in wichtigen Fragen selbständig und aus den eigenen Vorstellungen heraus entscheiden zu können. Auf sie traf das offensichtlich zu. Sie war ähnlich autark wie ich. Allerdings freiwillig.

Als wir auf einem neben einem idyllischen Bach gelegenen Feldweg marschierten, hatte ich keine Ahnung, wie wir ihn erreicht hatten. Ich sah mich um. Die Natur war noch nicht so weit wie in der Stadt, aber auch hier sprießte das Frühjahrsgrün. Ypsilon hatte einen Schnüffel-Flash und rannte aufgeregt zickzack. Nach ein paarhundert Metern löste ein kleiner Wald die Weiden und Acker um uns herum ab.

Ich beschrieb Michelle unsere Pläne für das Holz-office. Jetzt, wo die Abgabedeadline vorbei war, konnte man darüber reden.

Sie mochte die Arbeitsweise. Dass Alicia sagte, wie das Gebäude funktionieren sollte und ich dann zu-sehen musste, wie ihre Anforderungen architekto-nisch zu lösen waren, imponierte ihr. Alicia müsse mich vergöttern, meinte sie mit einem vielsagenden Lächeln.

„Ich bin halt ein guter Chef."

Mein Handy rappelte. Meine Mutter. Diesmal hatte ich nicht das Gefühl, dass sie dringende Hilfe brau-chen würde. Nicht, weil sie Angelika oder wen auch immer hatte, sondern weil ich entspannt war.

Ich begrüßte sie mit einem fröhlichen Hallöchen. Normalerweise kriegte sie nur ein Hallo, manchmal ein Hallo Mama mit der gewünschten Betonung.

Es folgte eine Pause.

Intuitiv schaltete mein Körper auf Panik.

Als ich dann endlich ihre Stimme hörte, pochte be-reits mein Herz.

„Du musst sofort zu Elin kommen. Es ist etwas Schreckliches passiert. Sascha." Wenn sie um Fas-sung rang, klang sie noch härter als sonst.

Mein Bruder war mit dem Rennrad auf gerader Straße vom Weg abgekommen und mit letal gebro-chenem Genick im Graben gefunden worden.

Ich hatte das Gefühl, nur noch aus Puls zu bestehen. Wenn Leute in Filmen solche Nachrichten bekamen, fingen sie an zu schreien oder zu weinen, fielen zumindest in eine Starre. Ich tat nichts davon, sondern war damit beschäftigt, trotz des Rasens in meinem Inneren Luft zu holen.

Als ich aufgelegt hatte, fingen die Synapsen in meinem Hirn an, zu arbeiten. Mein Kopf ratterte. Ich wiederholte für Michelle das Telefonat, das sie ohnehin mitbekommen hatte. Zwischen meinen Worten versuchte ich zu lächeln. Vielleicht wollte ich nicht, dass Saschs Unglück die schöne Stimmung kaputtmachte, das Gespräch, die Frühlingsluft, die vereinzelten Blüten, das Rauschen des Bachs.

Michelle legte ihren Unterarm unter meinen, griff um mein Handgelenk und dirigierte mich zu einem Holzzaun, der um eine winzige Kapelle am Wegesrand gebaut worden war. Sie lehnte mich dagegen.

Als ich das Brett hinter meinem Hintern spürte, begann ich zu zittern. Ohne zu weinen, schlug ich die Hände vors Gesicht.

Sie hielt mich an den Schultern, damit ich nicht umkippen konnte. Irgendwann hörte ich, dass sie telefonierte. „Hast du Zeit? Ich brauche Hilfe. Waldrand auf dem Feldweg hinter dem Ebrechts-Hof. Ein Freund. Frag nicht. Dringend. Nach Köln."

Es dauerte eine Weile, bis wir, Hundehecheln im Nacken, gemeinsam auf der Rückbank eines alten, dunklen Kombis saßen, groß und eckig wie ein

Panzer. Oder wie ein Leichenwagen. Das Ende der Idylle.

Jörg trug keinen schwarzen Anzug. Das also war er, der sehr gute Freund, mit dem hin und wieder was lief, der super Schauspieler. Aber wie verhält man sich, wenn man jemanden kennenlernt, aber der eigene Bruder gerade umgekommen ist, fragte ich mich. Ich hasste mich für den Gedanken und sagte nichts.

Immerhin hatte ich ein paar Tränen rausgedrückt. Ich hatte das Gefühl gehabt, dass sich das so gehörte.

Wie ging Trauer?

Ich hatte keine Ahnung, aber Angst davor, meiner Mutter zu begegnen. Nicht so sehr Elin.

Meine Gedanken sprangen in einer Geschwindigkeit, dass mir schlecht davon wurde. Sasch als Kind, Sasch letzte Woche, Fotos von ihm, Sasch gestern Abend. Wäre es wenigstens ein Zeitraffer gewesen, hätte ich es besser ausgehalten. Aber es war einfach ein heilloses Durcheinander. Ein Kunstflug mit einem lebensmüden Piloten. Ich ließ das Fenster ein paar Zentimeter runter.

„Halt mal besser auf dem nächsten Parkplatz", hörte ich Michelles Stimme.

Eine kurze Pause, Weiterfahrt, irgendwann erkannte ich die Straße von Sasch und Elin.

„Vielen Dank. Sehr nett, dass du mich gefahren hast. Und auch für den ungeplanten Halt", sagte ich so freundlich, wie ich konnte, zur Rückenlehne des Fahrersitzes und kramte einen Fünfzig-Euro-Schein aus meinem Portemonnaie.

„Keine Ursache", kam von vorne. Sehr tiefe Stimme. Ein richtiger Kerl.

„Ich kümmere mich darum." Michelle nahm mir den Schein aus der Hand. Sie saß seitlich auf dem Rücksitz, Blick zu mir. „Ich bringe dich nur zur Haustür. Heute Abend gegen sieben rufe ich dich an. Melde dich, falls du vorher was brauchst."

Ich nickte. Nur ungern verabschiedete ich mich von ihr, denn bei ihr hatte ich die Hürde bereits überwunden, die mir jetzt mit meiner Familie bevorstand: der erste traurige Eindruck.

Sie ging zurück zum Wagen.

Ich nahm mir vor, stark zu sein. Ernstes Gesicht, aufrecht, ruhig. Ihnen Halt geben. So sah ich meine Rolle und zumindest in dieser Hinsicht wollte ich funktionieren. Dankend winkte ich dem Leichenwagen hinterher.

Elin Berglund & Sascha Wolf. Man würde das Klingelschild ändern müssen. Es war schrecklich, so etwas zu denken. Viel zu früh.

„Du hast ja den Hund mit", begrüßte mich meine Mutter, als ich das Wohnzimmer betrat. Es war trotzdem nicht wie immer. Ihre Stimme war anders. Sie steckte zu weit hinten im Hals.

Elin ging auf die Knie und kuschelte mit Ypsilon. Offensichtlich brauchte sie genau das. Aber weder mit meiner Mutter noch mit mir gab es eine Ich-drück-dich-Tradition. Zwar hatte ich an der Tür versucht, sie in den Arm zu nehmen, aber sie hatte „ist schon gut" gesagt und sich aus der unentspannten Situation gelöst. Jetzt hatte sie die Augen geschlossen und ihre Wange an Ypsilons Nacken gelegt. Der Hund spürte, dass es besser war, sich nicht zu bewegen.

Ich stand unschlüssig im Raum. Andere Leute wären sich vermutlich in die Arme gefallen. Aber so waren wir nicht.

Meine Mutter hatte geweint.

Ich wusste nicht, was ich sagen sollte.

Sie rettete uns ins Organisatorische. Es würde eine Obduktion geben, denn es könne ja nicht sein, dass ein versierter Radsportler wie Sascha auf gerader Strecke einfach so von der Straße abkam. Ein Auto sei wohl nicht involviert gewesen, keine Bremsspuren. Also müsse etwas anderes dahinterstecken. Sascha habe doch geradeaus fahren können. Die Beerdigung könne übrigens erst in zwei Wochen oder so stattfinden. Gerichtsmedizin, Einäscherung, das alles würde Zeit brauchen. Bis dahin würden wir die Angelegenheit gut organisiert kriegen.

Sie hatte tatsächlich Angelegenheit gesagt. Ich legte ihr die Hand auf die Schulter. Sie hörte auf zu reden. Als ich sie dann fest an- und ihr Gesicht weicher werden sah, empfand ich Stolz.

Sie griff meine Hand, schmiegte ihre Wange an sie und schloss die Augen.

Ich hielt meinen Atem flach, versuchte, mich nicht zu bewegen, stand wahrscheinlich fünf Minuten still, in der Hoffnung, die Stütze zu sein, die sie von ihrem Zweitgeborenen erwarten konnte.

Ypsilon hatte sich mittlerweile auf Elins Füße gelegt. Sie saß in ihrem Sessel, die Ellenbogen auf die Knie und die Stirn in die Hände gestützt.

Draußen hörte man hin und wieder ein Auto vorbeifahren.

Hier drinnen dachten drei Menschen an Sasch.

Ich erinnerte mich, wie er sich vor gar nicht langer Zeit über mich lustig gemacht hatte, weil ich Radtouren bei Nässe und Kälte nicht nur ungemütlich, sondern auch gefährlich fand. Aber heute schien die Sonne. Mir kam unsere wunderschöne Tour mit den anderen in den Sinn, seine Faxen beim Völkerball, sein Schimpfen über den Stubenhocker, seine Mahnungen und Tipps. Nichts davon fühlte sich unwiederbringlich an.

„Weißt du", meldete sich Elin leise zu Wort, „dass Sasch mir noch gestern Abend, nachdem ihr zusammen bei Königs wart, gesagt hat, wie sehr er sich darüber freut, dass ihr wieder wie die Wolf-Brothers von früher seid: Zwei Jungs, die gleich aussehen und die Straße rocken. Es gebe jetzt keinen kleinen und keinen großen Wolf mehr. Und demnächst würdet ihr auch wieder mehr zusammen Rad fahren. Und um die Häuser ziehen. Sie stockte.

„Hat er dir auch erzählt, dass wir über sein Studium gesprochen haben?"

Elin nickte. „Ja, er wollte wieder anfangen."

„Wow", sagte ich, als ob das tatsächlich passieren würde. Er hatte mich um Rat gebeten, ob er zurück zur Uni gehen sollte oder nicht.

„Du bist sicher nicht der Mann fürs billige Bauen, aber ich finde deine Ideen und Einwände super. Hier im Büro wird es immer einen Platz für dich geben. Einmal Kress & Zweimal Wolf klingt doch auch gut. Also mach es!", hatte ich ihn ermuntert.

Mir schossen Tränen in die Augen, als mir klar wurde, dass er auf meinen Rat hatte hören wollen.

Meine Mutter richtete sich auf und löste sich von meiner Hand. „Du musst auf der Beerdigung was sagen. Du bist ja jetzt der einzige Mann in der Familie."

Ich wollte erwidern, dass nur der mangelhafte Wolf übriggeblieben war, der, der keine Reden hielt. Dass der vollständige nicht mehr lebte, dass die bessere Ausgabe meiner selbst weg war, mein

Spiegelbild, das eben doch nicht ich gewesen war. Ich wollte ihr auch an den Kopf werfen, dass sie ihre alten Konventionen endlich in die Tonne treten und sich wie ein Mensch im 21. Jahrhundert verhalten sollte. Der einzige Mann in der Familie. Was für ein Dreck. Aber ich bekam keinen Ton heraus.

Ich musste mich setzen und machte einen Schritt auf Saschs Sessel zu. Ein Schluchzen. Laut und tief aus meinem Bauch. Ich konnte nichts dagegen tun. Mein Oberkörper krampfte sich nach vorn. Es zog sich alles zusammen. Dann nochmal, diesmal sogar lauter als vorher. Mein Körper machte mit mir, was er wollte.

Ich presste die Lippen aufeinander und blickte angestrengt unter die Decke. Trotzdem musste ich ein weiteres Mal wie ein Ertrinkender nach Luft schnappen. Mit gegen meine Rippen gedrückten Händen starrte ich weiter nach oben. Es nützte nichts, ich bekam mich nicht in den Griff. Irgendwann verlor ich die Spannung. Ich sackte zusammen, ging auf die Knie und weinte. Ein Schluchzen folgte auf das andere. Ypsilon schnüffelte an meinem Nacken, versuchte mit seiner Nase an mein Gesicht zu kommen.

„Kolja, reiß dich zusammen, bitte." Meine Mutter reichte mir ein Tempo. Aber ich konnte nicht. „Hast du denn so schlechte Nerven?" Ich schüttelte den Kopf, war mir aber nicht sicher, ob sie das sehen konnte. Geglaubt hätte sie es eh nicht, denn ich konnte nicht aufhören.

„Was raus muss, muss raus", sagte Elin. Der Pragmatismus meiner Schwägerin ließ sich nicht klein-
kriegen. Ich beneidete sie und versuchte weiter,
meine Emotionen zu zügeln. Ohne Erfolg. Ich
musste mich wohl tatsächlich leerflennen.

„Ich rufe dir ein Taxi. Es ist besser, du legst dich erst
einmal hin. Hast du zuhause was zur Beruhigung?"
Meine Mutter kramte in ihrer Handtasche. „Hier,
nimm davon zwei, wenn du daheim bist."

„Zu Fuß", stammelte ich, weil mein ruckartiges
Luftholen den Rest des Satzes übertönte. Ich wollte
in diesem Zustand nicht mit einem Taxifahrer über
die zu kurze Strecke zwischen Saschs und meiner
Wohnung debattieren.

„Na gut. Ist mit dem Hund sowieso besser."

Als ich draußen war, fing das ruckartige Luft-
schnappen an nachzulassen. Mein Atmen normali-
sierte sich. Auf keinen Fall würde ich bei Saschs Beerdigung reden. Ich war weder Pfarrer noch Show-
master. Ich konnte und wollte keine Vorträge halten, hatte mich mein ganzes Leben davor gedrückt,
zumindest als Erwachsener.

Aber irgendwann würde ich Ypsilon beibringen,
auf Kommando in Mutters Richtung zu furzen. Die
Contenance ging mir auf die Nerven.

Zuhause streckte ich mich mit einem Glas Rotwein
auf dem Boden aus. Ypsilon ließ sich ebenfalls fallen. Er lag so nah vor mir, dass ich seinen Atem

ertragen musste. Immer wieder versuchte er, seine linke Pfote auf mich zu legen. Sie rutschte ab.

Ich wischte mir übers Gesicht. „Jetzt ist es an dir, mit mir zu schimpfen, wenn ich komisch werde", forderte ich meinen Hund mit dem Versuch eines trotzigen Lächelns auf.

Ich überlegte, was ich sagen sollte, wenn mich jemand fragte, wie es mir ging? Ich hatte keine Ahnung. Ich hätte vermutet, dass man eindeutig traurig sein würde. Doch ich blieb verwirrt von Widersprüchen. Da waren die körperlichen Reaktionen, das Schluchzen, die Tränen. Aber es gab auch flapsige Gedanken, für die ich mich genierte, den Ärger über meine Mutter und die Vorstellung, dass mir gleich mitgeteilt würde, es habe sich um eine Verwechslung gehandelt, Sasch sei wohlauf. Dazu kam Erschöpfung, die sich allmählich in mir breit machte, verbunden mit überbordender Zuneigung für meinen Hund.

Zwischendurch dachte ich über die Frage nach, warum wir nicht zusammen Rad gefahren waren. Vielleicht war das alles meine Schuld. „Wenn ich ein richtiger Mann wäre und gut ficken könnte, dann wäre es nicht passiert", erklärte ich Ypsilon, der seinen Kopf mittlerweile auf die Vorderpfoten gebettet hatte und mich, ohne diesen zu bewegen, ansah. Ich meinte es ernst. Aus seinen nach oben gerollten Augen las ich, dass er leichten Schwachsinn bei mir vermutete.

„Na ja", erklärte ich ihm, „dann wäre ich schon längst mit Michelle verheiratet, wir hätten drei Kinder und Onkel Sasch hätte mit denen etwas unternommen, anstatt allein in der Gegend rumzufahren."

„Du spinnst!", rief ich mir selbst zu und stand auf. Immerhin merkte ich noch, wenn ich wundersam wurde.

Pünktlich um sieben rief Michelle an. Ob sie vorbeikommen solle. Sie hatte die Frage nach meinem Befinden einfach ausgelassen, was mich glücklich machte. Nun auch noch Glück in meinem Gefühls-Mischmasch. Nein, sie müsse nicht kommen, ließ ich sie wissen, aber es sei sehr nett, dass sie sich melde.

„Ich werde mein Handy in den nächsten Tagen ununterbrochen bei mir haben und zu jeder Tages- und Nachtzeit rangehen. Bitte trau dich anzurufen. Ich mache das sehr gerne für dich."

Ich bedankte mich. „Ich werde heute früh ins Bett gehen. Mal sehen was morgen ist."

„Wenn du dich nicht meldest, würde ich abends gegen sieben wieder anrufen. Ist das okay?"

„Mehr als das. Ich werde mich freuen, dich zu hören." Hoffentlich klang ich nicht, als ob mir der Tod meines Bruders nichts ausmachen würde. Michelle erzählte mir noch, dass sie Veit Bescheid gegeben habe. Er werde sich in den nächsten Minuten melden. Auch das fand ich in Ordnung. Wir legten auf.

Die paar Worte mit ihr hatten einen Tropfen Normalität in diesem Tag gebracht. Aber ‚Ich werde mich freuen, dich zu hören' war ein Scheißsatz gewesen. Klang nach holder Stimme im Musikantenstadl. Dabei redete ich einfach gerne mit ihr.

Anscheinend hatte sie Veit signalisiert, dass sie aufgelegt hatte, denn er rief direkt nach ihr an.

„Es tut mir so leid, Kolja. Du weißt, ich bin für dich da."

„Danke."

„Was brauchst du?"

Ich überlegte. Obwohl ich mich leer fühlte, wusste ich nicht, was aufgefüllt werden sollte. Der Mensch war kein Kühlschrank. „Du könntest meiner Mutter ausreden, dass ich auf Saschs Beerdigung eine Rede halten soll." Ich wollte einfach irgendwas sagen.

„Oh. Die Mama." Überdeutliche Betonung auf der zweiten Silbe. „Ist sie einigermaßen okay?"

„Wenn es nicht so sein sollte, würde ich es nicht erfahren."

„Oha. Verstehe. Aber sie möchte, dass du sprichst."

„Ich sei der einzige verbliebene Mann in der Familie, sagte sie."

„Was für ein Blödsinn."

„Na komm, ich bin ja ein Mann, rein organisch."

„So meinte ich das nicht. So ein Blödsinn, dass ein Mann eine Rede halten muss, während die Damen zuhören."

„Du sprichst von der Welt meiner Mutter, Veit. Da ist das so."

„Und du? Willst du Sascha noch was sagen? Oder über ihn."

„Keine Ahnung. Vielleicht." Ich dachte an unser Gespräch in der Bar am Abend vorher und was er Elin über den großen und den kleinen Wolf erzählt hatte. „Aber ich kann das nicht. Ich bin vorhin so was wie zusammengeklappt, konnte nur noch heulen und habe keinen Ton rausgekriegt. Da kann ich nicht auch noch was vortragen. Ich bin halt nicht so ein Mann-Mann. Mir fehlen ein paar Hormone zum Kerl."

„Hör auf mit so einem Scheiß, Kolja. Wenn du was sagen willst, kann ich dir ein paar Tipps geben. Ich musste schon so oft Reden halten, das kann man lernen, dann geht die Angst weg. Tipp eins wäre übrigens, du darfst ruhig heulen."

Ich zögerte. „Ich bin vermutlich ein besonders schwerer Fall." Veit wusste nicht einmal, dass ich sogar unsere Projekt-Präsentationen lieber anderen Leuten überließ. Der kannte nur den Schauspieler von früher.

„Würdest du die Beerdigung schwänzen, nur um zu vermeiden, etwas sagen zu müssen?"

„So weit würde ich vermutlich nicht gehen. Sasch ist mein, war mein Bruder."

„Siehst du, dann kriegt man das hin. Also überleg dir, ob es etwas bringen würde, dir, Sascha, Elin, von mir aus deiner Mutter. Wenn ja, dann schaffen wir das. Ich ruf dich an."

Für ihn war die Sache damit geritzt. Mir lief es heiß den Rücken herunter.

„Aber melde dich, falls du vorher was brauchst", plapperte Veit weiter. „Von Bayern nach Köln ist es nicht weit und so toll ist so ein Spießer-Urlaub nicht, dass man ihn nicht jederzeit abbrechen könnte."

Ich musste kurz lachen. „Wenn ich auch noch euren Urlaub ruiniere, hat Bruno mich noch mehr auf dem Kieker."

„Der hat dich nicht aufm Kieker. Der hält dich nur für einen Streber und glaubt, dass wir beide was miteinander haben."

„Spricht für zweifelhafte Menschenkenntnis."

„Ich würde sagen, es spricht eher dafür, dass ich Geheimnisse für mich behalten kann."

Ich sagte nichts.

„Ich melde mich morgen, Kolja. Ich hoffe, du kannst nachher einigermaßen schlafen. Love you."

Wir legten auf. Es war wohltuender Wahnsinn, dass sich der alte Kumpel Veit wieder in mein Leben gemogelt hatte. Aber Liebe war mir generell eine Nummer zu groß.

14

Auch noch am nächsten Morgen beherrschte mich ein unkontrollierbares Gemisch gegensätzlicher Empfindungen, dem ich mich ausgeliefert fühlte. Ich musste nachdenken, mich in den Griff kriegen, verstehen. Spazierengehen würde helfen. Schon um acht schnappte ich mir Hund und Mantel und marschierte los. Gestern um diese Zeit hatte ich noch einen Zwillingsbruder gehabt. Heute nicht mehr. Komischerweise sah die Welt um mich herum noch gleich aus. Ich war es nicht mehr.

Ypsilon wäre am liebsten in mich hineingekrochen. Keinen Ärger zu machen, an meiner Seite zu bleiben, war der Trost, den er spenden konnte. Er gab sich unendliche Mühe, lief genau neben mir her, ließ sich durch nichts ablenken, hielt eine Dauerverbindung zu mir. Um mir zu helfen, hätte er jede Leberwurst und jedes Leckerli links liegen gelassen. Hin und wieder riss ich meinen Blick vom Bürgersteig drei Meter vor mir los und schielte zu ihm. Sofort guckte er zurück. Seine Fokussierung rührte mich. Mir stiegen ein paar Tränen in die Augen. Offensichtlich sei ich in einem emotionalen Ausnahmezustand, ließ ich meinen Hund wissen. Er sah zu mir hoch und wedelte mit dem Schwanz. Ich hielt an, hockte mich hin und nahm seinen Kopf in meine Hände. „Vielleicht ist Liebe doch nicht zu groß für mich, du süße Maus. Zwischen uns beiden, das ist etwas ganz Besonderes!" Ich ließ den geduldigen Kerl los und schüttelte den Kopf.

Nach ein paar Metern lächelte ich. Meine Überlegung zu Veits Love you war Quatsch gewesen. Liebe war für mich nicht zu leisten, wenn Körperlichkeit damit verbunden war. Nur dann, also in den allermeisten Fällen, konnte ich das nicht. Aber bei den seltenen Gelegenheiten, bei denen dieser ganze Kram außen vor blieb, klappte es nicht so schlecht. Ich hatte Ypsilon lieb. Er bedeutete mir viel, ich sorgte mich um ihn, er war mein Partner im Alltag. Es war mir klar, dass ich über einen Hund sprach. Aber es hörte ja niemand zu.

Außerdem ließ sich das auch auf meinen Bruder übertragen. Den hatte ich auch geliebt. Irgendwie. Obwohl wir das nie besprochen hatten. Er war mir näher gewesen als alle anderen. Wir hatten zusammengehört. In jedem Moment meines Lebens hätte ich mit Gewissheit erklären können, dass er mir nahestand. Auch als er weit weg in München war oder mein bester Freund Veit kaum Zeit für ihn ließ. Sasch war immer dieser eine besondere Mensch für mich gewesen, mein Zwilling, die Version von mir, die sogar Sex konnte. „Dafür hatte er schlechtere Noten", sagte ich. Durch diese Art an ihn zu denken, wurde ich ihm gerecht.

Ich holte mein Handy aus der Manteltasche und machte meine beiden Pflichtanrufe. Weder Elin noch meine Mutter brauchten mich. Bei meiner Schwägerin wechselten sich Freundinnen ab, achteten darauf, dass sie nicht allein war. Meine Mutter hatte Angelika, Friederike und Ursula-Luise. Die drei, so sagte sie, hätten sie schon durch ihren Armbruch gebracht, da würden sie das hier auch schaffen.

Das hier, was du mit dem lächerlichen Riss deiner beschissenen Elle vergleichst, ist der Tod deines Sohnes, schoss es mir durch den Kopf. Ihre Drecksdisziplin machte mich rasend. Ich kniff die Augen zusammen und ermahnte mich zur Milde. Als es wieder hell wurde, sagte ich mir, dass es ihre Rüstung war, sich als Problemlöserin zu positionieren. Wahrscheinlich funktionierte das sogar.

Sasch wäre ihr auf jeden Fall mit Nachsicht begegnet. Er hatte bezweifelt, dass ihre zur Schau gestellte Haltung echt war, und vorgeschlagen, ihr eher über den Kopf zu streicheln als Paroli zu bieten. Oder zumindest so ähnlich, ganz genau wusste ich es nicht mehr. Aber es war noch nicht der richtige Zeitpunkt, das Mutter-Sohn-Verhältnis auf ein neues Gleis zu bringen, auch wenn ich in Zukunft an der ein oder anderen Stelle für meinen Bruder einspringen wollte. Ich bot ihr nur an, dass ich zu erreichen sei und überließ sie sich selbst und ihren Damen.

Zu meiner Rechten lag ein kleiner Park. Ich ging hinein und ließ Ypsilon von der Leine. Er blieb vor mir stehen. „Los, lauf ein bisschen", feuerte ich ihn an und gestikulierte wild mit den Armen. Für einen kurzen Moment überlegte er, dann machte er auf den Hinterbeinen kehrt und spurtete los, als ob ein Haufen Flöhe hinter ihm her wäre. Wie ein Windhund. Es war das erste Mal, dass ich ihn so schnell rennen sah. Nach zwei Runden Spitzensport drehte er ab und kam direkt auf mich zu. Immer noch Höchstgeschwindigkeit.

Ich breitete meine Arme aus wie ein Vater, der sein Kind nach den ersten paar Schritten in Empfang nehmen will. Der Reflex erwies sich als mittelgut, denn Ypsilon übersah die Ironie in meiner Geste und versuchte, mit einem ordentlichen Satz auf meinem Arm zu landen. Sein Aufprall war nicht hart, aber wuchtig und schleuderte mich nach hinten. Zwei oder drei Schritte probierte ich noch, mich abzufangen, dann lag ich im Dreck, mein Hund auf meinem Brustkorb. Er sprang sofort wieder auf, fing an, um mich herum zu tänzeln, bellte, kam mir näher, wich wieder zurück, machte einen neuen Satz auf mich zu.

Ich ließ meinen angehobenen Kopf zurück auf die Wiese fallen und lachte laut. Vor meinen Augen wiederholte sich das Bild eines Dreißig-Kilo-Rüden, der sich benahm wie ein Wellensittich mit der Kraft einer Kegelkugel. Sicher hatte ich dabei ausgesehen wie eine Cartoonfigur: Beine vom Boden, schweben, in die Waagerechte, kurzes Verharren, wie ein Brett nach unten. Am Ende siegte immer die Erdanziehung.

Es dauerte eine Weile, bis ich mich wieder beherrschen konnte und meinen Kopf anhob, um festzustellen, wer mich beobachtet hatte. Es waren vielleicht zehn Leute unterwegs, alle taten so, als ob sie mich nicht sahen. Mein Lachen hatte sie vermutlich überzeugt, dass ich mir nicht das Kreuz gebrochen hatte, und nun wollten sie mit der Witzfigur nichts mehr zu tun haben. Ich rappelte mich auf und wischte den Dreck von meinen Klamotten. Schwarz war auch bei fliegenden Hunden die richtige Farbe.

Sasch hätte mir vermutlich geraten, die Nummer zu wiederholen, zu filmen und dann online zu stellen. Tausende Likes. Natürlich hätte ich das nicht gemacht. Ich hatte ihm oft widersprochen. Trotzdem, gegangen war nicht nur mein Zwilling, sondern auch mein wichtigster Ratgeber. Er war es gewesen, der mich zu gelegentlicher Geselligkeit ermahnt hatte. Seinetwegen hatte ich hin und wieder Völkerball gespielt. Und letztendlich hatte ich durch ihn den Kontakt zu Michelle und Veit wieder aufgenommen. Jetzt, nur ein paar Monate nach dem Wiedertreffen, war es gut, dass die beiden sich um mich sorgten. Ohne sie hätte ich allein durch diese Zeit gemusst.

Ich schickte ein Dankeschön in Richtung Himmel. Vielleicht erreichte es meinen Bruder irgendwie.

Sasch war – mich selbst eingeschlossen - der einzige Mensch, der hinter meiner Einsamer-Wolf-Haltung eine Portion Feigheit vermutet und damit wohl richtig gelegen hatte. Ich wollte mich und andere nicht damit belästigen, dass ich mich nicht wie ein Mann verhielt. Noch nicht mal wie eine Tunte. Ich rüffelte mich für diese Formulierung und wahrscheinlich strafte mich sogar eine höhere Macht, denn genau in diesem Moment fing mein Hinterteil an zu schmerzen. Es fühlte sich nach riesigem blauem Fleck an. Mit kleineren Schritten trottete ich durch den Park und überlegte, ob ich in Zukunft mit Hinz und Kunz diskutieren wollte, dass mich Intimität anwiderte. Die Antwort war wahrscheinlich nein. Aber es begann mir auch zu dämmern, dass es nicht allein um die Sache an sich ging.

Ich sah mich um und fragte mich, ob ich schon jemals in diesem Teil des Parks gewesen war. Komisch. Dass es hier Ecken gab, die ich noch nie im Leben gesehen zu haben schien, irritierte mich. „Jetzt haben wir uns auch noch verlaufen." Mein Hund hätte den Heimweg sicherlich gewusst, aber ich hatte keine Ahnung, wie man ihm klarmachen sollte, dass er nun den Guide zu geben hatte.

Ich bog nach links ab, es konnte ja wenig schief gehen, und beschloss, Paula zu informieren. Das ließ sich nicht länger aufschieben. Bislang hatte ich ihr nur gemailt, ich sei krank und es würde sowieso

nicht mehr lange dauern, bis sie anrief und sich erkundigte.

Sie war außer sich. Ein Mitarbeiter unseres Büros,
wenn auch ein sehr freier, tot, das hatten wir noch
nie gehabt. Sie müsse recherchieren, was es zu be-
achten gab. Dann legte sich in ihrem Kopf ein Schal-
ter um.

Vor allem handele es sich um meinen Bruder. Wie
es mir denn gehe? Von diesem Punkt an, drehte sich
die Sache nur noch um mich. Sie würde sofort vorbeikommen, mir etwas zu essen machen, den Hund
nehmen, sich zunächst natürlich allein ums Büro
aber auch um meinen Kühlschrank kümmern, damit ich dieses und jenes und das nicht tun musste.
Ihr Aktionismus prasselte auf mich nieder wie
Starkregen.

Während ich noch einmal links, dann gleich wieder
rechts ging, ließ ich sie wissen, dass ich allein le-
bensfähig sei und sie mich getrost mir selbst über-
lassen könne. Ich würde lediglich die nächsten beiden Tage frei machen.

Sie komme trotzdem vorbei, ich stehe unter Schock,
würde nicht merken, dass ich Unterstützung brauche. Wann ich zuhause sei, sie könne in gut zehn
Minuten da sein.

Meine antrainierte Freundlichkeit hatte keine
Chance. „Paula, verdammt noch mal, wir haben zusammen ein Büro, wir teilen nicht das Leben. Be-
nimm dich bitte einfach nur so, wie ich es von der

Miteigentümerin unseres unbedeutenden Architekturschuppens erwarten kann. Informier die Kollegen und schmeiß den Laden. Ansonsten hätte ich gern bis Donnerstag meine Ruhe." Ich riss das Handy vom Ohr und drückte, ohne auf eine Reaktion ihrerseits zu warten, auf den roten Button.

Das Gerät war noch nicht in meiner Hosentasche verschwunden, da machte sich bereits schlechtes Gewissen in mir breit. Das war harsch gewesen. Paula hatte selbst den Schrecken zu verdauen und ich schubste sie auch noch in die Wir-sind-Kollegen-keine-Freunde-Ecke. Dabei gehörte sie zu den engsten.

Ich musste mich zusammenreißen. Saschs Tod war kein Freifahrtschein. Am Ende des Parkwegs tauchte eine normale Straße mit Verkehr auf. Das entspannte mich. Und Paula war zäh. Sie würde meinen Ausbruch verkraften. Immerhin hatte ich auch ein bisschen recht. Ich war kein menschlicher Notfall. Auch nicht in Krisensituationen.

Eine Nachricht von Alicia erreichte mein Handy. Mit Tränen und Herzchen. Anscheinend war Paula direkt aktiv geworden. Ich betrachtete die Emojis. Meine Güte, dachte ich, mein Leben ist doch kein Poesiealbum. Und ich kein Waschlappen. Auf jeden Fall möchte ich nicht wie einer behandelt werden. Plötzlich war ich wütend.

Das Gefühl, stark zu sein und es ohne die Kolleginnen zu schaffen, dieser Kraftschub ließ mich beschließen, meinen Bruder mit einer Rede zu verabschieden. Als Bruder und Freund. Für Sasch. Nicht für meine Mutter. Aber schon als Mann. Er hätte es für mich auch getan. Vor allem aber hätte er es genau so gewollt, da war ich mir sicher. Sein Plädoyer war es doch immer gewesen, dass ich aufhören sollte, mich zu drücken. Ihm diesen Wunsch bei seinem letzten Auftritt hier auf Erden zu erfüllen, darum ging es mir.

Am nächsten Morgen rief Elin an. Sasch war an einem stinknormalen Herzinfarkt gestorben. Sie hatte gerade mit dem obduzierenden Arzt telefoniert.

„Deine Mutter hat sich gefreut, dass er dann wenigstens nicht selbst schuld war." Sie schluchzte laut auf.

„Das tut mir leid, Elin."

„Du musst dich nicht für sie entschuldigen. Aber es ist schrecklich. Vielleicht musst du dich ein bisschen um sie kümmern."

„Ich weiß."

Ich erzählte ihr, dass ich bei Saschs Beerdigung ein paar Worte sagen wollte. Damit war es raus und ein Rückzug nicht mehr einfach. „Wäre das für dich in Ordnung?"

„Deine Mutter wird es lieben."

„Darum geht es nicht. Findest du es okay?"

„Natürlich."

„Du bist auf angenehme Art tapfer."

„Danke. Ich versuche einfach, echt zu sein. Mehr nicht. Es kommt alles in Schüben. Mal weine ich, mal glaube ich es nicht, mal plane ich die Zukunft."

Im Hintergrund hörte ich leise Stimmen. „Freundinnen-Schichtwechsel", erklärte Elin mit hörbarem Lächeln. Ich nickte. Ein Leben in Begleitung. Irgendwann würde sie versuchen müssen, damit klarzukommen, dass es nicht mehr so war - und sich wahrscheinlich schnell einen neuen Mann suchen. Wieder schämte ich mich für einen taktlos scheinenden Gedanken.

„Sag mal, Kolja, könnte ich morgen für ein paar Stunden Ypsilon hüten? Die Mädels können vormittags nicht."

„Ich bringe ihn dir gegen neun vorbei."

Elin bedankte sich.

Ich zog mir meinen Mantel über, die restlichen Spuren des gestrigen Stunts auf der Wiese hatte ich noch am Abend herausgebürstet.

Diesmal setzte ich mich in eine andere Richtung in Bewegung, folgte aber wieder den grünen Ampeln. Das Konzept hatte ich schon am Vortag angewendet. Man kam damit am schnellsten weg. Es half außerdem, das Gehen zur Begleitmusik von Nachdenken und Erinnern werden zu lassen.

Doch es fiel mir schwer, in meinem Kopf klare Bilder von Sasch und mir entstehen zu lassen. Unsere Stimmung bei gemeinsamen Ausflügen, bei Diskussionen und sportlichen Aktivitäten war fühlbar, aber wie die konkreten Situationen ausgesehen hatten, ließ sich nicht mehr rekonstruieren.

Wenn es Fotos gab, fiel es leichter. Aber irgendwann merkte ich, dass ich in diesen Fällen nicht das Geschehene im Gedächtnis hatte, sondern lediglich die Bilder davon. Wie wir vor und nach dem Knipsen ausgesehen hatten, konnte ich nicht sagen. Meine Erinnerung funktionierte nicht wie ein Kino, eher wie eine Speicherkarte, auf der Emotionen lagen. Sie waren abrufbereit, aber ich konnte sie nicht in Worte fassen. Es handelte sich auch nicht um massive Hochs und Tiefs, das Ganze war weit entfernt von Achterbahn. Eher Kettenkarussell. Passte ja auch besser zu mir.

Irgendwann landete ich am Rhein. Eine kleine Bucht mit Büschen und ein paar Bäumen. Ich setzte mich auf einen abgesägten Baumstumpf und ließ den Hund von der Leine. Er lief direkt zur Wasserkante und begann im Sand zu buddeln, grub und grub, auch wenn der nasse Sand beständig wieder zurückrutschte und das Loch kaum tiefer als zwanzig oder dreißig Zentimeter wurde, vielleicht einen halben Meter.

Eine aufgeregte Frauenstimme hinter mir riss mich aus meiner Beobachtung. Ohne mich umzudrehen, verstand ich, dass sie nach einem Hund namens

Paula rief. Der panisch schrille Unterton bedeutete nichts anderes, als dass diese Paula nicht hörte. Ich guckte hinter mich.

„Ist ihrer ein Rüde?", schallte es mir von Weitem entgegen.

Ich hasste Hundebesitzerinnen. Hundebesitzer fand ich auch nicht besser. Paula war ein Pudel. Sie hatte Spaß, kümmerte sich wenig um das Gerufe und trug ein Läufigkeitshöschen. Ich konnte kaum hinsehen. Jetzt mochte ich die Frau mit der pinken Ausziehleine in der Hand noch weniger.

Ich rief Ypsilon zu mir. Völlig unsentimental ließ er das Loch, das bis eben noch sein Lebensinhalt gewesen war, hinter sich. Kein weiterer Blick. Als ob er von Anfang an gewusst hätte, dass er es nie bis Neuseeland schaffen würde. Er war ein Rüde, nicht kastriert und im Gegensatz zu seinem Herrchen an geschlechtlichem Austausch interessiert. Im Allgemeinen so sehr, dass ich ihn vorsichtshalber am Halsband festhielt. Paula schnappte ich mit der anderen Hand, als sie bei mir angekommen war. Hier wurde nur geschnuppert.

Paula-Frauchen, die sich außer Atem bei mir bedankte, wirkte von Nahem jünger, als ich sie eingeschätzt hatte. Und netter. Sie hatte den Hund von einer totkranken Freundin übernommen, die in ein Hospiz gezogen war. „Es klingt furchtbar", erklärte sie mir nach ein bisschen einleitendem Geplänkel, „aber solang Marie den Hund noch treffen kann, wird an Paula nicht herumgeschnippelt. Danach lasse ich sie sofort sterilisieren. Ich schäme mich so für das Tier in diesen blöden Hosen. Und in der Hundeschule sind wir ab morgen Nachmittag. Die hört null."

„Das klingt nach einem guten Plan. Beides wird ihr Leben einfacher machen."

„Und ihrer?"

„Mein Hund? Der heißt Ypsilon, ist ein Rüde und im Vollbesitz seiner männlichen Kräfte, falls sie das meinen." Noch nie hatte ich einen so langen Satz an einen anderen Menschen mit Leine in der Hand gerichtet.

„Das hat er wahrscheinlich mit Ihnen gemein." Sie lachte und warf dabei ihre Haare wie in der Werbung nach hinten.

Ich wusste, dass mein Bruder jetzt mit etwas wie „soll ich das sofort beweisen oder wollen wir vorher noch essen gehen?" gekontert hätte. Dann hätte er direkt hinterhergeschickt, dass das ein Scherz und er vergeben, glücklich und monogam sei. Zumindest hatte ich so etwas schon ein- oder zweimal mitgekriegt.

Aber ich war nicht Sasch. „Wenn sie Paula die nächsten Meter an der Leine halten, kann ich meinen wieder loslassen. Dann kann er noch ein bisschen buddeln. Das ist sein heutiges Sportprogramm."

Die junge Frau akzeptierte sofort, dass ich das Wohl meines Vierbeiners über das eigene stellte. Sie ging.

Ich fand mich unmöglich. Warum hatte ich nicht ein bisschen charmanter reagiert. Leichter. Spielerisch. Vielleicht strengte ich mich nicht genug an. Oder musste eine Therapie machen. Oder mich einfach zwingen. Ich ließ Ypsilon los, der mit ein paar Sätzen wieder zu der mittlerweile leichten Delle im Sand sprang und sein Sisyphos-Werk fortsetzte.

Auf meinem Telefon tippte ich Therapie Asex, aber löschte das Ganze vor dem U wieder. Ich wusste, dass das unmöglich war. Denn natürlich hatte ich, so wie man sich, auch wenn man nicht umziehen wollte, gelegentlich auf dem Wohnungsmarkt umsah, mein Thema hin und wieder gegoogelt.

Vielleicht war es einfacher, die Verbindung zu Veit und Michelle wieder zu kappen, und mich wieder mehr mit meinem früheren Alltag anzufreunden. Sasch war tot. Er würde mich nicht mehr schubsen. Andererseits, wenn ein Ast in den Rhein gefallen war, konnte er nicht aufhören mitzutreiben.

Also nach vorn gucken und trotz meiner Aversion weitermachen. Das Motto von Frau Smirovsky. Auch wenn ich und Sex so wahrscheinlich war wie mein Hund und nicht mehr Buddeln.

Ich gähnte und reckte mich ausgiebig. Irgendwann rief ich Veit an.

Sie seien gestern Abend nach Salzburg umgezogen, erklärte er ungefragt. „Künstler zu sein, hatte ich mir anders vorgestellt. Glamour, Sex, Drogen – das volle Programm." Er klang nach großer Geste und sprach mit gespielter Bestürzung weiter: „Aber dann habe ich in Bad Reichenhall gehockt. Von allen Nestern musste es unbedingt dieses sein. Und das mit einem Mann mit Bauchansatz, der weder zwanzig Jahre jünger ist als ich noch wahnsinnig gut aussieht. Was für ein Desaster! Na ja, die Ausstellung ist durchgeplant und darum habe ich Bruno gestern gesagt, dass ich keinen Tag länger in einem Dorf unter hunderttausend Leuten bleiben kann. Keinen Tag. Gut, hat er gesagt, dann fahren wir weiter. Dass dieses Salzburg nur laut Wikipedia eine Großstadt ist, konnte ja kein Mensch ahnen. Mir kommt es vor wie ein Museumsdorf mit zu viel Geld. Ich glaube, hier bleiben wir auch nicht lange. Vielleicht Mailand. Oder sollen wir zurückkommen?"

„Vertragt ihr euch denn?"

„Nach wie vor sehr gut. Es ist himmlisch. Bruno ist schlau, lustig und fickt wie ein Weltmeister. Entschuldigung. Aber was will man mehr."

Ich schluckte. „Dann ist doch egal, wo ihr seid."

„Das kann nur jemand wie du sagen, der keine Ahnung hat. Auch zu zweit braucht man hin und wieder einen Impuls von außen. In meinem Fall ein paar schwule Männer mit was in der Hose und ein bisschen Hirn."

„Bist du gerade allein?", fragte ich in der Angst, dass Veit sich um Kopf und Kragen redete.

„Nee. Wieso?"

„Nur so"

Ich hörte Veits Grinsen.

„Ich mache jetzt mal Schluss mit diesem Tunten-Theater, mein lieber Kolja. Ich wollte dich nur ein bisschen ablenken. Allerdings sind wir tatsächlich nach Salzburg umgesiedelt und ich freue mich darauf, heute Abend mal wieder auszugehen. Bruno hat eben übrigens nicht ein einziges Mal gezuckt. Es ist super, dass er mit hier ist. Ich mache Dinge lieber zu zweit. Essen, Schlafen, Urlaub, Kino, irgendwie das Leben an sich. Ich bin schlicht und ergreifend nicht gerne allein. Natürlich führt das zu Kompromissen. Aber es geht keinesfalls darum, sich zu verkneifen, was einem wichtig ist, oder machen zu müssen, was man nicht will. Alles ist möglich, aber nichts zwingend. So sehen wir das zumindest. Also gucke ich hier in diesem Trachtendorf heute mal, wie die Jungs drauf sind, wenn sie ihre komischen Janker ablegen."

„Und Bruno?"

„Der guckt auch. Aber in eine andere Richtung."

Ich musste lachen. „Oh Mann, die Welt der Zweierkisten ist vermutlich bunter, als ich es mir vorstelle."

„Natürlich! Kein Kirschenpaar gleicht dem anderen, nicht alle schmecken jedem und an manchem hängt noch eine oder zwei. Aber Äpfel wie du kennen sich damit natürlich nicht aus, die sind ahnungslos."

Dem konnte ich nicht widersprechen.

„Ich habe mich übrigens entschieden, bei Saschs Beerdigung zu reden. Er hätte das für mich auch getan", wechselte ich das Thema. „Elin findet es okay."

„Wow. Glückwunsch. Das ist großartig. Ich bin mir sehr sicher, das wird dir guttun, Kolja."

Ich schob mit dem rechten Fuß den Sand vor mir etwas zusammen. Es klang falsch, dass es mir helfen oder gar nützen sollte. Aber wem sonst? Sasch konnte mich nicht mehr hören. „Es wird sicher schrecklich", sagte ich.

Er habe doch versprochen, mir zu helfen, versuchte Veit, mir Mut zu machen. Ich sah trotzdem tausend verheulte Augen vor mir, lauter Leute, die Sasch vermissten und sich fragten, warum es mich noch gab. Die darauf warteten, mich zumindest zu verreißen. Die kein Stammeln verziehen, erst recht kein stimmraubendes Schluchzen. Allein mir die Situation vorzustellen, peitschte meinen Herzschlag an.

Ich legte meine Hand auf die linke Brust. Mein toter Bruder verlangte ein großes Opfer.

Als ob es darum gegangen wäre, gab Veit mir noch lehrerhaft auf zu überlegen, was ich Sasch mit auf den Weg schicken wolle, und verabschiedete sich wieder in die Zweisamkeit.

Dann schickte er noch eine Nachricht hinterher: Übrigens gibt es mit Sicherheit auch sexlose Beziehungen. Also von Anfang an ohne Ficken, nicht erst, wenn man keinen Bock mehr aufeinander hat. Quasi zwei einzelne Kirschen. Wollte ich eben nicht sagen, weil Bruno mithörte und ich dein Geheimnis ja ordentlich hüten soll.

Ich löschte den Text, denn es gab Vokabeln, die ich nicht auf meinem Handy speichern wollte. Natürlich war ich bei meinen kurzen Online-Recherchen auch schon darauf gestoßen, dass sich manche Leute, die keinen Sex wollten, zusammentaten. Eine dünne Basis für eine Partnerschaft oder gar eine Ehe, fand ich. Einarmige suchten ja auch nicht nach Einarmigen. Oder von mir aus Schwarzhaarige nach Schwarzhaarigen.

Mal angenommen, ich wäre normal, fragte ich mich, ob ich dann wohl verheiratet wäre. Ich hatte noch nie darüber nachgedacht. Es war ja, wie es war. Ich ebnete das Sandhäufchen neben meinen Füßen wieder. Vielleicht hätte ich mit Sasch eine Doppelhochzeit gefeiert. Beide im gleichen Anzug mit fürchterlichen Blumen am Revers. Wie eine Kuh beim Almabtrieb. Irgendwann in der Kirche hätten wir uns neben die Braut des anderen gemogelt und erst kurz vor dem Ja-Wort die Verwechslung aufgelöst. Endlich mal Stimmung vorm Altar. Schweißtropfen auf der Stirn des Pfarrers. Meine Mutter hätte sich aufgeregt, wäre aber insgeheim stolz auf ihre lustigen Jungs gewesen. Applaus und lautes Pfeifen von unseren Freunden.

„Ach Sasch, du fehlst mir jetzt schon", seufzte ich leise. Wie lange hatte ich mich nicht mehr nach Quatsch mit ihm gesehnt.

Am dritten Tag ging ich Richtung Innenstadt. Ohne Hund, der ja Elin Gesellschaft leistete, erschien mir das naheliegend. Sie würde mit Ypsilon zuhause bleiben, hatte sie gesagt. Es gehe ihr darum, einen zweiten Atem in der Wohnung zu haben. Ohne den entständen Visionen von Sasch.

Ich spürte meinen Bruder bei meinen Grübel-Gängen ebenfalls. Auch jetzt - ich bog gerade in eine Wohnstraße, in der winzige Vorgärten von einer gewissen Verzweiflung der Innenstadtbewohner zeugten - begleitete er mich. Gleichzeitig vermisste ich ihn. Es war absurd. Weil ich nicht an Geister oder anderen Spuk glaubte, stellte ich mir vor, dass er als eine Art Cloud bei mir war. Natürlich würde dieser Digital-Vergleich für viele unsinnig klingen, zu wenig emotional. Aber ich brauchte die Krücke, um mir zu erklären, warum mein Bruder noch existierte, obwohl er tot war.

Er würde immer mein Zwilling bleiben. Der Gedanke provozierte einen Tränenschub. Ich befahl mir, mich zu beherrschen, und sah verschämt nach unten, dorthin, wo Ypsilon hätte sein müssen. Aber da war kein Trost mit Schlappohren. Mein Magen krampfte sich zusammen, vielleicht auch das ganze Gedärm. Dann kam aus meiner Körpermitte wieder einer dieser tiefen Schluchzer. Ich hatte gedacht, weiter zu sein.

Aus Scham hielt ich mir den Mantelkragen vor Mund und Nase. Zum Glück blieb es bei einer einzigen Wallung. Erleichterung darüber, dass es mir gelang, mich zu kontrollieren, stellte sich allerdings nicht ein. Vielmehr wurde ich schwerer. Eine dickflüssige Materie schien sich in mir auszubreiten. Meine Beine fühlten sich nach Bergbesteigung an, obwohl ich noch keine anderthalb Stunden unterwegs war. Ich ging nicht mehr, ich schleppte mich, schlurfte durch unbekannte Straßen und hoffte, dass zumindest ein bisschen Energie in meinen Körper und meinen Kopf zurückkehren möge. Oder gar die Aufbruchstimmung, die sich gestern und vorgestern in meine Trauer gemischt hatte. Doch das Gegenteil passierte, irgendwann taten auch meine Arme weh. Selbst die Augenlider wurden schwer und fühlten sich geschwollen an. Ich griff zu meinem Telefon, aber wusste nicht, wen ich anrufen und was ich sagen sollte. Schließlich setzte ich mich in einem Hauseingang auf die oberste Stufe und stützte das Gesicht auf die Hände. Nur sehr oberflächlich realisierte ich, dass Leute an mir vorbeigingen. Zwei fragten, ob sie mir helfen konnten. Ich schüttelte den Kopf. Ich saß und ertrug das Gewicht meines Körpers. Als ich zu frieren begann, löste ich die Hände von der Stirn, schob den Mantelärmel hoch und sah auf die Uhr. Eine Stunde war vergangen. Als ob ich kein Zuhause hatte. Du bist ein vernunftbegabtes Wesen, streng dich ein bisschen an, wollte ich mir sagen. Die Situation war peinlich. Aber meine Gedanken hatten sich der Behäbigkeit meines Körpers angepasst. Ich blieb sitzen. Irgendwann wurde es so kalt, dass ich mich aufrappeln musste. Ohne mich an der Hauswand abzustützen, hätte die Kraft dazu nicht gereicht. Meine Hose fühlte sich klamm an. Ich sah hinten an meinem Mantel herunter. Ich hatte nicht im Nassen gesessen, es war wohl nur die Kälte.

Eine Passantin musterte mich von oben bis unten, ging dann aber schweigend an mir vorbei. Ich lehnte mich mit dem Rücken an das Haus und blieb erst einmal stehen. Ohne Hund hatte mein Spazieren keinen Nutzen mehr. Ich fragte mich, was ich hier tat. Meine Gedanken setzten langsam wieder ein. Sascha, mein toter Zwilling. Ratgeber und Quatschpartner. Großer Bruder. Doch er stellte sich taub und stumm, wollte keine Aufmerksamkeit. In dieser eher schäbigen Wohnstraße ging es um mich.

Ich sehnte mich nach Ypsilon. Wenn der um mich herumhechelte, war ich nicht allein. Aber ohne ihn, inmitten der Menschen, ließ sich das Gefühl, niemanden zu haben, nicht ignorieren. Es lähmte mich. Ich erschrak, in welche Leere ich mich manövriert hatte. Nicht erst seit drei Tagen. Eher seit fünfzehn Jahren. Ohne Sasch wurde das sichtbar.

Seine Standpauke am Straßenrand kam mir in den Sinn. Gut ein viertel Jahr war das nun her. Ich nahm mir vor, auf ihn zu hören und wieder zu dem sozialen Wesen zu werden, das ich mal gewesen und er immer geblieben war. Vielleicht waren Veit und Michelle nur der Anfang.

Die Vorstellung, mich auszudehnen, servierte mir einen Seniorenteller Energie, so dass ich mich zehn Minuten später wieder langsam vorwärtsbewegen konnte. Ich holte mir einen Kaffee und strengte mich an, Geruch und Geschmack zu genießen. Doch sie hatten keine Chance gegen die Angst, nie wieder richtig froh werden zu können.

„Natürlich wäre ich verheiratet. Ob nun mit oder ohne Doppelhochzeit", beantwortete ich flüsternd meine Frage vom Vortag. Ein Schauer, vielleicht von der Kälte, erfasste Rücken und Arme. Trotz Deckel rann heißer Kaffee, der durch das Trinkloch geschwappt war, über meine Hand. Ich schüttelte sie.

Am liebsten hätte ich Ypsilon geholt. Aber wie hätte ich das Elin erklären sollen. Also ging ich in die Richtung, die mir am menschenleersten erschien. Passanten boten keine passende Kulisse für einsame Menschen. Im Moment sollte die Welt mich in Ruhe lassen. Wie, um das zu kontrastieren, sagte ich mir noch einmal, dass ich nicht allein leben würde, wahrscheinlich sogar verheiratet wäre.

Wenn ich normal ticken würde.

Ich ahnte auch, mit wem.

15

Elin hatte ein schönes Foto von meinem Bruder aus-
gewählt. Er war Model gewesen, natürlich gab es
unzählige Aufnahmen von ihm, auf denen er gut
aussah. Aber auf diesem war er mal nicht perfekt,
hatte den Mund etwas verzogen. Wahrscheinlich
sprach er gerade. Der Schnappschuss bildete einen
Kontrast zur allseits bekannten Makellosigkeit.
Ausgerechnet auf seiner Beerdigung konnte ich
mich über die Lebendigkeit seines Ausdrucks
freuen.

Die Staffelei stand etwas rechts, in der Mitte die
schlichte Urne, umgeben von unseren drei Kränzen.
Elins aus roten Rosen, meine Mutter hatte weiße Li-
lien ausgesucht und meiner war fast vollständig aus
Veilchen gebunden. Wir würden jetzt noch über
eine halbe Stunde auf unseren Stühlen hocken und
schweigend das Stillleben vor uns anstarren, während sich hinter uns die Reihen füllten.

„Es wird ja wohl trocken bleiben", hatte meine Mutter mit Blick zum wolkigen Himmel gesagt, als wir

ankamen. Gerade so, als ob sie dem lieben Gott drohen wollte, der es bloß nicht wagen sollte, den Ablauf ihrer Trauerfeier zu stören. Meine Wetter-App hatte Entwarnung gegeben, aber da war sie schon beim nächsten Thema gewesen: Roland, der fürchterliche Bruder meines Vaters hatte es gewagt, mehr als vierzig Minuten zu früh zu kommen. Das sei mal wieder typisch.

Sasch hätte an dieser Stelle mit trockenem Grinsen gefragt, woher sie wisse, dass der Mann zu früh komme, was meine Mutter mit einem kurzen Schnauben quittiert hätte. Aber Sasch fragte nichts mehr.

Meine Mutter machte ein paar Schritte auf Roland, den sie vermutlich seit Jahren nicht gesehen hatte, zu und grüßte ihn mit einer leichten Verbeugung. Ich wusste, dass die beiden an ihren Geburtstagen und an Weihnachten miteinander telefonierten. „Aus Höflichkeit, das macht man so", hatte sie mir mal erklärt. Eigentlich mochte sie den Kerl nicht, dessen Leben daraus zu bestehen schien, mit undurchsichtigen Immobiliengeschäften Geld zu scheffeln und junge Frauen abzuschleppen. Mit Sicherheit hatte sie es anders formuliert, aber so klebte es in meiner Erinnerung. Sasch und ich hatten mit meinem Onkel seit meiner Kindheit nichts mehr zu tun gehabt und ich nickte ihm auch jetzt nur im Vorbeigehen zu. Beerdigungen waren ein Sammelbecken ungeliebter Zeitgenossen, die zu spät Freunde werden wollten.

Mein Stuhl in der Trauerhalle war schon nach drei Minuten unbequem. Ich rutschte hin und her und schielte zu Elin. Ein paar Tränen liefen über ihre Wangen. Vielleicht war das heute die bisher intensivste Konfrontation, die sie durchzustehen hatte. Ich nahm kurz ihre Hand. Sie erwiderte einen leichten Druck, sah zu mir herüber und ließ wieder los.

Mir kam es merkwürdig vor, dass die Trauerfeier so weit weg vom Sterben lag. Mutters Anruf hatte mich vor immerhin gut zwei Wochen erreicht. Mein Abschiednehmen war schon so weit vorangekommen, dass sich die Beerdigung wie ein Schritt zurück anfühlte.

Nach meinen drei Spazier-Tagen hatte ich das Leben wieder aufgenommen. Zu arbeiten sollte mich von der Grübelei abhalten, was es auch tat. Dafür packte mich die Unlust. Ohne das Holzoffice-Projekt blieb nur die Zweckbauten-Routine und die machte auf einmal weniger Spaß. Ich überlegte, ob man ein Computer-Programm schreiben konnte, das Entwurf und Bauleitung übernahm. Ein paar rechte Winkel, so angeordnet, dass Materialien in Standardmaßen, die gut und günstig waren, verwendet werden konnten, das durfte für einen Rechner nicht so schwer sein. Paula hatte mir einen Vogel gezeigt, als ich von der Idee erzählte, es aber unterlassen, mit mir zu diskutieren. Sie hatte den Trauernden geschont.

Jetzt saß sie in der zweiten Reihe, direkt hinter uns. Zu weit vorne, fand ich. Da gehörten eher die

Freunde von Sasch und Elin hin. Unauffällig linste ich noch einmal nach hinten. Die Halle füllte sich, aber die Menschen hatten ihre toten Gesichter aufgesetzt. Fast, als ob sie selbst gestorben wären. Für Sasch hätte es stärker menscheln können.

Seitdem ich wieder im Büro war, hatte Michelle die täglichen Anrufe eingestellt. Ich hatte ihr an den Tagen zuvor wenig zu sagen gehabt und sie sich wahrscheinlich nicht getraut, von ihrem Alltag zu berichten, weil das Normale im Angesicht des Todes privilegiert erschien. Einerseits fand ich es schade, sie nicht mehr so häufig zu hören, andererseits war ich froh, mir nicht überlegen zu müssen, wie ich mit der Frau, mit der ich unter regulären Umständen vielleicht mein Leben geteilt hätte, umgehen sollte.

Ich drehte mich um, um zu sehen, ob sie schon da war. Elin zuckte zusammen, als ich mit meinem Knie an ihres stieß. Wahrscheinlich schielte meine Mutter pikiert zu ihrem nicht stillsitzenden Sohn, der sich wie ein Mikado-Stäbchen bewegte und zu allem Überfluss noch andere zum Zittern brachte. Als hätten wir uns abgesprochen, betrat Michelle in diesem Moment die Trauerhalle, Veit neben sich. Ihr Gesicht lebte. Sie wirkte betroffen, aber nicht tot. Sie nickte mir mit einem Lächeln zu und formte mit den Lippen ein lautloses Hallo Kolja. Ich hob eine Hand und grinste zurück, unsicher, ob das den äußeren Umständen angemessen war. Paula drehte sich um, um herauszufinden, wen ich begrüßt hatte. Michelle und Veit blieben hinten im Gang stehen.

Es würde voll werden, vermutlich warteten vor der Halle noch einige Leute. Veit machte eine Daumendrück-Geste in meine Richtung, die ich mit einem Minimal-Nicken erwiderte.

Nach dem dritten Lied würde ich dran sein. Hallelujah von Leonard Cohen. Meine Mutter hatte es sich gewünscht. Anscheinend hatten wir doch etwas gemeinsam, denn es war einer der wenigen Songs, der tatsächlich etwas mit mir anstellte. Besonders in der Fassung von K.D. Lang. Manchmal legte ich mich in meinem Wohnzimmer auf den Boden, Blick zur Decke, Anlage richtig laut. Das Lied peitschte Gefühle in mich, wirkte wie eine intravenöse Emotions-Therapie, die mich in eine Ich-kann-alles-Stimmung schoss. Hallelujah heilte. Es würde mir auch heute Kraft geben.

Mit dem letzten Ton müsse ich nach vorn treten, hatte mir die Pfarrerin eingebläut. Treten. Als ob ich jemandem wehtun wollte.

Ich lehnte mich nach vorn und ließ mir Veits Tricks für die Rede noch einmal durch den Kopf gehen. Zum einen solle ich grundsätzlich davon ausgehen, dass meine Zuhörer mir nichts Böses wünschten. Sie seien mir wohlgesonnen, wollten nicht, dass ich die Sache vergeigte.

Das Ganze klang simpel, doch es fiel mir schwer, daran zu glauben. Es widersprach meiner grundsätzlichen Annahme, dass meine Gegenüber im Normalfall andere Interessen hatten als ich.

Bauherren, Mitarbeiter, meine Mutter sowie andere Frauen und Männer, besonders, wenn sie mir wohlgesonnen waren. „Ich bin lieber auf der Hut", hatte ich nach zwei schnellen Flaschen Rotwein gelallt, spaßeshalber auch noch einmal mit Korken im Mund, denn das war eine der Sprechübungen vom Anfang des Abends gewesen.

„Das ist bei Gebrauchtwagenhändlern, übergriffigen Freunden und deiner Mama sicher auch angebracht. Aber nicht bei deinem Publikum", hatte Veit erwidert. Auch er hatte schon deutlicher gesprochen, aber die Mama-Betonung auf der zweiten Silbe würde er auch nach fünf Flaschen Wodka nicht vergessen.

Seinen zweiten Rat hatte ich zunächst nicht kapiert. „Löse dich vom Linearen. Menschen sprechen so nicht miteinander. Sie springen vom einen zum anderen, dann auch wieder zurück. Wir können das. Wir denken so."

Zum Glück war das noch zu Beginn unseres Wein-Gelages gewesen. „Du meinst, die Welt funktioniert nicht nach erstens, zweitens, drittens?"

„Ordne deine Punkte im Kreis an und bringe sie, wenn sie dir einfallen."

„Du meinst, wenn ich über Kennenlernen, Lieben, Kinderkriegen sprechen wollte, müsste ich das nicht in dieser Abfolge tun?"

„Genau. Du könntest mit der Liebe beginnen, dann darüber reden, dass ihr bestimmt Kinder haben werdet und zum Schluss erzählen, wie ihr euch kennengelernt habt. Das würde völlig natürlich klingen. Aber warum willst du über Liebe und Kinder kriegen reden? Habe ich was verpasst?"

„Hast du nicht. War nur ein Beispiel."

„Aha."

„Aha!"

Zwei Stunden später hatte ich noch immer über erstens, zweitens, drittens nachgedacht. „Wenn wir gar nicht so strukturiert" – das Wort auszusprechen fiel mir schwer, weil meine Zunge scheinbar geschwollen war – „sind, dann kann man ja auch erstens weglassen und zweitens und drittens trotzdem machen. Oder man lässt zweitens weg und macht fünftens."

Veit hatte mich mit glasigen Augen angeguckt und genickt.

Jetzt, auf dem unbequemen Stuhl, vor mir Saschs Urne, fragte ich mich, was ich mit diesem Satz wohl gemeint hatte. Ich wusste nur noch, dass er mir bahnbrechend erschienen war.

Dann ging es los.

Eine Pastorin, die meinen Bruder nie gesehen hatte, erzählte Menschen, die ihn gut kannten, wie er gewesen war. Die Worte schwebten durch mich hindurch, hinterher würde ich nicht ein einziges wiederholen können.

Die Nachricht, die Veit mir am Morgen geschickt hatte, fiel mir wieder ein. Am liebsten hätte ich mein Handy rausgeholt, um noch einmal den genauen Wortlaut zu lesen. Es ging darum, dass es wichtig war zu reden, aber nicht wichtig, was ich sagte. Erst jetzt verstand ich es. Hier lag so viel Symbolik in der Luft, dass es nicht auf das einzelne Wort ankam und erst recht nicht auf Zwischentöne. Trotzdem stieg meine Nervosität mit jeder Minute. Schon beim zweiten Lied wischte ich meine Hände an meiner Hose ab. Ich war nach wie vor entschieden, meine Scheu zu überwinden. Für Sasch. Für mich. Aber innerlich verfluchte ich den Moment, in dem ich auf die Idee gekommen war.

Dann lief Hallelujah. Meine Mutter schnäuzte sich. Vor diesem Song war selbst ihre Contenance nicht sicher. Als ich das sah, kamen auch mir die Tränen. Du darfst ruhig heulen. Alle sind dir wohlgesonnen. Nicht linear. Hauptsache, du sagst irgendwas. Du darfst ruhig heulen. Veits Tipps als Mantras. Trotzdem pochte mein Herz.

Dann ging ich nach vorn. Ich trat nicht. Ich ging.

Schon auf dem Weg wusste ich, es würde schiefgehen. Nicht alle starren Mienen waren mir wohlgesonnen. Manche Augen verachteten mich dafür, dass das in der Urne nicht meine Asche war. Veit hatte übersehen, dass die Leute vor mir nicht meine, sondern Saschs Freunde waren. Ich hatte ja kaum welche. Bei mir wären viel weniger Menschen traurig gewesen. Es hatte uns doppelt gegeben, aber der falsche wurde heute beerdigt. Der Infarkt wäre besser mir passiert. Ich sah zu meiner Mutter. Wie bei ein paar anderen aus der Meute vor mir bekam ihr Blick etwas ungeduldig Mitleidiges. Ich musste anfangen.

Die ersten Sätze hatte ich, entgegen Veits Ratschlägen, auswendig gelernt. Ich brauchte Sicherheit. Und ich wollte es auf keinen Fall versäumen, meiner Mutter klarzumachen, dass ich nicht ihretwegen durch diese Hölle ging.

„Lieber Sasch", ich sah auf das Foto zu meiner Linken. Er sah aus, als antworte er, bevor ich etwas gesagt hatte. „Lieber Sasch", fing ich noch einmal an, „es ist ein verdammter Scheißdreck, dass du schon tot bist. Das mal vorweg. Und noch was: Ich habe dich geliebt. Als wir kurz vor diesem miesen Infarkt zusammensaßen, hätte ich es dir beinahe gesagt. Einfach so. Mir war danach. Aber die Architektur passte nicht. Was für ein Schwachsinn!"

Meine Stimme klang höher als normal. Ich war trotzdem erleichtert, es bis hierhin geschafft zu haben, denn ich bekam viel zu wenig Luft. Wie unter Wasser. Aber immerhin waren Worte aus mir herausgekommen.

Meine Mutter schüttelte den Kopf. Kaum sichtbar. Man musste sie kennen, um es zu bemerken. Ich kniff die Augen zusammen, fixierte sie kurz. Das Wort Liebe war ihr zu sentimental. Sie konnte mich mal.

Mein Blick suchte Michelle. Ich hoffte, dass ihre Entspannung auf mich überspringen würde, denn ab jetzt musste ich frei reden. Fang einfach an, egal wo.

„Ich wollte dir noch was mit auf den Weg geben, was ich dir nie gesagt habe: Du warst nämlich nicht nur mein Zwilling, mein Ebenbild und mein großer Bruder. Du warst auch mein Vorbild als Mann. Das klingt jetzt ein bisschen blöd. Aber ich habe so meine Schwierigkeiten damit. Du hast das gewusst."

Meine Mutter war nicht die Einzige, die an dieser Stelle die Augenbrauen hochzog. Von wegen wohlgesonnen. Die konnten mich nicht leiden. Ich räusperte mich zweimal, um ein paar Sekunden zu gewinnen. Leider blieb ich trotzdem kurzatmig.

„Ein Mann sein, das hieß für dich, in dich reinzuhören. Dich zu nehmen, wie du bist. Model zu werden anstatt Architekten. Ein männliches Mannequin hat unsere Mutter dich damals genannt."

Ein paar Lacher unterbrachen mich.

„Ich glaube nicht, dass du das damals lustig fandst."

Meine Mutter blickte starr geradeaus.

„Aber du hast es ihr nicht übelgenommen. Sei nicht so streng mit den Leuten, sie sind die besten Ausgaben ihrer selbst, hast du mir mal gesagt. Auch wenn sie nerven.

Du warst im besten Sinne eigensinnig und gleichzeitig warst du das überhaupt nicht. Deswegen ist hier und heute die Bude voll."

Ich merkte, wie eine Träne auf meiner rechten Wange kitzelte. Lass sie laufen, dachte ich. Weinen war okay. Dass ich anfangen würde zu schluchzen, davor hatte ich keine Angst mehr. Vielleicht war das ohnehin nur unterdrücktes Heulen gewesen. Ich fing an, die Leute vor mir wahrzunehmen. Die meisten blieben bei ihren Pokerfaces. Es war schwer zu sagen, wie sie zu mir und meinen Worten standen. Als ich Veit und Michelle ansah, wusste ich jedoch, dass ich hier genau das Richtige tat.

„Mein lieber Sasch, ich will dir nicht nacheifern. Aber ich verspreche dir, dass ich deine Ratschläge nicht vergessen werde. Mehr noch. Ich werde mir sogar Mühe geben, sie zu beherzigen. Daran zu denken, ich selbst zu sein."

Meine Nase lief. Ich schniefte und schob dann noch „Und trotzdem ein Mann" hinterher.

In der Stille hörte man das leise Ts meiner Mutter. Den dentalen Klick. Ich hatte irgendwann recherchiert, wie man das Geräusch nannte, weil sie es wie ein Wort für leichte Missbilligung verwendete und es mein Leben begleitet hatte.

In diesem Moment machte es mich fassungslos.

Ich drehte mich zu ihr um. „Und du, Mama", begann ich, auch wenn das hier nicht die passende Situation war. Ich wollte ihr einfach sagen, dass auch sie sich ihren Sohn zum Vorbild nehmen und aufhören solle, ständig zu meckern. Dass sie sich endlich abgewöhnen solle, jeden und jede zu be- und zu verurteilen.

Doch mein Bruder stoppte mich. Er ließ den aus Ärger gewachsenen Aktionismus so schnell, wie er über mich gekommen war, wieder in sich zusammenfallen. Hinter ihrer Art verberge sich etwas anderes als übertriebene Spießigkeit. Sasch hatte doch Nachsicht gefordert. Selbst wenn er nicht im recht war - das hier war eine Beerdigung. Als ich begriff, dass ich meine Mutter beinahe bei diesem Anlass bloßgestellt hätte, verstand ich mich selbst nicht mehr.

„Und du, Mama", griff ich meinen Satz auf und versuchte mich in Schadensbegrenzung, „dir danke ich, dass du mich auf die Idee gebracht hast, mich hier zu äußern."

Mit einem „Mach's gut, Sasch" ging ich zurück zu meinem Stuhl in der ersten Reihe. Noch immer kribbelten Tränen auf meinen Wangen. Ich war unsicher, gierig nach Reaktionen.

Meine beiden hinten stehenden Freunde nickten mir wie erwartet zu.

Paula hingegen sah durch mich hindurch. Ich hatte das noch nie bei ihr gesehen und wusste nicht, was es zu bedeuten hatte.

Elin tupfte sich die Augen ab, als ich vorbeiging. Ich hatte sie immerhin gerührt.

Meine Mutter sah mir ins Gesicht. Sehr kurz, als ob es ein Versehen war. Dann senkte sie den Blick.

16

Als Saschs Asche im Boden verschwand, starb in mir eine Hoffnung, deren Existenz ich mir nicht bewusst gewesen war. Die Endgültigkeit seines Todes legte sich in diesem Moment mit solch schwerer Wucht auf mich, dass ich das Gefühl hatte, ebenfalls in den Boden gedrückt zu werden.

Neben mir weinte Elin. Vielleicht hatte auch ihre Seele ihr einen Streich gespielt und ließ sie erst jetzt erkennen, dass der Tod unumstößlich war. Ich legte den Arm um meine Schwägerin. Diesmal lehnte sie ihre Stirn dankbar an meine Schulter. Mein Stand stabilisierte sich. Doch der Trost währte nur kurz, denn als wir meine Mutter schluchzen hörten, drehten wir beide unsere Köpfe in ihre Richtung.

Ihr verzogenes Gesicht erleichterte mich, der halb geöffnete Mund, der etwas vibrierte und tiefe Falten von den Augen bis zum Kinn verursachte. Normalerweise sah meine Mutter immer gleich aus.

Als ich meinen Wunsch geäußert hatte, direkt nach meinem letzten Abschied von Sasch zum Café zu gehen, hatte sie mich abserviert. Auch ich hätte mich hinter dem Grab aufzustellen, um die Beileidsbekundungen entgegenzunehmen. Alles andere sei unhöflich. So hatte ich jetzt eine sich langsam bewegende dunkle Masse aus Menschen vor mir, von der sich einzelne Gestalten lösten, um Rosenblätter in das Urnen-Loch fallenzulassen. Meine Mutter hatte dafür gesorgt, dass es keine Erde gab. Sie könne das Geräusch der aufschlagenden Klumpen nicht ertragen. Damals war mir das prätentiös erschienen. Jetzt war ich ihr dankbar. Doch auch sanft fallenden Blätter änderten nichts daran, dass ich das Ritual hasste und nicht hier stehen wollte.

Streng dich an, redete ich mir zu. Weil es nicht um mich ging.

Wir waren hier das Publikum. Zuschauer der letzten Würdigung meines Bruders. Wenn die Leute dann zu mir kamen, erkannte ich trotz ihrer versteinerten Gesichter eine gewisse Verwirrung, dass es mich noch gab. Zumindest bei einigen. Ich war froh, dass Händeschütteln auch auf Friedhöfen aus der Mode gekommen war. Einige drückten Elin. Mir reichte Nicken.

Veit breitete natürlich die Arme aus, als er auf mich zukam. „Du warst so sexy bei deiner Rede. Zum Beine in den Kronleuchter schmeißen." Er ließ mich los und grinste.

„Bis gleich", antwortete ich, erschrocken über den unmöglichen Spruch. Nicht jeder Versuch, mich aufzumuntern, konnte gelingen. Aber so viele Freunde hatte ich nicht.

„Ich komme nicht mit zum Kaffee", erklärte Michelle. Wir hielten uns an den Oberarmen.

„Warum das denn nicht? Es ist ein Platz für dich reserviert." Ich hatte die beiden ein paar Tage vorher eingeladen.

„Jörg hat mich gefahren. Ich will ihn nicht so lange in der Stadt warten lassen."

„Sag ihm, er soll auch kommen. Er ist schließlich dein Begleiter."

Sie sah mich fragend an.

„Bitte!", sagte ich und drückte ihre Schultern ein kleines bisschen zusammen.

Sie machte es mir leicht. „Okay. Ein Stündchen. Aber ohne Begleiter."

Ich bat sie, ein paar Gräber weiter mit Veit auf mich zu warten. Es freute mich, dass sie Jörg nicht mitbringen wollte.

Als wir uns zwanzig Minuten später gemeinsam auf den Weg zum Café Rosenblatt machten, hätte ich beinahe ihre Hand gehalten, damit sie nicht doch noch abbog. Aber ich nahm keine Hände. Meine Mutter und Elin, die vor uns gingen, hatten sich bei ihren Freundinnen untergehakt.

„Ist dir schon mal aufgefallen, dass du immer passend für Beerdigungen gekleidet bist?", fragte Veit, nachdem wir ein paar Schritte schweigend nebeneinanderher gegangen waren.

„Ich würde es unauffällig nennen. Das hier ist Saschs letzter großer Tag. Da hält man sich zurück."

„Dann kann es morgen ja bunt werden."

Um mich für seine Versuche, mich aufzuheitern, erkenntlich zu zeigen, strengte ich mich an zu lächeln.

„Lass dich nicht verrückt machen", mischte Michelle sich ein. „Nicht jeder ist ein Künstler, nicht jeder muss permanent scheinen."

„Und manche brauchen keine schrägen Klamotten, um zu scheinen", ergänzte ich mit Blick auf sie.

„Ui", sagte Veit, „zwei gegen einen."

In dem kleinen Café, das sich auf solche Anlässe spezialisiert hatte, waren bereits die meisten Tische belegt. Ein paar Leute tranken im Stehen Kaffee. Einer der wenigen Anlässe, bei denen es okay war, wenn die Gastgeber zum Schluss oder im Fall der Hauptfigur gar nicht kamen, überlegte ich.

Meine Mutter und Elin steuerten mit ihren Freundinnen-Geschwadern auf zwei Vierertische vor der Fensterfront zu, die unsere Gäste für uns freigelassen hatten. An den dritten hatte sich Roland, mein Onkel, gesetzt. Ich dachte Gedanken meiner Mutter: Was bildete der sich ein? Wusste er nicht, wie man sich benahm? Ich hatte den Mann seit Jahren nicht gesehen und jetzt platzierte er sich hier, in unserem Zentrum. Trotzdem konnte ich ihn schlecht bitten, wieder aufzustehen. Ich hatte nur zwei Freunde. Das reichte nicht, um Anspruch auf ein eigenes Revier zu erheben. Uns blieb nichts anderes übrig, als sich zu ihm zu setzen.

„Dein Vater war auch so ein weicher Typ wie du", eröffnete er ungefragt das Gespräch.

Ich nickte beiläufig, um zu signalisieren, dass ich nicht an einer Unterhaltung interessiert war. Heute hatte ich ein Recht auf Abwehrhaltung. Trotzdem stellte ich meine drei Tischnachbarn einander vor. Roland interessierte sich vor allem für Michelle und erzählte, dass er vor kurzem beim Tauchen auf den Malediven eine sehr attraktive Frau kennengelernt habe, die ihr ähnlichsehe. Ich war mir sicher, mich nicht verhört zu haben. Mein Onkel machte seinem Ruf alle Ehre. Darüber hinaus wusste ich nichts über ihn.

„Tut mir leid. Ich bin nur die Fälschung", ließ Michelle ihn abblitzen.

„Waren Sie schon mal auf den Malediven?"

„Nein. Aber gerade jetzt bin ich auf einer Beerdigung."

Veit und ich grinsten uns versteckt zu.

„Ich war neulich in Bad Reichenhall", stieg Veit ein. Er spürte offensichtlich, dass niemand diesem

Onkel beispringen würde. „Da musste man leider bis Salzburg reisen, um zumindest einen geilen Kerl zu sehen."

Roland musterte ihn.

Um unauffällig nach unten blicken zu können, bediente ich mich an den Brötchen, die mitten auf dem Tisch standen. Auf einer zweiten Platte lagen ein paar Stücke Kuchen, Apfelstreusel und Bienenstich. Mich überfiel der Hunger.

„Wie kommt es, dass sie mit diesen beiden Homosexuellen unterwegs sind?", fragte mein Onkel. Vor dem Wort für ihn fast nicht aussprechbaren Wort mit H hatte er sich kurz geräuspert und die Stimme gesenkt.

Michelle fiel keine Antwort ein.

Mir auch nicht.

„Schon mal was von Ménage à trois gehört?", schob Veit eine Gegenfrage über den Tisch.

„Na, Jungchen, was glaubst du denn? Aber mit zwei Weibern!" Er lachte widerlich auf. Es klang nach einem uralten LKW, der nicht mehr anspringen will.

Ich drehte mich zu meiner Mutter, die Roland musterte, wie man einen verreckten Motor halt ansah. Sie erkannte mein Flehen, stand augenblicklich auf und schritt auf unseren Tisch zu.

„Roland, wir haben uns lange nicht gesehen. Ein paar Worte, bevor sich dieser traurige Anlass auflöst." Sie schob ihre Hand unter seinen Ellenbogen. Wie ferngesteuert erhob er sich.

Wahrscheinlich hatte sie ihn nicht einmal berühren müssen.

Michelle lächelte meine Mutter an.

„Das ist ja mal eine ganz andere Seite von deiner Mama", flüsterte Veit, als die beiden zwei Schritte von unserem Tisch weg waren.

„Das kannst du laut sagen!" Dankbarkeit hatte ich ihr gegenüber schon lange nicht mehr verspürt.

Michelle ergänzte, man könne von Frau Wolf sicher einiges lernen. „Wahrscheinlich beginnt die Auflösung des traurigen Anlasses in ein paar Minuten mit ihm. Ganz königinnenhaft. Weil er eh gehen wollte."

Sie trank einen Schluck Tee und sah mich an. „Wie fühlst du dich?"

Das war konkreter als wissen zu wollen, wie es mir ging.

„Kaputt. Erleichtert. Ein bisschen aufgedreht. Anders als man sich fühlen sollte, glaube ich."

„Vergiss das Sollen."

Ich nickte.

„Wirst du dich an dein Versprechen halten?", fragte Veit.

„Was meinst du?"

„Deine Rede."

„Ich bin mir nicht sicher, ob ich überhaupt noch weiß, was ich gesagt habe. Zu wenig über Sasch, glaube ich."

Veit ignorierte den letzten Satz. „Dass du dir Mühe geben willst, Saschas Ratschläge zu beherzigen. Dich nicht zu verstellen und so was."

Ich überlegte. „Wenn du mich jetzt und hier fragst, dann ja."

„Dann hake ich demnächst wieder nach." Er erstach mit seiner Gabel ein Stück Apfelkuchen.

Michelle hielt sich ihre Teetasse mit beiden Händen vors Kinn. „Sagst du mir irgendwann, was es mit dir und dem Mannsein auf sich hat?"

„Demnächst." Was früher ein No-Go gewesen war, fühlte sich jetzt einfach an. Ich würde ihr den ganzen Mist anvertrauen.

Michelle sah mich entspannt an. Das Stimmengewirr hatte sich aufgelöst, als ob unser Tisch durch eine unsichtbare Glocke vom Rest des Raums abgeschirmt war. Ich wich ihrem Blick nicht aus.

„Lasst uns einen Wein bestellen", schlug ich nach einem kurzen Moment Bewegungslosigkeit vor. „Ich bin froh, dass ihr hier seid".

Wir rückten unsere Stühle zurück und machten es uns bequemer. Aus mir sprudelten Sasch- und Lach-Geschichten, wie ich sie in einem plötzlichen Einfall nannte. Die anderen beiden gaben sich dankbar für meine Offenheit, die in erster Linie mir selbst half.

Als die Gläser leer und viele Gäste bereits gegangen waren, guckte Michelle erschrocken auf die Uhr. „Der arme Jörg. So lange wollte ich gar nicht bleiben." Sie holte ihre Geldbörse aus der Handtasche. „Hier sind noch deine fünfzig Euro. Jörg wollte sie nicht."

Natürlich war der Mann auch noch großzügig. Ich bedankte mich.

Erst als Veit und Michelle weg waren, fiel mir auf, dass Paula nicht mit ins Rosenblatt gekommen war. „Hat sie zu dir etwas gesagt?", fragte ich meine Mutter, mit der ich zehn Minuten später allein in einem Trümmerfeld aus Kaffeeflecken, angebissenen Brötchen und schnellwelkenden Blumen in massenproduzierten Vasen stand.

Meine Mutter schüttelte den Kopf. „Man könnte meinen, hier hätte ein Kindergeburtstag stattgefunden", sagte sie.

„Blechkuchen und Wicken? Das habe ich anders in Erinnerung."

„Aber das Chaos passt." Sie griff nach einem Stuhl. „Dass die Leute nicht einmal ihre Stühle richtig hinrücken können."

„Danke wegen Roland", fiel ich ihr ins Wort und verhinderte damit wahrscheinlich den nächsten dentalen Klick.

„Gerne. Nach fünf Minuten ist er gutgelaunt gegangen."

„Wie hast du das hingekriegt?"

„Mit freundlicher Beharrlichkeit."

Beinahe hätte ich sie gefragt, ob ich einen entsprechenden Kurs bei ihr belegen konnte, doch eine der Kellnerinnen kam herein und wollte wissen, ob wir noch etwas brauchten.

„Bringen sie uns bitte noch zwei Gläser Wein", sagte meine Mutter, ohne mich zu fragen. „Und dann geben sie uns bitte noch eine halbe oder dreiviertel Stunde. Wir haben noch etwas zu besprechen."

Ich war perplex. Natürlich hätte ich vorschieben können, wegen Ypsilon dringend nachhause zu müssen. Aber ich war zu neugierig. Und ich hatte ein grundlos gutes Gefühl. Wir zwei im Durcheinander, das war in diesem Moment Familie, nicht Mama und ich.

Meine Mutter drehte sich zu einem Tisch hinter uns, stapelte Platten, Teller und Tassen, klaubte das

Besteck zusammen und platzierte alles auf dem Nachbartisch. Mit dem Handrücken wischte sie ein paar Krümel auf den Fußboden und strich die Decke glatt. Ich hatte reflexartig nach Zuckerdose und Milchkännchen gegriffen, für die ich nach wie vor einen geeigneten Abstellort suchte.

Als die junge Frau ein paar Minuten später mit unserem Wein kam, saßen wir in einer Oase der Ordnung. Wir prosteten uns zu, tranken aber erst, als die Schwingtür sich ein zweites Mal hinter der Kellnerin ausgependelt hatte. Meine Mutter senkte die Schultern und atmete geräuschvoll aus. „Was für ein Scheißdreck. Nie im Leben wäre ich auf die Idee gekommen, dass einer von euch vor mir gehen könnte."

Sie hatte das Wort Scheißdreck verwendet. Ich starrte auf den Stiel meines Weinglases, den ich, obwohl ich das Glas wieder abgestellt hatte, nach wie vor festhielt, und suchte nach einer Reaktion. „So angstfrei hätte ich dich gar nicht eingeschätzt."

„Die vielen Sorgen, die ich mir früher gemacht habe, sind alle nicht eingetroffen. Dafür andere Katastrophen. Deswegen habe ich irgendwann beschlossen, mir nichts Böses mehr auszumalen."

Ich sah sie an. „Bewundernswert, was du so alles beschließen kannst."

„Ja. Zum Beispiel meinem Sohn ein bisschen auf den Zahn zu fühlen." Sie strich einen übersehenen Krümel von der Tischdecke.

Vielleicht, dachte ich, hätte ich mich doch zu Ypsilon retten sollen.

„Keine Angst", fuhr sie fort, „du bist erwachsen. Ich schimpfe nicht mehr. Aber mein Plan, euch näherzukommen, kam zu spät. Zumindest für deinen Bruder." Ihre Augen wurden feucht.

Nicht kneifen, schoss es mir durch den Kopf. „Ich dachte, Sasch wärst du näher gewesen."

„Nicht wirklich. Er war umgänglicher als du. Deswegen mag das so ausgesehen haben. Aber richtig was gewusst habe ich nicht über ihn." Sie hielt kurz inne. „Irgendwann letzten Herbst zusammen mit Angelika kam die Sprache auf unser Geburtstagsspiel. Ich habe ihr erzählt, wie das funktioniert und dass ich das meiste, was ich über euch weiß, durch dieses Spiel erfahren habe. Man müsse jeden Tag sterben können, hat sie mir damals geantwortet. Sie hat seit Jahren Krebs und alles geregelt. Organisatorisch. Aber auch menschlich. Da habe ich beschlossen, dass wir uns wieder näherkommen müssen. Wer hätte ahnen können, dass das hier passiert."

Ungläubigkeit huschte über ihr Gesicht, aber sie riss sich direkt wieder zusammen.

„Was hat es mir dir und diesem Mannsein auf sich?"

„Was meinst du mit mir und dem Mannsein?"

„Du musst meine Fragen nicht wiederholen, wenn du mir keine Antwort geben willst. Es würde mich halt interessieren. Deine Rede war, sagen wir mal, unkonventionell. Du hast nicht nur über deinen Bruder, sondern auch über dich geredet. Das hört man nicht oft bei Beerdigungen. Und weil ich mir schon seit Jahren Gedanken darüber mache, was mit dir los ist, traue ich mich jetzt endlich zu fragen. Es ist deine Sache, ob du antwortest. Aber ich möchte nicht, dass es mir mit dir irgendwann so geht wie mit Sascha. Also: Bist du homosexuell?"

„Ach du liebe Güte, das scheint heute der allgemeine Eindruck zu sein. Roland hat das auch schon fallen lassen. Nein, bin ich nicht. Ich habe einen schwulen Freund. Das ist alles."

„Nein, das ist nicht alles. Du hast seit Jahren keine Freundin, zumindest keine, die ich zu sehen gekriegt habe."

„Ich lebe gerne allein."

„Du bist bei mir aufgewachsen. Es wäre mir aufgefallen, wenn du ein Einzelgänger wärst." Sie löste ihre Hände voneinander und fuhr mit dem Zeigefinger über ihre Oberlippe. Eine Geste, die ich noch nie wahrgenommen hatte.

Ich begann, unter meinem Jackett zu schwitzen, und stand auf.

Sie enthielt sich eines Kommentars.

„Okay", sagte ich während ich zwei Schritte hin und her ging, „dann sage ich es dir." Ich setzte mich wieder und sah sie an. „Bei mir stimmt halt was nicht. Ich habe keine Lust auf Sex. Ich will das nicht. Nie. So einfach ist das. Nicht mehr und nicht weniger."

„So was gibt es bei Männern doch gar nicht."

Ich nahm einen großen Schluck Wein. „Genau wegen solcher Kommentare habe ich keine Lust, darüber zu reden."

„Entschuldige bitte. Das war unklug von mir. Ich habe das nur noch nie gehört. Logischerweise."

„Warum logischerweise?"

„Da redet doch kein Mann drüber."

„Kann schon sein."

„Ist das denn in Ordnung für dich? Ich meine das Alleinleben. So etwas macht ja keine Frau mit, zumindest in deinem Alter."

„Ich habe noch keine gefragt, ob sie es mitmachen würde." Ich war gereizt. „Außerdem fragt das die Richtige. Du lebst doch auch allein."

„Aber freiwillig", gab sie reflexhaft zurück.

„Na dann!"

Wir nahmen beide einen Schluck und lösten unseren Augenkontakt. Was sollte es bringen, dass sie es nun wusste?

„Darf ich noch was fragen?", nahm sie den Faden wieder auf.

„Was?"

„Kannst du nicht einfach irgendwas dagegen nehmen?"

Mein Stuhl kippte um, als ich ein zweites Mal aufstand. „Ich kann, Mutter. Ich funktioniere! Ich will nur nicht. Ich brauche kein Viagra", schmetterte ich ihr lauter, als ich es geplant hatte, entgegen.

„So meinte ich das nicht. Ich dachte an etwas gegen die Unlust. Hormone oder so was."

„Oder eine kleine Teufelsaustreibung?"

„Kolja!"

Ich entschuldigte mich und atmete tief durch. „Nein. Gegen sexuelle Veranlagungen gibt es keine Pillen."

Ich sah mit verschränkten Armen auf sie herab. Sie nickte wie die Klassenbeste in der ersten Reihe. „Wir sind nicht sonderlich geübt in solchen Gesprächen. Aber ich bin mir sicher, das wird. Und ich kann dir sagen, dass mir so etwas wie ein Stein vom Herzen fällt, weil ich befürchtet habe, du könntest wie dein Vater sein."

Ich rief durch die Schwingtür, dass wir noch zwei Wein wollten. Bitte! Zurück zu meiner Mutter. Wie dein Vater. Was hatte das zu bedeuten? Ich packte meinen Stuhl, drehte ihn um und stellte ihn so hin, dass ich ihr direkt gegenübersaß und die Arme auf der Lehne abstützen konnte. „Was hat mein Vater damit zu tun?" Erstaunlich, dass sie meinen Tonfall aushielt. Ich war Attacke.

„Dein Vater ist nicht…" In dem Moment kam die Kellnerin. Wir lächelten sie an wie zwei Kinder, die beim Schummeln erwischt wurden. Als sie wieder weg war, fing meine Mutter noch einmal an. „Dein Vater ist nicht an Krebs gestorben."

Mein Kopf lief heiß. Wenn auch er einen Infarkt gehabt hatte, hieß das wahrscheinlich, dass wir alle, dass auch ich…

„Er hatte AIDS."

Meine Gedanken machten eine Vollbremsung. „Was? Warum das denn?"

„Deine Reaktionen sind auch nicht smarter als meine."

Die Information verwirrte mich. Aber sie berührte mich nicht mehr als einen Bericht der Bild-Zeitung. „War er schwul? Oder drogenabhängig? Oder was war da damals noch? Bluter?"

„Nein, nichts davon. Er hat es sich bei einer Prostituierten geholt. Mir hat er das auch erst zwei Tage vor seinem Tod gesagt. Sowohl, dass es nicht Krebs war, als auch, dass er regelmäßig Bordelle aufgesucht hat."

„Oha", war alles, was ich herausbekam.

Für einen kurzen Moment guckten wir beide aus dem Fenster, als ob der graue Himmel uns weiterhelfen konnte.

„Warum hat er dich nicht angesteckt?", fragte ich in die entstandene Stille und bat direkt um Verzeihung.

„Du musst dich nicht entschuldigen. Es ist naheliegend. Die Antwort auch. Nach eurer Geburt haben wir nicht wieder zueinandergefunden."

„Ihr wart noch jung."

„Ich war mit euch beschäftigt. Und er anderweitig versorgt. Da gab es wohl die Dinge, die nicht für zuhause geeignet sind."

„In Schwerenau?"

„Es klingt verblüffend, ich weiß. Aber man darf die Kleinstadt in ihren Abgründen nicht unterschätzen."

„Und du? Was hast du gesagt, als er es gebeichtet hat?"

„Ich habe keine Ahnung. Vermutlich wenig. Er war ja nur noch ein Häuflein Mensch. Aber ich weiß, dass ich ihn bei seiner Beerdigung gehasst habe. Wirklich gehasst. Ich sage das nicht nur so. Es war der schlimmste Moment meines Lebens. Aber eben nicht aus dem Grund, den die Leute vermuteten."

Mir schnürte es den Hals zu.

„Deswegen", fuhr sie fort, „habe ich mir zwischendurch gesagt, dass es richtig ist, dass du allein lebst. Ich dachte, es hätte mit sexuellen Schweinereien zu tun, zu denen kaum eine Frau bereit ist."

Ich schüttelte den Kopf und ersparte ihr die Frage, um welche Spielarten es sich bei meinem Vater gehandelt hatte. Die Geschichte war schrecklich.

Sie sah mir mit jahrelang trainierter Kraft ins Gesicht.

„Du hättest es Sasch gerne gesagt, oder?", sagte ich.

Während sie nickte, sackte sie in sich zusammen. Noch nie in meinem Leben hatte ich meine Mutter mit so wenig Haltung gesehen. Ich stand auf und legte ihr meine Hand auf die Schulter. Wie zwei Wochen vorher in Saschs Wohnung drückte sie sie an ihre Wange.

Mit einem Mal tauchte in meinem Bewusstsein wieder auf, dass das hier auch noch die Beerdigung meines Bruders war. „Ich würde gerne gehen. Wir hatten beide genug Neuigkeiten für heute. Ich brauche ein bisschen Zeit für mich."

Sie hielt ihre Augen geschlossen und schmiegte sich an meine Hand.

„Wir fahren zu dritt nach Mallorca", redete ich weiter, „du, Elin und ich. Wir finden einen Termin."

Sie nickte.

„Und dann noch eins."

Jetzt ließ sie meine Hand los und setzte sich erwartungsvoll aufrecht hin.

„Es ist ein bisschen banal. Aber wenn wir schon dabei sind, uns aufzuräumen. Ich will nicht mehr Mama zu dir sagen. Die Zeiten sind vorbei."

„Aber Constanze will ich von meinen Kindern auch nicht genannt werden."

„Alles klar, Mutter."

Sie lächelte.

Vor der Tür sagte sie mir, dass sie noch einmal zu Saschs Grab wolle. Allein.

Wie seit fünfzehn Jahren gaben wir uns zum Abschied die Hand. Als ob dies ein normaler Tag gewesen wäre.

Wir brauchten was Neues.

17

Ich war mir nicht sicher, ob mich am Tag nach der Beerdigung meines Zwillingsbruders irgendjemand im Büro erwartete. Termine hatte ich keine. Trotzdem machte ich mich auf den Weg. Ypsilon nervte unterwegs ein bisschen, wollte hier schnuppern und dort stehenbleiben, aber ich entschied das Alphamännchen Scharmützel kurzerhand für mich.

Zu seiner Überraschung machten wir einen kleinen Umweg. Beim Blick in den Spiegel an diesem Morgen hatte ich beschlossen, dass die Anschaffung eines neuen Schlafanzugs nun keinesfalls mehr aufgeschoben werden durfte. Besser sogar mehrerer, denn neben dem hell- schrien auch zwei dunkelblaue nach Entsorgung.

„Wollen sie sie anprobieren", fragte mich die Nachtwäsche-Fachverkäuferin und guckte dabei über den oberen Rand ihrer Lesebrille.

„Die Schlafanzüge?", fragte ich verwundert.

„Viele wollen schon sehen, ob sie ordentlich sitzen."

„Zu denen gehöre ich nicht. Danke."

Sie schnappte sich die drei Packungen schlichter Baumwollware in dunkelblau, grau und schwarz und marschierte Richtung Kasse. Mann und Hund trotteten hinterher. Dass es schwarze gab, hatte mich freudig überrascht. Dreimal den gleichen zu kaufen, war mir allerdings zu langweilig erschienen.

Erst um kurz vor zehn kam ich im Büro an. Mit gedämpfter Stimme begrüßte ich Alicia. Ich wollte nicht zu energiegeladen erscheinen, auch wenn meine Neuerwerbungen einen Schub guter Laune mit sich brachten.

Paula lungerte in der Nähe vom Eingang auf dem Flur herum.

„Was ist los?", fragte ich.

„Nichts. Was soll los sein?"

„Normalerweise hast du es eilig und stehst nicht irgendwo rum."

„Ach, was ist schon normal", sagte sie, schüttelte ihre langen Haare und steuerte auf ihre Bürotür zu.

Ich sah zu Alicia, die allerdings auch nur mit den Schultern zuckte.

Ich verschwand in meinem Büro. So schnell konnte einen der Alltag wieder in seine Krallen kriegen.

Kaum war das Grab zugeschaufelt, zickte die Kollegin.

Paula hatte sehr selten schlechte Tage. Es würde vorübergehen.

An diesem Abend wollte sie allerdings nicht einmal eine Pizza mit mir essen gehen. Sie sei mit Friedrich verabredet, ließ sie mich über den Office Communicator wissen. Ich war in Wahrheit erleichtert. Meine Frage hatte ihr nur signalisieren sollen, dass ich bereit war, falls es etwas zu besprechen gab.

Mit Friedrich war ich vor einem guten halben Jahr aneinandergeraten, weil er die Toilettengrößen in seinem Entwurf partout nicht ändern wollte, obwohl mein Vorschlag genauso gut, aber günstiger war. Paula hatte sich einschalten müssen, das Testosteron vom Tisch holen, wie sie das nannte. Mir erschien die Formulierung männerfeindlich.

Wir hatten uns darauf verständigt, dass Friedrich mehr für sie arbeiten würde. Außer Guten Morgen und Tschüss hatte ich seitdem kaum noch etwas von ihm mitbekommen. Aber dass er auf Paula stand, war nicht zu übersehen. Vielleicht hatten sie mittlerweile eine Affäre. Was auch immer das für unser Büro bedeuten würde.

Weil ich keine Lust hatte, mich mit einer Ausschreibung für den teilweisen Umbau eines Freibads zu beschäftigen, ging ich wieder zu Alicia.

„Hat Paula was mit Friedrich?"

„Oh", sagte sie und fuhr mit ihrem Stuhl ein wenig nach hinten.

„Was bedeutet oh?"

„Dass ich kurz nachdenken muss. Das ist ein bisschen eine Überfall."

„Ein Überfall."

„Okay, ein Überfall. Ich glaube, nein."

„Warum nicht?"

„Just because. Paula und jemand aus dem Büro, das geht gar nicht."

Ich drehte mich um. Der Tag blieb so zäh, wie er begonnen hatte. Dann eben die Ausschreibung. Ein Schwimmbad brauchte neue Technikräume und da die Umkleiden und Sanitäranlagen über denen lagen, sollte dieser Bereich auch gleich erneuert werden. Ich wäre Millionär, wenn ich programmieren und eine Software entwickeln könnte, die diese Standarddinger bastelt, schoss es mir wieder durch den Kopf.

Zur Ablenkung checkte ich meinen Kalender. Das meiner Mutter gegebene Versprechen, mit ihr und Elin nach Mallorca zu fahren, würde ich selbstverständlich halten. Wenn ich ehrlich war, konnte ich mir sogar jederzeit ein paar Tage frei nehmen, solange wir nicht in den nächsten vier Wochen aufbrechen wollten. Die Frage war nur, wie ich das verkaufen konnte, ohne dass die frühere Ausrede zu sehr als solche auffiel.

Ich öffnete eine Website mit Wettbewerben für Architekten. Neugestaltung eines Ortsplatzes, ein Schulgebäude, die Einrichtung eines Kinder- und Jugendtheaters. Alles nicht sonderlich spannend. Eine Sportarena war eine Nummer zu groß für mich. Oder zwei. Aber einen Bungalow aufstocken, das hörte sich interessant an. Es klang allerdings auch schwierig. Ich setzte ein Lesezeichen und zwang mich zurück zu meinem Schwimmbad.

Vielleicht war keine Lust meine Form der Trauer. Ich sah zu meinem schlafenden Hund. Er wäre sofort bereit gewesen, für mich wachzuwerden. Aber ich konnte unmöglich jetzt schon mit ihm rausgehen. Ich war noch nicht einmal zwei Stunden hier.

Ich schrieb eine kurze Mail an Michelle. *Vielen Dank, dass du gestern doch noch mit zum Kaffeetrinken gekommen bist. Es war wichtig für mich und ich weiß es sehr zu schätzen. Ich werde deine Frage nicht vergessen. Irgendwann kriegst du eine Antwort.* Ich löschte die letzten beiden Sätze wieder. Dann machte ich das Löschen rückgängig, überlegte kurz und drückte Senden.

Willst du mich verarschen? kam postwendend zurück. Ich hatte die Mail aus Versehen an Paula geschickt.

Sorry. War nicht für dich gedacht. Aber wo warst du gestern eigentlich? tippte ich, so schnell ich konnte. Als ob Hektik den Faux Pas ungeschehen machen konnte.

Ich löschte die Originalmail, ohne sie an die richtige Adresse verschickt zu haben, und rief meine Mutter an, die mit Hallo Kolja ans Telefon ging. Sonst hatte ich immer ein schnittiges Wolf bekommen.

„Hallo Mutter." Allein die neue Anrede erleichterte das Verhältnis. „Ich wollte nur sagen, dass wir von mir aus den Termin beibehalten können, den du mit Sasch und Elin ausgemacht hattest."

„Schön, dass du keinen Rückzieher machst."

„Nein, mache ich nicht. Ich fand unser Gespräch übrigens sehr gut gestern."

„Ich auch."

„Ja?"

„Ja."

„Hast du schon mit Elin wegen Mallorca gesprochen?"

„Nein. Mache ich."

„Alles klar."

„Ja. Bis bald."

„Bis bald." Ich legte auf und zwang meinen Blick auf den Monitor.

Ein Problem unserer Billig-Bäder war Vandalismus. Natürlich sprachen wir nie darüber, aber die Leute gingen mit den nicht besonders wertig erscheinenden Materialien nicht sorgsam um. Es gab sogar Statistiken, dass aufwändiger und teurer gebaute Einrichtungen pfleglicher behandelt wurden als unsere. Vielleicht schlug auch Menschen, die sich selbst wertschätzten, weniger Krawall von anderen entgegen. Ich verwarf den ablenkenden Gedanken. Personen mit Baumaterialien zu vergleichen, war zu gewagt.

Vielleicht sollten wir die Innen- wie auch die Außenwände mit etwa zwanzig Zentimeter schmalen Acrylglaselementen auflockern. Das würde nicht nur den Look verbessern, sondern auch eine Offenheit schaffen, in der Kaputtmachen und Verschmieren weniger leichtfallen würden. Natürlich konnte man erkennen, ob jemand in einer Umkleidekabine war. Das wäre einigen unangenehm. Aber es gab Materialien, bei denen sichergestellt werden konnte, dass auf keinen Fall mehr als sehr verschwommene Schatten zu sehen sein würden. Ich mochte meine Idee und schnalzte in Richtung Hundeecke. Ypsilon stand mit seinem üblichen Gähnen und Strecken auf.

Als wir von unserer Runde zurückkamen, hatte ich meinen Ansatz verworfen. Das hier war eine Ausschreibung, keine Wahl zur Miss Freibad. Die Gemeinde Hantelen hatte uns nicht auf die Ausschreibung hingewiesen, weil wir schöne Milchglas-Elemente einfügten, sondern zuverlässig preisgünstige und funktionierende Lösungen lieferten. Reputation war gut fürs Geschäft. Aber auch limitierend.

Auch an den folgenden Tagen verlief mein Büro-Alltag in Zehn-Minuten-Blöcken. Anfangen, aufhören, was Neues anfangen, unterbrechen, etwas Anderes nachgucken, aufhören, anfangen. Wie ein Jongleur hatte ich viele Bälle in der Luft, die sich aber nur im Kreis drehten. Wirklich voran kam ich weder mit meiner Ausschreibung noch mit Paula, deren Lasst-mich-alle-in-Ruhe-Phase mir allmählich zu denken gab.

Ein paar Abende nach der Beerdigung rief Veit an. „Na, dein Leben schon umgekrempelt?"

„Warum sollte ich das tun?"

„Du hast es Sasch versprochen."

„Habe ich nicht. Mach mal halblang."

„Okay. Wo bist du gerade."

„Zuhause."

Ein langgezogenes Pfeifen, das am Ende tiefer wurde, kam durch das Telefon. „Seit wann bist du um halb sieben nicht mehr im Büro?", fragte er.

"Paula würde fragen, seit wann ich halbtags arbeite. Aber die redet kaum noch mit mir."

„Frauen und ihre Eifersucht."

„Warum sollte sie eifersüchtig sein? Nein. Auf keinen Fall. Außerdem geht sie mit einem strebsamen Mitarbeiter aus."

„Das spricht für guten..."

„Schnauze!"

„Okay. Warum hast du keinen Bock auf Arbeit?"

„Keine Ahnung."

„Wie wäre es, wenn du mal nach Berlin kämst?"

„Was soll ich da?"

„Nichtarbeiten."

„Nennt man das nicht flüchten?" Meine Frage lieferte mir die Antwort. Ich drückte mich mal wieder. Mit der Erkenntnis überfiel mich die Motivation, die Dinge anzugehen. Als ob man mich in eine Steckdose gestöpselt hätte, entwickelte sich der ziellose Tag zu einem zufriedenen Abend mit Joggingrunde, guten Nudeln mit Lieblingsrotem aus meinem Keller und fesselnder Lektüre.

Am nächsten Morgen hatte ich endlich mal wieder gut geschlafen, auch ohne Maske und Ohrstöpsel, die ich mir abgewöhnen wollte. Gutgelaunt prüfte ich den Sitz der grauen Nachtwäsche nach dem ersten Einsatz. Ich war faltenfrei, nichts schlabberte. Beinahe hätte ich ein Selfie gemacht.

Ich ging zurück ins Schlafzimmer und holte die angebrochene Packung Vivinox, die nach wie vor neben dem Bett lag. Die letzte hatte ich in den Tagen nach Saschs Tod genommen. Jetzt wollte ich sie nicht mehr in meiner Nähe haben und machte trotz schlechten Wetters einen kleinen Umweg, um sie auf dem Weg zur Arbeit in einer Apotheke abzugeben. Die Frau im weißen Kittel lobte meine Entscheidung. Lieber mal schlecht schlafen, das gehöre dazu.

Im Büro klopfte ich nur einmal kurz und riss dann, noch im Mantel und mit dem feuchten Ypsilon an der Leine, Paulas Tür auf. Sie verzog die Nase und schnüffelte in die Luft. „Der Hund ist nass und stinkt." Sie hatte recht. Leichter Nieselregen war olfaktorisch die schlimmste Wetterlage. „Außerdem bin ich gerade mitten in einer Sache. Können wir das nicht später besprechen?"

„Du hast immer was zu arbeiten. Du bist selbständig." Es klang, als ob Sasch aus mir sprach. Ich hakte die Leine aus Ypsilons Halsband und schob den Hund durch die Tür in den Flur, dann hängte ich Paulas Jacke über einen Stuhl, meinen Mantel ebenfalls und setzte mich.

„Na, gut", sagte sie und zog den Bleistift aus ihrem Dutt. Wenn sie was von Männern wolle, sei es einen Auftrag, ein Bier oder was auch immer, trage sie die Haare strategisch offen, hatte sie mir mal verraten.

Eine Geheimwaffe verliere ihr Potenzial, wenn man von ihr erzähle, hatte ich sie gewarnt.

„Was willst du?" Sie setzte sich auf den Stuhl mir gegenüber.

„Zwei Sachen", begann ich. „Eigentlich sogar drei."

„Dann fang an."

„Okay. Warum bist du nach Saschs Beerdigung nicht mit zum Kaffeetrinken gegangen?"

„Und Nummer zwei?"

„Was ist mit dir los?"

„Drei?"

„Was zur Ausschreibung, an der ich gerade sitze."

„Okay. Wir fangen mit drei an."

„Geht nicht. Erst die anderen Sachen."

Aggression und Unbehagen schwebten zu gleichen Teilen um unsere Köpfe. Das war neu. Natürlich hatten wir schon Meinungsverschiedenheiten gehabt. Aber hier ging es um mehr.

Sie überlegte. „Ich bin nicht mitgegangen, weil ich den Eindruck hatte, dass ihr das auch ohne mich gut hinkriegt."

„Du solltest nicht servieren. Du warst eingeladen."

„Ihr habt die Plätze sicher auch so voll bekommen."

„Darum geht es nicht."

„Vielleicht hatte ich ein bisschen mehr erwartet."

„Mehr was?"

Sie dache kurz nach. „Mehr du und ich."

Ich hielt den Mund.

Das zwang sie, weiterzureden. „Was soll's. Also, ich hatte gedacht, dass wir nicht nur ein Büro zusammen haben. Sondern, dass wir auch enge Freunde sind. So eng, wie man mit dir halt befreundet sein kann, falls man nicht dein Bruder ist. Oder war. Ich dachte, ich wäre so etwas wie die Frau deines Lebens minus dem einen, weil bei dir unterrum irgendwas nicht stimmt. Ich war die einzige, mit der du mal was essen gegangen bist. Wir haben uns jeden Tag gesehen und so weiter. Aber auf der Beerdigung, da war dann diese Michelle. Du hattest sie ja schon ein paarmal erwähnt. Aber da habe ich gesehen, wie du sie anguckst und wie sie das erwidert. Das war hart. Weil ich auf einmal wusste, dass es doch mehr von dir gibt. Dass du mit der wahrscheinlich doch ins Bett gehst und dass ich mir was vorgemacht habe. Weißt du, ich bin kein Weichei, aber das muss ich erst mal verdauen. Gib mir ein paar Tage, dann wird es schon wieder gehen."

„Warum hast du mir das mit der Frau deines Lebens minus dem einen nicht früher gesagt?"

„Ich dachte, du merkst das."

„Habe ich nicht."

„Vermutlich wolltest du es nicht."

Ich antwortete mit den Schultern. Weil sie natürlich recht hatte. „Und nun?"

„Wie gesagt, ich werde mich damit abfinden, nicht die Nummer eins zu sein. Aber ich brauche ein paar Tage."

„Übrigens gehe ich nicht mit Michelle ins Bett."

„Sondern?"

„Sondern gar nichts. Punkt."

„Dann sag mir doch endlich mal, was in Wahrheit mit dir los ist."

„Ich lebe sexfrei", knallte ich ihr entgegen, vielleicht zu vehement. Auf diesen Begriff war ich nach dem Gespräch mit meiner Mutter gekommen. Ich hasste dieses Wort mit A, aber keine Lust zu haben klang zu momentan. Sexfrei würde mein Wort werden, fall ich es einmal brauchen sollte. Und siehe da, kaum hatte man ein Wort, das man aussprechen konnte, redete man darüber.

„Weil?", fragte Paula.

„Weil nichts. Es ist so und damit gut."

„Okay für jetzt. Aber irgendwann will ich das genauer wissen."

„Mal sehen. Man kann nicht alles erklären. Manches ist einfach so. Und ich finde, Kress & Wolf ist der Beweis dafür, dass wir auch so ein super Team sind", versuchte ich, die Stimmung aufzuhellen.

„Das stimmt. Aber ich bin halt eifersüchtig."

„Dass eine Frau in Saft und Kraft, die inklusive unserer jungen Mitarbeiter, wie zum Beispiel Friedrich, ziemlich viele Männer kriegen kann, wegen eines sexfreien Exemplars eifersüchtig ist, ist ein bisschen absurd."

Sie gluckste. „Das mit Friedrich hast du dir also gemerkt."

„Ja, habe ich. Warum?"

„Weil ich zunächst überlegt habe, dich eifersüchtig zu machen."

„Du durchtriebenes Biest!" Zum Glück gelang mir die richtige Tonalität.

„Aber auf unterschiedlichen Ebenen in der Firma, das lassen wir mal. Nur gleiche Hierarchien wären okay." Sie zog die Brauen hoch.

„Übrigens habe ich neulich eine Hündin deines Namens kennengelernt. Sie trug…" Ich verkniff mir den Rest des Satzes.

„Was trug sie?"

„Nein."

„Nun sag schon."

„Sie trug ein Läufigkeitshöschen." Ich hielt mir schützend die Hände vors Gesicht.

„Und ich kenne einen Zuchthengst namens Kolja. Ein bildschöner Rappe. Hat ungefähr fünfhundert

Nachkommen. Das nenne ich einen anständigen Umgang mit Potenzialen."

„Zwei Fouls. Eins zu eins", zog ich mit gequältem Grinsen einen Schlussstrich.

„Alicia, kannst du uns bitte mal zwei Kaffee bringen", bellte Paula durch die Tür.

„Sehr, sehr gerne!"

„Hat die etwa gelauscht?" Paula zog die Stirn in Falten.

„Und wenn. Wäre doch nur ein Zeichen, dass ihr was an uns liegt."

„Stimmt auch wieder. Das waren jetzt also die Punkte eins und zwei in einem. Was ist mit drei?"

„Ich will unsere Angebotspalette erweitern."

Sie schlug die Hände vors Gesicht. „Das habe ich geahnt. Dieses Drecks-Holzhäuschen! Ich bin dagegen."

„Aber immer nur billig, effizient, funktional, das ist mir mittlerweile ein bisschen zu wenig."

Die Stimmung wurde wieder ernster.

„Wir fahren aber gut damit, klar positioniert zu sein."

„Dann gründe ich notfalls eine zweite Firma."

„Dann fehlst du in der ersten."

„Das wird auf jeden Fall so sein. Entweder ich fehle ganz oder nur ein bisschen." Ich hatte mir diesen Teil des Gesprächs schon gestern nach meinem Telefonat mit Veit ausgemalt. Der Hammer kam über meine Lippen, ohne dass ich darüber nachdenken musste.

„Heißt das, ich muss zustimmen oder du gehst?" Paula machte ihre Haare zusammen, drehte den Pferdeschwanz und erdolchte den entstandenen Knoten mit ihrem Bleistift.

„Das klingt hart. Aber ich kriege ein Motivationsproblem mit unserem Kram."

„Fühlt sich ein bisschen an wie Midlife-Crisis. Dass es so etwas bei einem wie dir gibt und dann auch noch so früh." Sie schüttelte den Kopf.

„Werd nicht unfair."

Sie entschuldigte sich.

„Es hat eher was von zweiter Pubertät", lockerte ich mit unserem bewährten Mittel des coolen Spruchs die Atmosphäre.

„Ohje. Den ganzen Scheiß noch einmal. Langsam tust du mir leid."

„Muss ich nicht. Ich bin schon fast am Ende angekommen."

18

An München lag es sicher nicht, dass ich mich auf den Weg gemacht hatte. Weltstadt mit Herz hatte für mich schon immer nach Unser Dorf soll schöner werden in etwas größer geklungen und mia san mia nach fehlender Sozialkompetenz. Um mich zu locken, hätte es zumindest einladenderer Marketingsprüche bedurft. Außerdem war die Beerdigung meines Bruders erst gut vier Wochen her und eine Stimme in mir hielt Spaßreisen für verfrüht. Sie warnte mich sowieso in regelmäßigen Abständen, dass es mir für die Umstände zu gut ging, denn daneben, dass mein nächster Mensch tot war, hatte ich auch meine sichere Berufs-Existenz in eine Sondierung mit offenem Ausgang verwandelt.

Trotzdem saß ich mit meinem Geräuschunterdrückungs-Kopfhörer im Frühzug gen Süddeutschland. Musik lief keine.

„Wir spielen da nur eine Statistenrolle", hatte Michelle über die WM-Sichtung gesagt. Die Favoriten seien andere. „Unser Erfolg ist, dass wir dort starten dürfen."

„Du stapelst tief", hatte ich ihr vorgehalten. „Ihr seid so gut."

„Aber es gibt Bessere. Du kannst es dir ja selbst angucken."

„Das werde ich tun."

Michelle hatte versucht, ihr Erstaunen zu verbergen. „Ich werde dort wenig Zeit für dich haben."

Ich hatte mit den Schultern gezuckt. „Trotzdem. Ich komme." Ich war mir selbst nicht ganz geheuer gewesen.

„Wenn das so ist, dann freue ich mich."

Keine Forderungen, keine Erwartungen, aber wenn ich wollte, dann war sie froh. Ich hatte diese Leichtigkeit bewundert und gespürt, wie meine Zuneigung zu ihr durch meinen kompletten Körper floss, bis in die Finger- und Zehenspitzen. Kein Fieber, einfach schön warm.

Ich sah aus dem Fenster: der fast wolkenlose Himmel mit der noch niedrigstehenden Sonne hing unbeweglich über vorbeihuschenden Gebäuden und verlaufenem Grün. Dabei standen die Häuser und Bäume eigentlich still. Ich kniff die Augen zusammen, bis aus Landschaft ein abstraktes Farbspiel aus von Licht bombardierten Naturtönen wurde. Irgendwann verlor ich die dritte Dimension, weil ich ein Auge komplett zumachte. Dann das andere. Wenn ich die Handflächen vors Gesicht legte und durch die winzigen Ritzen zwischen den Fingern guckte, sah es aus, als ob die Häuser hüpften. Aber nur, wenn die Finger senkrecht waren. Waagerecht machten sie Streifen.

Ich fokussierte mich wieder auf die Rückseite des Vordersitzes und schielte heimlich zur Seite, um zu prüfen, ob mich jemand beobachtet hatte. Wohl nicht. Ich nahm die Geräuschunterdrückung ab. Es war schon acht, ich war um fünf aufgestanden. Vielleicht sollte ich mir einen zweiten Kaffee gönnen.

Elin und Ypsilon waren sicher auch schon unterwegs und tollten am Rhein herum. Der Hund tat meiner Schwägerin gut. Mir auch. Aber sie brauchte ihn nötiger und diesmal hatte ich wenigstens keinen Grund erfinden müssen, warum sie auf ihn aufpassen sollte.

Am Viererplatz mit Tisch schräg vor mir wurde eine Sektflasche geköpft. Die Frauen waren mir schon vorher aufgefallen, jedes Mal, wenn ein kreischendes Auflachen meine Antischalltechnik überwunden hatte. Ich stellte fest, dass sie sich ansonsten rücksichtsvoll leise unterhielten, und beäugte die pinkfarbene Kühlmanschette, die das Freixenet-Etikett verdeckte. Wie ein Nerzmantel, halt nur zum Kühlen, ohne Fell und nicht schwarz. Anscheinend klebte mein Blick zu auffällig auf der Pullenumhüllung, denn eine der Damen prostete mir zu. Ich machte nicht nur ein freundliches Gesicht, sondern auch einen angedeuteten Diener im Sitzen. Dann ließ ich mich nach hinten fallen und schloss die Augen.

So wie bei denen ging es wahrscheinlich zu, wenn meine Mutter mit ihren Freundinnen einen Ausflug machte. Sie hatte früher immer nur von Theater und Oper geredet und natürlich gab es das auch. Aber eben nicht nur.

Ich hatte erfahren, dass sich der Club der schrecklichen Namen, wie ich die Damenrunde mittlerweile getauft hatte, hin und wieder auch einen pichelte. Mitunter in der Oper. Hochkultur und Party schlossen sich bei den Ladies nicht aus. Meine Mutter hatte den lustigen Teil lediglich verschwiegen. Erst seitdem ich sie nicht mehr Mama nannte, kamen die weniger steifen Dinge auf den Tisch. Dabei ging es nicht nur um Vertrauen.

Ich spürte, dass sie auch von Fröhlichem reden wollte, weil sie es noch nicht wieder empfinden konnte. Ihre Mühe, mit der sie das vor mir zu verbergen versuchte, war umsonst.

Als das Zuggeräusch wieder in mein Bewusstsein drang, dauerte es einen Moment, bis ich begriff, dass die Frauen vom Vierertisch in Nürnberg ausgestiegen sein mussten. Ich hätte schwören können, nur kurz gedöst zu haben, aber der Blick auf meine Uhr ließ mich wissen, dass beinahe eineinhalb Stunden vergangen waren. Ich hatte nichts vom Halt mitbekommen.

Mit leichtem Herzklopfen tätschelte ich meine Brust. Glück gehabt. Portemonnaie und Handy waren noch da. Auch meine Tasche lag noch in der Gepäckablage über mir. In die Erleichterung mischte sich Ärger über meine Sorge. Wie wahrscheinlich war es, dass böse Langfinger in einem ziemlich vollen Zug die Taschen eines Schlafenden durchsuchten. Wir waren hier nicht bei Emil und die Detektive. Genauso an den Haaren herbeigezogen war, dass angeheiterte Mittfünfzigerinnen meine frische Unterwäsche stibitzten. Mach dich mal locker, forderte ich mich auf. Zum Glück hatte niemand meine Taschen-Checks beobachtet.

Zehn Minuten vor meiner Ankunft in München kam eine Nachricht von Michelle. *Am HBF in S2 Ri. Erding. Ich hol dich ab.* Anscheinend zog sie nicht einmal in Betracht, dass ich Verspätung haben könnte. So viel Zuversicht musste man haben.

„Woher wusstest du, dass ich pünktlich war", fragte ich, als wir vom S-Bahnhof zur Olympia-Reitanlage gingen.

„Bahn App."

„Mist. Ich hatte gedacht, reiner Optimismus."

„Den habe ich gezeigt, als ich davon ausgegangen bin, dass du tatsächlich im Zug bist."

Es war mir nicht eine Sekunde in den Sinn gekommen, nicht zu fahren.

Sie hob den rechten Daumen.

Ich lachte sie an.

Auf dem Gelände zeigte sie mir kurz, wo was war, und drehte sich dann vor mich. „In drei Stunden sind wir dran. Ich muss mich jetzt kümmern. Geh auf die Tribüne, guck ein bisschen zu und drück uns später die Daumen. Wir sehen uns irgendwann danach."

Ich legte meine Hände auf ihre Schultern und gab mir Mühe, ihr in die Augen zu sehen. „Toitoitoi. Ihr werdet das rocken!"

Um ihr zu demonstrieren, dass sie sich um mich nicht sorgen musste, marschierte ich, ohne mich umzublicken, in Richtung Halle. Von drinnen war Musik zu hören. Als ob sie für mich gespielt wurde, passte ich meine Schritte dem Takt an. Es hätte nicht viel gefehlt und ich hätte auch noch einen Tänzer-Arm nach oben gerissen.

Nach dem letzten Akkord gab es einen Moment gespannter Stille, dann explodierten Applaus und Jubel. Wie früher. Ich lief ein paar Meter, eilte gehend weiter, umschiffte ein paar Pferdeäpfel und Leute, die mir aus der Halle entgegenkamen. Auf der Türschwelle wurde ich wieder langsamer. Fast ehrfürchtig näherte ich mich dem Geschehen, suchte einen freien Platz und ließ mich in die Geruchsmischung aus Sägespänen, Pferden und Schweiß fallen.

Ich blieb eine ganze Weile auf der Tribüne. Kür der Herren. Meine Vergangenheit. Die Männer übersetzten Filmstoffe, Liedtexte und Fake- Gefühle in ballettartige Bewegungen, die ihre Akrobatik kinderleicht erscheinen lassen sollten. Doch irgendwo gab es immer den winzigen Wackler oder die sichtliche Anstrengung, die Illusion und Faszination platzen ließen.

Es war, als ob die weichgezeichnete Lieblingsbeschäftigung meiner Jugend hier endlich scharfgestellt wurde. Aus Kolja, dem jungen Mann mit allen Möglichkeiten, wurde ein Leistungssportler. Training und Schweiß gegen Erfolg und Pokale. Ein Tauschgeschäft mit einer Prise Veranlagung und Talent. Der Rausch verflog. Nach dem nächsten Starter würde ich mir erst einmal einen Kaffee holen. Den im Zug hatte ich ja verschlafen.

Draußen blendete die Maisonne. Ich stellte meinen Latte Macchiato auf einen Pfahl und kletterte auf die auffällig hohe Umzäunung eines Reitplatzes, die schon ein paar andere Leute erklommen hatten. Mit dem ersten Schluck genoss ich die ungewohnte Perspektive. Anscheinend waren meine Augen seit Jahren nicht mehr höher hinausgekommen als es ihnen bei eins siebenundachtzig zustand.

Ich hörte in mich herein. Ja, die Begeisterung für den Sport meiner Jugend hatte sich in den letzten Monaten zu Übertreibung gesteigert. Nein, es enttäuschte mich nicht, dass sie soeben auf ein Maß geschrumpft war, das aus einem Fan einen Zuschauer machte. Im Gegenteil.

Ich streckte meine Beine nacheinander in die Luft und zog die Schultern nach hinten. Dann ließ ich die Finger knacken. Mittlerweile hatte ich eine Theorie, woher die gute Energie der letzten vierzehn Tage kam, die die Trauer über die Katastrophe überdeckte. Mir ging es wie einem ausgewilderten Tier, das die Aufzuchtstation hinter sich gelassen hatte und nun enthusiastisch, aber vorsichtig sein natürliches Leben ertastete. Obwohl jeder Schritt unheimlich war, wusste es, dass die Richtung stimmte.

Dieser Kraftschub war dadurch entstanden, dass ich meine Mutter und irgendwann auch Paula mit Ehrlichkeit belastet hatte. Mein Platz in der Welt war durch die kurzen Gespräche ein anderer geworden. Und nicht nur das. Sie hatten Beziehungen gekittet, die nicht reparaturbedürftig gewesen waren. Zumindest hatte ich das geglaubt, denn es war ja irgendwie gelaufen. Aber was hätte meine falsche Einschätzung gründlicher enttarnen können, als dass es jetzt besser funktionierte. Selbst mit Paula, obwohl wir längst noch keine Lösung gefunden hatten.

Sie hatte bewiesen, dass ihr Pragmatismus immer echt gewesen und unzerstörbar war, und war schnell zu einer Haltung zurückgekehrt, die ich nach wie vor bewunderte. Ein halbes Jahr Sondierung sollten wir uns geben, hatte sie gefordert. In der Zeit würden wir die unterschiedlichen Optionen besprechen und juristisch prüfen lassen: Ein neuer Partner, zweite Firma, neue Abteilungen von

Kress & Wolf – es gab so viele Möglichkeiten. Auf jeden Fall wollten wir, falls wir uns trennen mussten, zumindest in Frieden und Freundschaft auseinandergehen können.

Sechs Monate alter Trott war mir lang erschienen, aber sie hatte grünes Licht für zwei weitere Wettbewerbe nach Büroschluss gegeben. Ich hatte schon angefangen, über die Bungalowaufstockung nachzudenken. Bislang ohne brauchbares Ergebnis. Ideen waren keine Selbstläufer. Bei niemandem. Sie zu finden, konnte anstrengend, manchmal sogar frustrierend sein. Aber es ging nicht mehr darum, irgendjemanden zu schonen. Vor allem nicht mich selbst.

Für nächste Woche hatte ich Paula zum Essen eingeladen, denn neben unserer geschäftlichen Verbindung gab es ja auch noch die private. Weil ich mir mittlerweile eingestand, dass ich mich jahrelang davor gedrückt hatte, diese wahrzunehmen, wollte ich mich bei Paula entschuldigen. Es stimmte nicht, dass ich nichts bemerkt hatte. Ich hatte ihr Interesse nicht erkennen wollen. Das war ein Unterschied, auf den ich mir nichts einbilden konnte. Man sei halt immer nur die beste Ausgabe seiner selbst, so hatte Sasch es mal ausgedrückt. Das anzuerkennen, führte hoffentlich in die richtige Richtung.

Ich leerte meinen Kaffeebecher und beobachtete über den Rand eine erwachsene Voltigiererin in Trainingshose und bauchfreiem Tanktop, die zu langsam an meinem Sonnenplatz auf dem Zaun vorbeischlenderte. Die Ärmel ihres heruntergezogenen Trikots baumelten von den Hüften herab. Sie stand auf Ältere und hatte kein Problem damit, die Initiative zu ergreifen. Daran ließen die hochgezogenen Brauen, die von zusammengekniffenen Augen und einer spitzen Schnute abgelöst wurden, keinen Zweifel. Selbstbewusstsein konnte irritieren. Vor allem Typen wie mich. „Hallo. Wie geht's?", hörte ich noch, während ich Kopf und Lider senkte und auf den leeren Becher starrte, um der absurden Situation zu entgehen.

Doch Wut stieg in mir hoch. Ich hatte keine Lust mehr, mir von anderen Leuten die Blickrichtung diktieren zu lassen. Mit möglichst entspanntem Gesicht sprang ich von meiner Stange und ging auf sie zu. „Ich drücke hier nur die Daumen."

Sie grinste und zwinkerte.

Ich gönnte mir einen zweiten Latte Macchiato, obwohl mein Puls sich sowieso schon nach einer mündlichen Prüfung nicht gelernter Vokabeln anfühlte, und zwang mich, lässig zurück zur Tribüne zu schlendern.

Die Männer waren durch, doch mit mir strömten eine Menge Leute in die Halle: Jugendliche mit gerader Körperhaltung, nervöse Eltern, schweißverklebte Sportler, die ihren heutigen Wettkampf schon hinter sich hatten. Ein paar Leute mit Krücken. Gleich würden die Mannschaften beginnen. Wie auf das Zeichen eines Dirigenten stoppte das aufgeregte Durcheinander von einigen Hundert Stimmen, als die Lautsprecher kurz knackten.

Eine Frau neben mir quetschte die hellblaue Plüschrobbe in ihrem Schoß fast zu Tode. Als sie merkte, dass ich sie aus den Augenwinkeln beobachtete, entschuldigte sie sich. Die gehöre ihrem Sohn. Seine Mannschaft laufe jetzt gleich ein.

Ich wünschte ihr gute Nerven.

„Ich weiß nicht, warum ich mir das jedes Mal antue."

„Wahrscheinlich, weil es auch Spaß macht. Und weil sie eine stolze Mutter sind. Dann muss man da durch."

Sie nickte.

Ihr Sohnemann, der kleine Star einer Top-Mannschaft, war um Längen cooler als seine Mutter. Ein Superman von einem Meter dreißig. Als die Kür vorbei war, flippten die Zuschauer um mich herum aus. Ich war zu eitel, um mir die Ohren zuzuhalten. Außerdem fingerte ich nach der Robbe, die die Mutter in der aufgeregten Entspannung nach dem letzten Abgang hatte fallen lassen. Sie stolperte dankend über mich, schnellstmöglich zum Helden-Kind.

Ich genoss meine Gelassenheit und ließ während der nächsten Gruppen meine Gedanken treiben. Mein Weg mit Michelle kam mir viel länger als ein gutes halbes Jahr vor und hatte mich letzten Endes in diese Reithalle nach München gebracht, wo ich keinen Menschen kannte. Das musste man erst einmal hinkriegen.

Wahrscheinlich war sie jetzt bei Mene, souverän und freundlich, während ihre Co-Trainerin die Mannschaft betreute. Sie würden als überübernächstes dran sein.

Mein Herzschlag nahm schon beim Gedanken daran an Fahrt auf. Das lag nicht nur am Voltigieren, gestand ich mir ein. Es ging vor allem um Michelle. Ich hatte mich wohl irgendwie in sie verliebt. Oder zumindest etwas Ähnliches. Was ich bislang für unmöglich gehalten hatte, war passiert. Einfach so, ohne Plan.

Für jemanden, der sexfrei lebte, hätte das niederschmetternd wirken können. Ich grinste. Es amüsierte mich. Für den Moment tat es mir sogar gut. Und es würde ohnehin mein kleines Geheimnis bleiben und irgendwann, da war ich mir sicher, wieder vorbeigehen.

Als sie mit Mene am Einlauf auftauchte, sah alles so aus, wie ich es mir vorgestellt hatte. Die beiden wirkten konzentriert und gelassen. Sie wussten, was sie konnten.

Ein paar Schweißtropfen kullerten meine Rücken herunter und kitzelten. Ich strich meine Handflächen an den Hosenbeinen trocken. Jetzt hätte ich auch gern eine Plüschrobbe gehabt. Von mir aus in zartrosa. Es folgten fünf Minuten, in denen meine

Banknachbarn vermutlich das Blut durch meine Adern rauschen hörten und ich mich daran erinnern musste, hin und wieder Luft zu holen. Michelle machte das super. Mene und das Team auch. Noch einmal viel besser als im Training. Dann der letzte Block mit dem Flickflack einer jungen Frau namens Anna am Ende. Sowie sie mit beiden Füßen auf dem Boden ankam, klatschten meine Handflächen gegeneinander. Ohne mich zu fragen. Ich merkte, dass ich außerdem ein langgezogenes Ja schrie. Für mich waren sie die Besten gewesen. Ich brüllte laute Bravos in den Applaus. Als der verebbte, machte ich mich auf den Weg nach draußen und steuerte erschöpft auf den Kaffeestand zu. „Ach, ich nehme doch ein Helles."

Mit der Flasche in der Hand spazierte ich gutgelaunt über das Gelände und stand irgendwann vor dem für Sportler reservierten Bereich. Von Weitem erkannte ich zwei Mädchen aus Michelles Team, die sich aufgeregt gestikulierend unterhielten. Sie selbst sah ich nicht.

„Soll ich dich mit reinnehmen?", hörte ich plötzlich von hinten die Stimme von vorhin. Ich drehte mich zu der jungen Frau. „Nein, nicht nötig. So sehr Groupie bin ich nun auch wieder nicht."

„Wirklich schade." Sie bohrte ihren Blick in meine Augen und drückte sich an mir vorbei. Unverschämt. Aber auch lustig.

Ich ging zurück zu meinem Zaunplatz. Er war frei. Die Begegnung von eben geisterte weiter durch meinen Kopf. Es gab sicher nicht viele Männer in meinem Alter, die eine attraktive Sportlerin ziehen ließen. Ob sie mich arrogant fand? Warum? Jeder durfte sein, wie er war. Ich konnte spielen, Leute mögen, interagieren, ohne mich schlecht fühlen zu müssen, nur weil ich nicht bis zum Schluss mitmachen wollte. Das war nicht mehr als ein Teil von mir. Ich war deswegen kein Arschloch. Vielleicht vermutete die junge Frau, dass ich schwul war. Oder monogam lebte. Oder sie nicht toll genug fand. Nein, korrigierte ich mich, das dachte sie wahrscheinlich nicht. Dafür erschien sie mir zu erfolgsverwöhnt.

Ganz sicher malte sie sich nicht aus, dass ich Sex generell nicht mochte. Auf so etwas kam niemand, vor allem, weil ich nicht danach aussah. Ich grinste über diesen idiotischen Gedanken und studierte den Mönch auf dem Etikett meiner Bierflasche. Wahrscheinlich gingen neunundneunzig Prozent der Menschheit davon aus, dass er unter seinem Zölibat litt, falls er ihn nicht heimlich umging. Für Leute wie mich hätte der Job gepasst. Aber leider war ich Architekt, nicht gläubig und verspürte keine Lust auf ein Leben hinter dicken Mauern.

Ich nahm den nächsten Schluck und wischte mir mit dem Handrücken den Mund ab. Verlieben, überlegte ich weiter, durfte ich mich natürlich nur heimlich. Die Welt bestand aus vielen

Konventionen und Traditionen. Sie zu verändern, war nicht mein Job. Ich würde Beziehung nicht neu erfinden.

Ich setzte die Flasche ein weiteres Mal an und ein Spruch von Michelle kam mir in den Sinn. Leben sei eine Kunst des Machbaren, hatte sie mal gesagt. Vielleicht, dachte ich, während ich das Bier in meinem Mund verteilte, so dass Geschmack und Kühle auch auf den Wangeninnenseiten ankamen, vielleicht hatte ich meine Möglichkeiten noch gar nicht ausgelotet, sondern mir zu enge Grenzen gesetzt. Es konnte doch sein, dass mein Thema gar nicht so umfassend war und ich ihm lediglich zu viel Raum in meinem Leben zugestand. Ich sollte zu dieser Tageszeit lieber Wasser oder Kaffee trinken, zügelte ich meine Gedanken und setzte mich aufrechter. Man musste ja nicht gleich überschnappen.

Doch meine Synapsen ließen sich nicht einfach abschalten. Bei Veit gehörten Beziehung und Sex ja auch nicht zwingend zusammen. Das ließ er jeden wissen, der nicht schnell genug fliehen konnte. Ich dachte kurz über diesen Ansatz nach und kam zu dem Schluss, dass er auf mich nicht zutraf. Veit meinte das andersrum, da ging Sex ohne Liebe.

Aber Liebe ohne Sex? Ich musste lachen, als ich mir seine Reaktion auf diesen Vorschlang vorstellte. Mit einem letzten großen Schluck leerte ich mein Bier. Warum wirkte Alkohol tagsüber eigentlich intensiver als abends?

Ein paar Minuten später entdeckte ich Michelle und ihre Co-Trainerin Luisa, die gerade aus dem Sportlerbereich kamen. Ich sprang von meinem Zaun, ließ die Flasche auf einem Stehtisch stehen und lief auf sie zu. „Ihr wart super!"

Die beiden freuten sich.

„Lust auf einen Kaffee?", fragte ich.

„Wir wollten eigentlich zugucken gehen." Michelle überlegte kurz und sah zu ihrer Begleiterin. „Geh du doch schon mal vor. Ich komme dann nach."

Wir schnappten uns einen gerade freigewordenen Hochtisch.

„Ich habe vorhin mit Luisa gesprochen", ließ sie mich wissen, als ich mit zwei Bechern Tee zurückkam. Ich bemerkte ihren kurzen Blick auf meine Hände. Doch sie ließ die Tatsache, dass ich mich ihren Vorlieben in Sachen Heißgetränk der Einfachheit halber anpasste, unkommentiert. „Du und ich, wir könnten uns heute Abend so gegen neun noch zum Essen treffen. Bis dahin soll die Mannschaft eh langsam zur Ruhe kommen und Luisa ist okay damit, allein ein Auge auf den Haufen zu werfen."

Ich freute mich. „Damit hatte ich gar nicht gerechnet. Ist das ein Kompliment?"

Sie zog die Augenbrauen hoch. „Kannst du mal einen Laden recherchieren? Italiener oder so was. Auf jeden Fall keine Haxen und Schweinebraten, bitte. Dein Hotel und unsere Unterkunft sind nicht weit voneinander entfernt. Also irgendwas da in der Nähe."

„Mache ich." Ich fragte sie, wie sie sich fühle nach ihrem gelungenen Auftritt.

„Sehr gut. Man will ja das Bestmögliche aus einer Situation machen. Und du solltest mal die Mannschaft sehen. Glückshormone bis in die Haarspitzen. Die sind völlig albern und überdreht. Herrlich. Wenn es morgen noch einmal ähnlich läuft, sind wir super zufrieden."

In ihrem Lächeln entdeckte ich aufrichtigen Stolz. Ich gönnte ihn ihr und fragte nach Mene.

„Der hat ein paar Möhren gekriegt, ist von den Kids dauergeklopft worden und dürfte jetzt ein glücklich erschöpftes Pferd sein."

„Kids?"

Sie lachte. „Auch wenn der älteste nur zehn Jahre jünger ist als ich, sie bleiben meine Kids." Sie guckte kurz auf ihre Tasse. „Ich bin dir auch noch eine Antwort schuldig."

Ich sah sie fragend an.

„Du hast mich damals bei diesem komischen Italiener nach Veits Bergfest gefragt, ob du mal auf Mene springen kannst."

Ich riss die Augen überrascht auf, obwohl ich das keine Sekunde vergessen hatte. Auch nicht, dass sie sich herausgewunden hatte.

„Also. Zum einen ist Mene kein beliebiges Pferd zum Ausprobieren, sondern ein Leistungssportler. Ich vermute, das siehst du mittlerweile selbst so. Aber das war nicht der Hauptgrund, weswegen ich nicht richtig auf deine Frage eingegangen bin. Wahrscheinlich könntest du das ja auch heute noch ganz gut. Immerhin warst du mal super." Sie nippte an ihrem Tee und sortierte sich.

Ich tappte völlig im Dunkeln, was nun kommen würde, und überlegte, ihr zu sagen, dass meine Frage sich erledigt, dass meine Leidenschaft fürs Voltigieren mehr mit ihr als mit dem Sport selbst zu tun gehabt hatte und dass ich nicht danach strebte, der Kolja von früher zu werden, sondern ein entspannterer Kolja von heute. Aber darin steckte zu viel persönliche Offenbarung für einen Tee zwischendurch, im Grunde genommen generell zu viel persönliche Offenbarung.

„Ich sage es mal so", fuhr sie fort, „es war mir zu rückwärtsgewandt. Wir waren mal ein Voltigier-Paar. Aber das sollten wir nicht wiederholen. Ich hatte das Gefühl, dass wir uns, unsere Freundschaft auf ein anderes Fundament bauen müssen und nicht auf eine Neuauflage von damals. Und wenn ich ehrlich bin, solltest du auch niemals mein Co-Trainer werden. Ich weiß nicht, wieso ich das damals gesagt habe. Manchmal steuert einen die Situation. Ich bin mir sicher, du verstehst, was ich meine."

Natürlich kapierte ich das. Es waren ja meine Gedanken, nur in schönere Worte gepackt. Ich hätte antworten können, dass ihre Bedenken richtig gewesen, dass es mir darum gegangen war, mich dahin zurückzubeamen, wo ich der lockere Siegertyp gewesen war, und dass ich dieses Stadium überwunden hatte. Stattdessen sagte ich: „Na klar, verstehe. War auch wirklich nicht so wichtig."

Sie sah mir in die Augen. In ihrem „Na, dann" steckte der Zweifel an meinen Worten genauso wie Vergebung für die Schummelei.

„Manchmal steuert einen die Situation", wiederholte ich. „Was für ein Satz."

Sie lachte. „Warum?"

„Ich glaube, ich mag die Leichtigkeit, mit der er die eigenen Fehler beschreibt, den Mist, den man baut."

Sie musterte mich. „Ich mag es, wenn man spielerisch auf sich selbst blickt. Wir sind doch keine Denkmäler, sondern bestehen zu zwei Dritteln aus Wasser." Als ob sie diesen Anteil erhöhen wolle, leerte sie ihren Tee in einem Zug. „Übrigens hast du mir auch noch eine Antwort versprochen. Ich kann natürlich warten. Aber vergessen habe ich das nicht."

„Na, dann", sagte diesmal ich.

19

„Kolja."

Mein Name erschreckte mich. Er kam zu früh. Ich war noch dabei, eine Nachricht von Veit zu lesen, der auf dem Weg nach Brandenburg zu einem stadtgeflüchteten Bekannten war. *Selbst die promisken schwulen Partyschwänze zieht es in die Einöde. Leben ist Veränderung!* teilte er mir mit. Verschreckt stopfte ich mein Handy in den Rucksack.

Bislang war ich nur ein einziges Mal als erster in eine Völkerball-Mannschaft gewählt worden, und zwar bei meinem letzten Match mit Sasch. Nun also wieder. Bei meinem ersten ohne ihn. Patrick, Kapitän von Team A, wiederholte meinen Namen. Ich stellte mich zu ihm. Er wollte mich wohl aufbauen, mir Mut machen und signalisieren, dass ich auch ohne meinen Bruder dazugehörte. Das war nett gemeint. Ich hoffte aber, dass sie nicht versuchen würden, die Lücke zuzuschütten. Zumindest die Leerstelle musste bleiben, es sollte auffallen, dass er nicht mehr da war.

Frank, der meine nunmehr gegnerische Mannschaft zusammenstellen durfte, ging dazwischen. „Das gewinnen wir klar. Du hast den kleinen Wolf mit Sascha verwechselt." Er versuchte, es nach einem Scherz klingen zu lassen. Ein paar Leute lachten verlegen. Vielleicht auch nur unsicher.

„Quatsch nicht, wähl jemanden", sagte Patrick, während ich mir den Ball schnappte und einen gezielten Wurf auf Frank antäuschte. Er zuckte nur minimal und streckte mir mit seinem überheblichen Blick das Kinn entgegen. Für ihn endete mein Welpenschutz in dieser Truppe mit dem heutigen Tag.

Ich grinste, um zu signalisieren, dass ich niemals vorgehabt hatte zu werfen. Allerdings war ich unsicher, ob das stimmte, denn ich konnte Leute, die in Pointen redeten, nicht leiden. Zu viele Jokes, zu wenig lustig. Frank empfand ich als ein besonders penetrantes Exemplar der Gattung. Dass er in jeder passenden und unpassenden Situation versuchte, einen Spruch zu landen, würde mir für alle Zeiten auf die Nerven gehen. Selbst wenn ich geglaubt hätte, was Sasch behauptet hatte, nämlich, dass seine Jokes nur die Rüstung eines unsicheren Mannes waren, war man irgendwann zu alt für schlappe Witze. Wir hatten die Grenze definitiv überschritten.

Ich stellte die Spielfeldmarkierungen auf. Frank wollte sie woanders haben, größer sollte alles werden. Natürlich größer. Irgendwann konnte es endlich losgehen.

Wir jagten uns, wann immer es eine minimale Aussicht auf Erfolg gab. Noch nie hatte ich mit so viel Aggression, mit so viel Wunsch, tatsächlich zu treffen, auf dem Feld gestanden. Der Schrecken darüber, wie viel Spaß mir das machte, verflog schnell. Ich wollte ihn besiegen. Nicht nur innerhalb der kleinen bunten Hütchen, die meinen Kampf legalisierten.

Um meiner Rolle als First Pick gerecht zu werden, rackerte ich mich gewissenhaft ab und versuchte, meine Fokussierung auf Frank zu vertuschen. Trotzdem wurde mehrmals über Würfe, die die offensichtlichen Ziele ausließen, gemeckert.

Auch Franks Mitspieler beschwerten sich. Mich nicht getroffen und dazu von den Kollegen angeranzt, das war mein liebstes Resultat seiner Aktionen.

Am Ende blieb die Privatfehde ohne klaren Sieger. Wir neutralisierten uns, kriegten es bei den meisten Attacken hin, den Würfen des anderen auszuweichen. Dennoch schaffte ich es in allen drei Spielen, Frank abzuschießen. Leider gelang ihm das auch bei mir.

Nach dem letzten Durchgang kam er auf mich zu, dreckig, verklebte Haare so wie ich, und klopfte mir auf die Schulter. „Geil war's. Du kannst ja doch wie ein echter Kerl fighten. Wo soll das Problem sein?"

Es dauerte einen kurzen Moment, bis ich begriff, dass er auf meine Rede anspielte.

„Du wirst es nicht glauben, aber ich habe bei der Beerdigung meines Bruders nicht über Völkerball geredet."

„Alles entschuldigt. War schließlich schwierig." Er klopfte mir ein weiteres Mal auf die Schulter.

Wieder brauchte es eine Weile, bis der Satz bei mir ankam. Dann reagierte mein Körper. Der Brustkorb quetschte die Organe unter ihm zusammen. Dagegen zu atmen, kostete Kraft. Ich bückte mich zu meinem Rucksack, in dem kaum etwas war. Unauffällig zog ich das kleine Handtuch nach oben, damit ich länger nach der Jacke darunter suchen konnte.

Warum glaubte ein Mann, dessen Interaktion aus wenig witzigen Sprüchen bestand, mir etwas vergeben zu können? Ich war kein Verbrecher. Ich war nicht mal ein Arschloch. Und auch keine Nervbacke. Ich atmete tief ein. Es ging wieder. Wenn ich in meinem Erwachsenenleben eins gelernt hatte, dann, meinen Ärger zu kontrollieren.

„Es hat sich dabei eh nur um so ein Brüderding gedreht", sagte ich, als ich mich mit der trockenen Trainingsjacke in der Hand wieder aufrichtete.

„Das dachte ich mir. Ich meine, guck dich doch mal an. Da stehen die Mädels doch Schlange." Er lachte und zwinkerte mir zu.

„Kein Kommentar", sagte ich in verschwörerischem Tonfall. Die lang erprobten Mechanismen griffen nach wie vor. Aber es hatte mich noch nie so wütend gemacht, sie anwenden zu müssen.

Frank kam näher, legte seine Hand auf meinen rechten Oberarm, damit niemand außer mir sein Flüstern verstehen konnte. „Der Genießer fickt und schweigt, nicht wahr?" Er lachte laut auf und fuhr dann fort: „Dein Bruder war ja mehr so eine treue Seele. Aber stille Wasser sind tief, das habe ich mir bei dir schon immer gedacht." Wieder sein Lachen. Immerhin sah er davon ab, mir ein drittes Mal auf die Schulter zu klopfen.

Er wirkte erleichtert, nun doch den richtigen Kerl in mir entdeckt zu haben. Jetzt musste er nicht mehr befürchten, dass Makel meiner Männlichkeit auf ihn abfärbten. Was für eine Luftnummer er war.

Um sein beschissenes Weltbild ein bisschen aufzubrechen, war ich dicht davor, ihm zu sagen, wovon ich an der Urne meines Bruders gesprochen hatte. Genau das musst du tun, um solche Unterhaltungen wie eben nicht mehr zu erleiden, überlegte ich. Mach es einfach, mach es einfach. Aber es war Frank. Mitten im Park. Beim Völkerball. Das war noch eine Nummer zu groß für mich.

„Ich muss aus dem nassen Zeug raus." Nach zwei Schritten zur Seite klemmte ich die Jacke zwischen meine Knie, griff mit gekreuzten Armen die Seiten des verschwitzten T-Shirts und riss es mir über den Kopf. Sofort fühlte ich, wie mein Oberkörper in der Frühlingsluft zu trocknen begann. Ich zählte bis zwanzig. Erst dann gestattete ich mir, in die Puma-Jacke zu schlüpfen, die Sasch mir vor ein paar Jahren geschenkt hatte.

Wahrscheinlich hatte es ausgesehen, als ob ich gerade erst gelernt hatte, mich eigenständig umzuziehen. Jede Bewegung überlegt, wie beim ersten Rückwärtseinparken in der Fahrschule. Aber ich hatte mir vorgenommen, nicht wieder mit Gänsehaut nachhause zu fahren.

„Guter Pelz", rief Frank mir zu, deutete mit der Nasenspitze auf meinen Brustkorb und streckte dann mit einem verschwörerischen Blick den Daumen nach oben.

Ich stopfte mein Shirt in den Rucksack und holte mein Handy raus.

Veit hatte mir ein Selfie von sich im Stau auf der Autobahn geschickt. *Weißt du noch?* stand darunter. Natürlich konnte ich mich an meinen Sieg im Coolness-Wettbewerb und den Mann im Nachbarauto erinnern. Ich lächelte, als ich mich aufrichtete, und machte einen Schritt auf Frank zu.

„Vielleicht hast du ja mal Lust auf einen Dreier", raunte ich, als ich mir meinen Rucksack über die Schulter schwang. Er verzog den Mund. Eigentlich sollte es wohl nach Grinsen aussehen. Obwohl ich meinen Abmarsch noch um einen Moment verzögerte, blieb er stumm.

Ich ließ ihn stehen und drückte auf Veits Namen.

„Neben mir steht wieder so ein Schnittchen."

„Lass das!" Im Gegensatz zu Frank ließ Veit sich stoppen. Und hatte andere Seiten.

„Was gibt es?", fragte er.

„Wie hast du damals den Leuten gesagt, dass du schwul bist?"

„Na ja, meiner Mutter am Küchentisch. Ich glaube, ich habe ihr vorher einen Tee gemacht."

„Ich meine nicht deine Mutter. Ich meine Hinz und Kunz."

„Gar nicht. Die haben das ja gesehen, wenn ich mit Giovanni oder anderen Jungs unterwegs war und so. Die meisten haben es wohl einfach vermutet."

„Bei mir vermutet niemand gar nichts."

„Seit wann willst du, dass das jemand tut?" Veit klang aufrichtig überrascht.

Ich berichtete ihm von der Situation mit Frank.

Er war unsicher. „Keine Ahnung. Im Grunde genommen geht es dir da nicht anders als anderen Männern, die keine Lust auf so ein Gewäsch haben. Heten spielen mit, weil sie nicht als Schlappschwänze, Schwule weil sie nicht als schwul rüberkommen wollen. Aber bei dir ist es irgendwie nochmal blöder. Ich weiß nicht, was ich dazu sagen soll. Aber ich denke mal über eine Kommunikationsstrategie nach."

„Was? Spinnst du?"

„Warum? Du bist neuartig. Da kommt kein Mensch von allein drauf. Hast du eben selbst gesagt. Da muss man Gas geben. Ich bin mir sicher, aus dir wird noch so etwas wie ein Aktivist." Sein Lachen zeigte mir, dass er das selbst nicht glaubte.

„Ich will nicht zu Markus Lanz. Und mache auch keinen Podcast", scherzte ich. „Aber schön wäre, wenn es jemand anders täte. Dann würden die Leute nicht immer denken, ich wäre der einzige."

„Die Leute? Du hältst dich doch selbst für die nicht integrierbare Ausnahme."

„So schlimm ist es auch nicht. Immerhin schiebe ich, wie du weißt, kaum noch Panik." Wir hatten diesen Teil der Unterhaltung schon ein paarmal geführt, deswegen zitierten wir uns beim Rest mit monotonen Stimmen selbst.

„Und du bist entspannter. Es lebt sich halt einfacher, wenn man den Leuten nichts vormachen muss."

„Bis vor kurzem hätte ich dir widersprochen."

„Aber dann kamen deine Mutter und Paula."

„Und die Dinge wurden besser."

„So, Schluss mit der Leier", beendete Veit das Spiel. „Ich konzentriere mich jetzt mal auf den jungen Mann neben mir. Die Autobahn ist gesperrt, da sollte ich was hinkriegen."

„Ich will's nicht wissen. Trotzdem viel Spaß." Ich hatte das Telefon schon vom Ohr genommen, da fiel mir noch etwas ein. „Veit, noch ganz schnell. Bleibt es bei nächstem Wochenende?" Veit hatte Michelle und mir eine Nachricht nach München geschickt, dass er ein paar Tage in Köln sein würde.

„Ich gehe davon aus. Warum fragst du?"

„Weil wir uns überlegen sollten, was wir machen."

„Herr Wolf, der Planer."

Ich nickte, was er anscheinend hören konnte.

„Irgendetwas Unanstrengendes. Ich werde am Tag vorher geimpft."

Damit war die Rennrad-Variante zum Glück ausgeschlossen, ohne dass ich mich erklären musste. Meins würde diesen Sommer nämlich höchstwahrscheinlich im Keller bleiben. Auch wenn Saschs Herzinfarkt genauso gut auf dem Sofa, bei einem Shooting oder im Café hätte passieren können, fürchtete ich mich vor der ersten Tour danach.

„Wir könnten bei mir Bergische Waffeln machen. Ich leihe mir von meiner Mutter ein Eisen."

Veit gab begeisterte Geräusche von sich. „Ich liebe absurde Ideen! Ein Familiennachmittag mit uns dreien."

„Wie kommst du darauf?"

„Weil es Waffeln nur bei Oma gab. Und hinterher ein Likörchen. Oder zwei. Ich bin dabei. Und bringe Eierlikör mit."

Ich stöhnte leise. „Gab's bei deiner Oma Eierlikör?"

„Quatsch. Das war bei den Omas davor. Aber es ist eine schöne Vorstellung."

Jetzt musste ich doch lachen. „Ich frage Michelle, wie sie das alles findet."

„Die wird es lieben. Frag sie auch, ob Eierlikör genehm ist. Oder ob sie lieber Mandel will."

„Igitt. Mache ich!"

Gut gelaunt drückte ich ihn weg. Meinen besten Freund.

Zuhause machte ich mir nach der Dusche einen Tee und setzte mich in Schlabberhose und T-Shirt an den Schreibtisch. „Du warst heute Morgen schon lange draußen, ich muss ein bisschen arbeiten", erklärte ich Ypsilon, der seine Schnauze auf mein Bein gelegt hatte und zu mir hochguckte. Er ließ sich zwei, drei Schritte neben meinem Drehstuhl fallen. Noch war ich Geschäftsführer von Kress & Wolf, noch musste ich an den Wochenenden Ausschreibungen durchforsten, um zu uns passende zu finden. Auch wenn mich zu uns passend seit einiger Zeit langweilte.

Aus Gewohnheit machte ich als erstes mein Mail-Postfach auf. Keine Ahnung, warum, denn unsere

Bauherren kommunizierten am Wochenende nicht. Das war die Montag-bis-Freitag-acht-bis-fünf-Fraktion. Trotzdem hatte ich neun neue Mails. Werbung und Newsletter, was aufs Gleiche hinauslief. Fast hätte ich übersehen, dass sven.rosen@office-traum.de mir nichts andrehen wollte. In dem Moment, in dem mir klar war, warum es ging, explodierte die Aufregung.

Glückwunsch! im ersten Satz. Mein Herz pochte. Ich raste über die Buchstaben. *Zweiter Platz.* Das Pochen flaute ab. Ich knuddelte Ypsilon, den meine Aufregung dazu bewegt hatte, wieder aufzustehen und zu mir zu trotten, mit beiden Händen an den Ohren. „Wir haben es nicht geschafft", ließ ich ihn wissen.

Er gähnte mich an und streckte sich.

„Na, so öde ist unser Entwurf nun auch wieder nicht."

Mein Hund schüttelte sich und hatte das Gefühl, dass wir nun zu einer Landpartie aufbrechen würden. Zumindest benahm er sich so.

„Nein, nein. Ich muss trotzdem arbeiten." Lust hatte ich weiterhin keine. Dafür besserte sich meine Stimmung.

Zweiter war eigentlich das optimale Resultat, stellte ich fest. Es bedeutete Anerkennung, dass wir eine ordentliche Idee abgeliefert hatten, aber gleichzeitig mussten wir nicht weiter daran arbeiten, was meine Absprachen mir Paula völlig über den Haufen geworfen hätte. Kress & Wolf war noch nicht auf das neue Geschäftsfeld ausgelegt. Noch waren wir das Büro für Zweckbauten. Aber jetzt hatten wir den Beweis, dass wir zu mehr in der Lage waren. Ich klappte den Laptop zu und rief Alicia an. Danach Paula.

Die war hörbar irritiert, als ich sie zu mir einlud. „Echt?"

Eine Stunde später standen beide bei mir in der Wohnung. Ich hatte meine Jogginghose ausgetauscht, war ganz kurz mit Ypsilon unten gewesen, hatte Sekt ins Eisfach getan und Studentenfutter auf den Esstisch gestellt.

Paula schob sich herausgepickte Nüsse in den Mund.

Alicia checkte meine Wohnung ab.

Ich gab vor, es nicht zu bemerken, und füllte die Gläser.

„Prost. Auf ein spannendes und schönes und nun auch erfolgreiches Projekt. Das nächste holen wir uns!"

Die beiden Frauen stießen mit mir an. Ich bat sie, sich zu setzen und wir plapperten drauf los. Architektur, Klimawandel, Eltern, vegane Ernährung, neue Filme und Alben. Drei Stunden, zwei Pullen Sekt, eine Kanne Kaffee und eine Flasche Wasser später orderten wir Pizza, die wir mit den Fingern vom Karton aßen.

„Ich hätte nicht gedacht, dass wir mit dir eine so normale Nachmittag haben könnten."

„Einen so normalen."

„What the fuck ever. I always had the feeling you were not cool!" Sie lachte.

„Bin ich nicht. Aber ich lasse mir davon nicht die Stimmung vermasseln."

„Good for you!"

„And now back to German", warf Paula ein.

„Deutschen Sekt?" Ich öffnete eine weitere Flasche und wir gingen dazu über, Architekten-Stadt-Land-Fluss zu spielen. Nicht nur berühmte Baumeister, auch Schimpfwörter für Bauherren, hässliche Häuser und unbrauchbare Materialien waren gefragt. Alicia durfte wieder ins Englische switchen. Wir diskutieren grölend, ob Maulwurfshaufenzerstörungsarsch ein gebräuchliches Schimpfwort war, ob man mit mud tatsächlich nicht bauen konnte und ob der Main Tower bei einigen Leuten als hässlich durchgehen würde. Sicherer waren wir uns bei Geldgebertrottel, Gel, das sowohl auf Deutsch als auch auf Englisch unbrauchbar war und Geldspeicher von Dagobert Duck. Auch Klingelpütz und Kaffeemehl waren unstrittig. Kotzbrocken, ließen wir Alicia aus Gute-Laune-Großzügigkeit durchgehen, obwohl das Wort eindeutig kein englisches war.

„Apropos Kaffee", setzte Paula an.

„Willst du noch einen?" Ich stand auf.

„Nee. Aber ich habe die Michelle vorhin, auf dem Weg hierher, im Café Lea gesehen."

„Bist du dir sicher? Die hätte sich doch gemeldet."

„Da müsste ich mich schon arg täuschen. Vielleicht hat sie eine Doppelgängerin. Aber ich glaube schon. Mit so einem blonden Mann. Ein bisschen ein Typ wie du, halt nur blond."

„Das war bestimmt Jörg. Ein guter Freund von ihr. Wahrscheinlich waren sie heimlich hier, um mir ein Geburtstagsgeschenk zu kaufen."

„Ist deine Geburtstag nicht erst in Oktober?", mischte Alicia sich ein.

Ich unterließ es, sie zu korrigieren, und schenkte den Rest Sekt ein. „Letzte Runde."

20

„Ich bin nicht schlecht gelaunt", patzte ich Alicia am darauffolgenden Montag an, nachdem sie mich gefragt hatte, warum ich genau dies sei. „Ich will nur, dass wir die Paketboten freundlich begrüßen und nicht nebenher abfrühstücken, weil wir gerade etwas wahnsinnig Wichtiges zu tun haben. Ist doch nicht so schwierig, oder?" Ich schloss die Tür zu meinem Büro so energisch, dass Ypsilon einen Satz nach vorne machte, um seinen Schwanz in Sicherheit zu bringen.

Den Sonntag hatte ich untätig in meinen eigenen vier Wänden verbracht. Zwar hatte ich mich bei unserem Treffen am Samstag mit Paula verabredet, um über Mittag die Sonne am Rhein zu genießen, ein bisschen spazieren zu gehen und das erste Eis der Saison zu essen, aber ich hatte ihr direkt nach dem Aufstehen eine Nachricht geschickt. *Sorry, doch keine Lust auf Ausflug. Bleibe zuhause.*

Ypsilon war zunächst froh über die Ruhe gewesen, hatte sich anspruchslos verhalten und meist schlafend in der Ecke gelegen. Nachmittags hatte er sich dann doch Sorgen ums Herrchen gemacht und war mehrmals zu meinem Sofa getrottet.

„Ich weiß, ich bin albern", hatte ich ihm erklärt. „Aber mein Leben ist doch einfach eine große Scheiße." Es war mir nicht klar gewesen, ob er mich nicht verstanden hatte oder es nicht kapieren wollte, auf jeden Fall hatte er keinen Trost gespendet, sondern sich einfach umgedreht und sich wieder in seinen Korb gekuschelt. Mein Blödes Vieh! hatte ihn nicht davon abgehalten, sofort wieder einzuschlafen.

Auch jetzt, als ich mich in meinem Schreibtischstuhl, kurz zu ihm drehte, sah ich, dass er die Augen zu hatte. Die Gelassenheit eines Hundes müsste man haben, überlegte ich. Oder zumindest meines Hundes. Ich besaß ja zum Glück keinen hibbeligen Chihuahua, der in Wahrheit kein Hund war, sondern ein drohender Herzinfarkt auf Springspinnenbeinchen.

Doch obwohl ich es mir wünschte, färbte Ypsilons Ruhe nicht auf mich ab. Ich ärgerte mich über mich selbst. Mein eigener Anspruch, Michelle etwas Besonderes, vielleicht sogar Einzigartiges zu sein, ging mir auf die Nerven. Wer nicht lieferte, durfte sich nicht beschweren, dass die Biene bei anderen Blumen vorbeiflog. Ich hatte mich den kompletten Sonntag in meiner Eifersucht gesuhlt und auf Jörg geschimpft. Doch mittlerweile war mir klar geworden, dass es Eifersucht nur unter vermeintlich

Ebenbürtigen geben konnte. Bei Menschen wie mir handelte es sich um schäbigen Neid.

Es gab keinen berechtigten Grund dafür, dass ich etwas dagegen hatte, dass Michelle mit Jörg unterwegs war, ohne mir davon zu erzählen oder mich dazu zu bitten. Die beiden waren enge Freunde. Mit gelegentlichen Benefits. Es wäre interessant zu wissen, wie er das einschätzt, dachte ich. Dabei war es ganz einfach: Er hatte Lust, mit ihr zu schlafen. Daneben, dass er gut aussah, ein toller Schauspieler war und auch noch wahnsinnig großzügig.

Ich hingegen konnte heimliche Verliebtheit und eine Aversion gegen Sex vorweisen. Super.

Mindestens vier zu null für ihn. The Ficker takes it all! Super.

Andererseits war er ihr für eine Beziehung zu langweilig. Hatte Michelle gesagt. Ich konnte mich erinnern. Versuch es trotzdem, schaltete sich eine Stimme in meine missgelaunten Gedanken. Versuch es trotzdem!

Für einen kurzen Moment stellte ich mir vor, dass ich mich mit Michelle verabreden und ihr einfach an die Wäsche gehen würde. Vielleicht hatte es die ganzen Jahre über nur an der richtigen Frau gefehlt. Vielleicht wäre es mit ihr toll. Ich malte mir aus, wie ich meiner Zunge von ihrem Mund über den Oberkörper langsam in Richtung ihrer Scham gleiten ließ, wie sie nackt vor mir lag und es genoss.

Bildstörung. Niemals würde ich das tun können. Es wäre Betrug. Immerhin müsste ich ein Mindestmaß an Spaß vorgaukeln. Außerdem würde ich es ohnehin nur ein einziges Mal hinbekommen. Wie damals beim Krabbencocktail. Aus dem einen Runterwürgen beim FrüMi war auch keine Leidenschaft für Meeresgetier entstanden. Im Gegenteil, die Aversion war gewachsen. Heute bekam ich schon beim bloßen Gedanken an ein Fischgericht das Gefühl einer olfaktorischen Kompletteinhüllung. Alles roch nach Fisch, auch wenn keiner in der Nähe war. Wahrscheinlich hätte ich mich durch pure Konzentration auf eine gekochte Forelle dazu bringen können, mich zu übergeben. Mit Austern würde es sogar noch schneller gehen.

Mich schauderte. Eifersucht, Neid, Lüge, Fisch – alles grauenhaft. Reiß dich zusammen, ermahnte ich mich, nahm ein paar große Schlucke aus der Wasserflasche auf dem Schreibtisch und schob die Bilder aus meinem Kopf. Mein Blick wanderte nach oben unter die neutrale Bürodecke. Fisch war der falsche Vergleich, da war ich mir sicher.

Mir wurde beim Gedanken an Sex nicht schlecht. Meine Haltung dazu blieb schon vor der körperlichen Aversion hängen. Ich hatte schlicht und ergreifend kein Verlangen danach. Null. Niente.

Zum ersten Mal in meinem Leben stellte ich einen Zusammenhang zu anderen Sachen her, die ich keinesfalls machen wollte, und dachte über meine Liste reizloser Unterfangen nach. Skispringen stand weit oben, Gedichte schreiben, mir die Haare lang wachsen lassen, bunte Hemden tragen, als Lehrer arbeiten oder als Arzt, Helene Fischer hören oder Topmodel gucken, Dezimalstellen der Zahl Pi auswendig lernen, Briefmarken sammeln und anderes. Wahrscheinlich würde ich ein Megabyte an Stichwörtern zusammenkriegen.

Sex befand sich also in einer großen, bunten Gesellschaft fehlender Bedürfnisse. Bei den allermeisten machte man sich wenig Gedanken darüber, dass man keine Lust auf sie hatte. Warum wunderte es einen dann, dass man nicht mit Leuten schlafen wollte? Die meisten Leute wollten das mit den meisten anderen nicht. Hinzu kam, dass wenig, ganz wenig und gar nicht sich nur durch ein paar Millimeter voneinander unterschieden. Und wenig Lust war doch angeblich der Standard langjähriger Beziehungen.

Ich verschränkte die Hände hinter dem Kopf, lehnte mich zurück und genoss den Alles-ist-einfach-Moment. Mein Schreibtisch machte einen aufgeräumten Eindruck, wie immer. Mein Blick blieb an der Wasserflasche hinten rechts hängen. Von anderen Menschen fühlte ich mich körperlich ungefähr so angezogen wie von dieser Pulle.

„Das ist bislang die beste Beschreibung, die ich gefunden habe. Das müssen andere Leute verstehen", ließ ich meinen Hund erleichtert wissen und streckte meine Hände nach ihm aus, um ihn für sein Kommen zu kraulen. Ein weiterer Blick zur Flasche.

Man konnte es auch anders formulieren. Wer keinen Durst kannte, wollte nicht trinken.

Trotzdem konnte ich mir eine Menge andere Dinge mit Michelle vorstellen. Es ging nicht nur um Gespräche, um Voltigieren und ein bisschen Radfahren, sondern auch um Lachen und vertraut sein, um Leben und Reisen, Weihnachten, Geburtstag, das volle Programm. Ich sah uns mit meiner Mutter auf Malle, bei Architektenpartys, von mir aus bei der Beerdigung von Onkel Roland. Vor ein paar Tagen im Traum hatte ich mit ihr sogar zwei Kinder gehabt, die mit Ypsilon kuschelten. Morgens war ich mit der Überzeugung aufgewacht, nicht alle Latten am Zaun zu haben. Jetzt an meinem Schreibtisch musste ich über meinen nächtlichen Übermut grinsen. Ich stellte die Wasserflasche neben die Lampe auf der linken Seite. Es gab Möglichkeiten für Paare, die nicht konnten. Dann würde es mindestens genauso viele für die geben, die nicht wollten. Quasi das Gegenteil von Verhütung. Mutter würde ausflippen vor Glück.

Ich drehte mich auf meinem Stuhl einmal um die eigene Achse. Konnte ich mir vorstellen, mit jemandem zu leben, der woanders Sex hatte? Wäre es möglich, diesen Teil einer Beziehung auszulagern? Bei vielen Paaren war ja auch nur einer sportlich oder ging gerne ins Theater.

Aber Sex war kein Hobby.

Andererseits: Warum konnte man die Paarung nicht von ihrem Sockel holen und einfach als Freizeitvergnügen betrachten. Es ging in den seltensten Fällen um Fortpflanzung und Menschen waren sowieso nicht lebenslang monogam. Wir waren keine Tauben.

Veit hatte sogar mal gesagt, es gehe in erster Linie ums Jagen und Sammeln. Das erste Mal bestätige mit Halali und Ekstase das erfolgreiche Erlegen, der wiederholte Akt basiere aber auf Pflichtgefühl, Bestätigung der eigenen Spannkraft oder Fernseher kaputt. Eine seiner Übertreibungen, natürlich. Aber die Beschreibung sprach nicht dafür, dass man den Akt als solchen auf einen Sockel heben musste. Und Veit war Fachmann.

Mich interessierte in diesem Moment allerdings auch noch etwas anderes. Ich wählte die Nummer meines Freundes.

„Kurze Frage: Bist du eifersüchtig, wenn Bruno was mit einem anderen Mann hat?"

„Ui, das geht aber flott los bei dir. Ich bin gerade beim Zahnarzt im Wartezimmer."

„Macht nichts. Bist du oder bist du nicht?"

„Können wir nicht später telefonieren?"

„Könnten wir. Aber sag doch einfach Ja oder Nein."

„Das ist nicht so klar und eindeutig. Wir haben Regeln."

„Was für welche?"

„Ich bin im Wartezimmer."

„Okay, ist ja auch egal. Regeln halt. Aber wenn er die einhält, dann ist es okay?"

„Ja."

„Und du bist nicht eifersüchtig? Oder gekränkt?"

„Nein. Und wenn, dann weiß ich, dass es weder einen Grund noch das Recht dazu gibt."

„Und umgekehrt?"

„Ich hoffe, da ist es genauso."

„Du hoffst?"

„Ich sehe keine Veranlassung, etwas anderes anzunehmen."

„Okay. Danke. Wir können trotzdem später noch mal telefonieren. Und hoffentlich wird nicht gebohrt."

Er lachte. „Die machen nur sauber. Was bei mir die Zähne sind, ist bei dir anscheinend der Kopf."

Ich musste grinsen. „Ich freue mich, dich am Samstag zu sehen."

Er hatte schon aufgelegt.

Es ging. Nach Regeln. Vielleicht konnte ich mich an Jörg gewöhnen. Ich war aufgeregt wie ein Fallschirmspringer vor dem ersten Sprung. Mit dem Unterschied, dass der sich allein ins Abenteuer fallen lassen konnte. Bei mir sollte es ein Formationsflug werden.

Michelle davon zu überzeugen mitzumachen, hielt ich in dem Moment für eine Kleinigkeit.

21

Ich konnte mich kaum noch erinnern, wie es mal gewesen war. Der ehemals kontrollierte Fluss meines Lebens wurde mittlerweile durch diverse Strudel in meinem Kopf aufgewühlt, entweder optimistischer oder pessimistischer Natur, niemals dazwischen.

Normalerweise umschiffte ich sie zügig. Ich war nun einmal kein Naivling, der sich mit übertriebenen Aktionen zum Trottel machte. Auf der anderen Seite wollte ich auch kein Bedenkenträger sein. Die Nummer sicher war mir zu klein geworden.

Das Hin und Her zwischen den Polen galt nicht nur für dieses Liebesding. Es durchdrang zunehmend mein Leben und so hatte Paula in der Woche nach unserer kleinen Pizzafeier mit einem schwankenden Kompagnon zu kämpfen. Selbstbewusst hob ich in einem Moment den Daumen, um ihr zu signalisieren, dass die Bewerberin, die sie mir gerade vorgestellt hatte, top war, um eine Stunde später vor ihrem Schreibtisch zu stehen und zu fragen, warum wir Bewerbungsgespräche führten, wenn wir das Büro doch höchstwahrscheinlich auflösen würden. Mit für ihre Verhältnisse allergrößter Geduld erklärte sie mir, dass sie, wie bereits besprochen, eine Jung-Architektin einstellen wollte, weil sie selbst keinesfalls von den Zweckbauten abrücken würde und weitere Unterstützung brauchte. Außerdem sei sie sich sicher, dass wir das Ganze so hingebogen bekämen, dass wir zusammen weitermachen könnten. „Jetzt, wo wir noch klarer und besser wissen, was wir aneinander haben." Sie legte den Kopf schief. „Aber du hast eine Achterbahnphase, kann das sein?"

Ihr Telefon rappelte. „Ja, kleinen Moment bitte." Sie gab mir mit einem Handschlackern zu verstehen, dass sie ungestört sprechen wollte. Ich wunderte mich und nahm mir vor, sie hinterher zu fragen, wer der geheime Anrufer gewesen war, was ich in der Hektik eines Architekturbüros oder auch im Auf und Ab meiner Zuversicht wieder vergaß.

„Gut, dass Freitag ist", erklärte ich Ypsilon beim Mittagsspaziergang und hielt mein Gesicht in die Sonne. Der Frühsommer vergrößerte die Lust auf draußen, weswegen wir auch unsere Wochenendpläne geändert und das Waffeleisen gegen ein Picknick getauscht hatten. Genau genommen hatte Michelle das erledigt, die der Meinung war, zu jung für Eierlikör und zu alt für Bergische Waffeln zu sein und mit zwei Telefonaten geklärt hatte, wer was in seinen Rucksack packen musste, damit der Nachmittags-Snack etwas taugen würde.

Ich nahm mir alle zwei Stunden aufs Neue vor, ihr während des Spaziergangs zu erläutern, dass ich seit unserer jugendlichen Katastrophe sexfrei lebte, was allerdings nichts mit dem Ereignis selbst zu tun hatte, sondern schon davor eingetreten war, was ich ihr allerdings nicht mit Worten, sondern mit der rechten Hand mitgeteilt hatte, was mir bis zum heutigen Tag sehr leidtue und vor allem wahnsinnig peinlich sei. Der Satz wollte nicht enden. Schon beim Gedanken daran kam ich außer Atem.

Der Bioladen in der Nähe unseres Büros bot einen Parkplatz für Hunde, was einen in die Wand geschraubten Ring überhöhte und einen Hund als abstellbare Sache diskriminierte. Ich machte Ypsilon trotzdem fest und besorgte Cracker, Sesamstangen, Kräuterfrischkäse, ein Stück Comté und Schinken. Zum einen war Michelles Bestellung damit abgearbeitet und ich würde mich nicht mit den Samstagvormittagsmassen durch einen Laden schieben müssen, zum anderen zögerte ich durch den Einkauf meine Rückkehr ins Büro ein bisschen hinaus.

„Na, die Sonne genossen?", fragte Alicia dann auch, als ich zur Tür hereinkam.

„Meinst du mich oder Ypsilon?"

„Ypsilon ist bei jede Wetter happy." Sie lachte mich an, aber ich ging kommentarlos an ihr vorbei.

„Du hättest sagen müssen, dass es bei jedem Wetter heißt", rief sie mir hinterher.

Chapeau, dachte ich. Man sollte Leute niemals unterschätzen. Mit einem Zwinkern zog ich die Bürotür hinter mir zu, um noch ein paar Personaldinge und weiterer Organisationskram zu erledigen, typische Sachen für Freitagnachmittage, damit neue Wochen unbelastet starten konnten.

Um kurz vor vier riss Paulas Anruf mich aus meiner Konzentration. „Du denkst an den Termin für die Fotos für die Website."

„Wollten wir den nicht lieber vertagen?"

„Nein, wollten wir nicht."

„Aber vielleicht müssen wir dann in einem halben Jahr das Ganze noch einmal machen."

„Dann ist das eben so. Dieses Update haben wir vor gut einem viertel Jahr beschlossen, also deutlich vor deinen Kreativ-Anwandlungen, und das ziehen wir jetzt durch. Nach fünf Jahren wird es Zeit für ein paar neue Bildchen von dir und mir. Irgendwann erkennen uns die Leute nicht mehr, wenn wir leibhaftig vor ihnen stehen."

„Nimmst du Ypsilon und mich mit?"

„Wie komme ich zu der Ehre?"

„Wenn ich die Fahrt überlebe, wird mich anschließend nichts mehr schocken können." Normalerweise vermied ich es, mit Paula Auto zu fahren. Hinter dem Steuer war sie das Gegenteil von Michelle. Eine Kratzbürste auf Speed. Unter hundert ging bei ihr nichts, auch nicht in der Stadt, und sobald der Abstand zum Wagen vor ihr mehr als einen Meter betrug, hatte sie das Gefühl, dass sich Kolonnen anderer in die Lücke drängelten, was es zu verhindern galt.

Ich hatte mich schon oft gefragt, warum sie ihren Führerschein noch besaß, und konnte das nur dadurch erklären, dass ihre Aggression gegenüber allen anderen, die sich irgendwie fortbewegten, bei mir eine solche Angst hervorrief, dass sich mein angeborenes Gefühl für Geschwindigkeit in Schweißperlen auflöste. Bei Paula erschien mir dreißig wie fünfzig und fünfzig wie hundert. Aber heute wollte ich es mal wieder wissen.

Zu meiner Überraschung lenkte sie ihren alten, roten BMW wie eine Fahrlehrerin kurz vor der Pensionierung durch die Straßen. Kein Schimpfen, selbst bei einem Fußgänger, der bei Rot noch schnell loslief, nicht.

„Was ist los?“, fragte ich.

„Du sollst gut aussehen, wenn wir ankommen. Keine Schweißflecken aufm Hemd.“

„Danke, das ist großzügig.“

„Außerdem ist es für mich auch mal ganz schön, Erwartungen zu enttäuschen.“ Ihr Männerlachen, ganz kurz.

Ich wollte diesen Gedanken nicht vertiefen. Auch wenn sie gerade langsam fuhr, war mir das zu philosophisch für ein Gespräch im Auto. Und zu anklagend. Schließlich konnte sie am Steuer zu einer Irren mutieren.

Ich linste zu ihr hinüber. Ihre ruppige Art, die ich mal für unkonventionell gehalten hatte, erschien mir immer rollenhafter. Der Bleistift, der ihre Frisur nach einer spontanen Entscheidung aussehen ließ, der zielstrebige Gang, das laute Sprechen und auch das nun überraschend gesittete Fahren, das sich in seiner Intention nicht von ihrer Raserei unterschied. Mit allem wollte Paula Stärke und Eigenständigkeit ausdrücken.

Michelle hingegen ging ruhig und gelassen ihren eigenen Weg und sah keine Notwendigkeit, ihren Ansatz durch Gesten und Symbole mitzuteilen. Das war wohl echte Unabhängigkeit.

Als wir in der Nähe des Fotostudios einen Parkplatz gefunden hatten, konnte ich spüren, dass mein T-Shirt feuchte Flecken unter den Achseln hatte. Diesmal lag es nicht an der tatsächlichen Fahrt, sondern an vorauseilender Angst, dem Resultat früherer Erlebnisse. Immerhin war mein Hemd trockengeblieben. Ich bedankte mich für ihre Rücksichtnahme.

Sie lachte.

„Was gibt es da zu lachen?"

„Nichts", sagte sie und lachte weiter. „Hier muss es sein." Sie drückte die Klingel zweimal lang und dreimal kurz und drehte sich zu mir um. „Mein lieber Kolja. Ich liebe dich sehr und ich schätze es, dass wir immer ehrlich zueinander sind. Aber in diesem Fall musste ich dich leider ein bisschen anlügen. Das Projekt ist einfach zu schön! Du wirst es sehen. Hab dich trotzdem lieb!" Schon während der letzten Sätze drückte sie sich an mir vorbei und ließ Ypsilon und mich vor der Tür stehen. „Übrigens, der Fotograf für die Website kommt nächste Woche ins Büro und knipst da ein bisschen", rief sie noch, als sie schon fast außer Hörweite war und winkte nach hinten, ohne sich noch einmal umzusehen.

Ich hatte wenig Zeit, mich zu wundern, denn die Tür war bereits aufgegangen.

„Hallo Kolja-Schatz!"

Ypsilon stupste mit seiner Schnauze an die ihm bekannten Knie vor ihm.

„Was machst du denn hier?", fragte ich Veit, der in seinem pinkfarbenen Hoodie aussah wie ein Bonbon mit abgelaufener Mindesthaltbarkeit. „Und was ist das für eine Nummer mit Paula? Warst du das vorhin am Telefon?"

Er nickte. „Ein finaler Check. Ich will dir was zeigen und war mir nicht sicher, wie ich dich sonst hierherkriegen sollte."

Er führte mich in das eigentliche Studio. Drinnen sah ich einen Mann und eine Frau, beide in weißen Bademänteln. Veit dankte ihnen im Vorbeigehen und wies sie an, sich wieder anzuziehen. Ich murmelte einen Gruß und blieb abrupt stehen. „Veit!" Meine Stimme klang so schneidend, wie sie es sollte.

Er kam ein paar Schritte zurück.

Ich beugte mich zu ihm und zischte ihn an: „Wenn das hier das ist, wonach es aussieht, will ich sofort gehen. Hast du noch alle Tassen im Schrank, mich zu irgendwelchen beschissenen Porno-Aufnahmen zu locken. Ich habe dir schon tausendmal gesagt, dass ich nicht geheilt werden will, kann und muss."

„Calm down." Auch er sprach leise. Wahrscheinlich waren die Darsteller lediglich durch irgendeinen Paravent von uns getrennt.

„Warum sollte ich?"

„Weil es das Gegenteil von dem ist, wonach es für dich aussieht. Ich hatte eine Idee. Komm mit. Ich zeige dir ein paar Bilder." Er zog mich hinter sich her zu einem Monitor, der in einer dunklen Ecke des Raums stand.

„Typische Veit-Fotos", motzte ich, als er einige Motive durchgeklickt hatte.

„Genau. Und hat das was mit Sex zu tun?"

„Nein, hat es nicht." Ich versuchte, weiterhin genervt zu klingen, damit das erste Überreagieren nicht so auffiel. Natürlich hatte ich seit der Ausstellung in Köln einiges von ihm gesehen. Das Prinzip blieb gleich. Er arbeitete mit nackten Models, aber

380

zeigte Haut und Körperformen aus großer Nähe und ungewöhnlichen Blickwinkeln, ohne sexuelle Attraktion anzudeuten. Er wolle Schönheit wieder von Sexyness entkoppeln, was in Zeiten von Social Media mehr als geboten sei. Ich hatte das mittlerweile begriffen und konnte es runterbeten, wann immer es verlangt wurde. Nach wie vor trafen seine Arbeiten nicht meinen Geschmack, aber dieses Credo gefiel mir natürlich.

„Die beiden Models heißen Robin und Anna. Ich stelle sie dir gleich vor.

„Warum? Ich frage mich immer noch, warum ich hier bin. Ich lasse dich auch nicht zugucken, wenn ich irgendein Büro entwerfe."

„Ich habe sie in einem Internetforum für Asexuelle angequatscht."

„Du hast was?" Ich sah ihn betont verständnislos an.

„Ich habe dir doch gesagt, dass ich eine Idee hatte. Ich mache einen Asexuellen-Kalender."

Diesmal war es an Veit, verdattert zu gucken, weil ich losprustete, als ob man mir gerade den lustigsten Witz der Welt erzählt hätte. „Paula hat so ähnlich reagiert, als ich sie eingeweiht habe. Warum ist das lustig?"

Ich riss mich zusammen und erzählte ihm von dem kleinen Scharmützel im vergangenen Herbst, als Paula und ich versucht hatten, uns gegenseitig in einen Architektenkalender zu schubsen. Nackt und sexy! Im Endeffekt waren beide Ausgaben des Charity-Projekts ohne unser Zutun erschienen. Ich hätte gerne behauptet, dass das Ganze den Opfern des eingestürzten Hauses in Düsseldorf nicht mehr als eine klägliche Mahlzeit eingebracht hatte, aber allein unser Büro hatte fünf Exemplare zu Weihnachten geschenkt bekommen.

„Verstehe", sagte Veit. „Deswegen war sich Paula auch so sicher, dass du niemals, nie im Leben und auf gar keinen Fall mitmachen würdest."

„Sie kennt mich halt."

„Aber das hier ist was anderes. Du musst keine Schnute machen und fick-mich-mäßig in die Kamera glotzen."

Ich fand kein Argument dagegen. „Okay. Ein bisschen Arm kannst du haben. Aber keinen Namen."

Er klatschte erfreut in die Hände. „Da stehen eh nur Vornamen drin. Notfalls nennst du dich Ludwig."

„Wieso Ludwig?"

„Dann nimm halt Anton. Aber ich will auf alle Fälle deine Brust."

Ich musste lachen.

„Da seid ihr ja. Robin, Anna, das ist mein bester Freund Kolja."

Wir begrüßten uns noch einmal, diesmal mit Handschlag. Ich fragte mich, ob Veit den beiden gesteckt hatte, dass sein bester Freund Kolja zu ihrer Fraktion gehörte, und musterte sie. Sie machten einen unauffälligen Eindruck. Allein für den Gedanken hätte ich mich ohrfeigen können. „Und ihr findet es eine gute Idee, so einen Kalender zu machen?"

„Wir finden alles gut, was auf die Existenz von Asexualität hinweist", erklärte Robin. „Die Leute sollen wissen, dass es uns gibt."

„Und Veits Fotos sind wirklich schön", ergänzte Anna.

Ich nickte.

„Und nicht so aufreizend." Sie lachte verlegen.

„Blicke und Posen machen Akte sexuell. Der Körper als solcher ist erst einmal nichts weiter als das. Ein Körper. Eine Form. Nichts, was man sofort ficken müsste." Veits Hang zur drastischen Formulierung schien die beiden nicht zu irritieren.

„Darf ich euch eins, darf ich vielleicht eins…", begann ich meine Frage.

„Ja", fiel Robin mir ins Wort, „wir sind ein Paar. Seit vier Jahren zusammen. Immer wieder interessant, dass das euch Sexuelle in Verlegenheit bringt."

Ich blieb stumm. Auch Veit sagte nichts.

„Ich lebe auch sexfrei", presste ich irgendwann heraus.

„Ehrlich? Du bist ace? Das gibt's ja nicht. Wie schön, dass wir uns kennenlernen."

Ace war ich also. Klang schon mal besser als das schreckliche lange Wort. Da gab es doch auch diesen Film namens Ace Ventura. Ich hatte ihn nicht gesehen, fragte mich in dem Moment aber, ob der damit zu tun hatte. Wahrscheinlich nicht.

Veits Models verhielten sich, als ob wir seit Jahren befreundet waren. Sie überschütteten mich mit Aufforderungen mitzumachen. Nicht nur beim Kalender, sondern auch beim Onlineforum, bei einem Stammtisch in Düsseldorf, beim jährlichen Ausflug ins Phantasialand und anderen Dingen. Erstaunlich, was es alles gab. Die beiden hatten anscheinend ihre ganzen Leben dem einen Thema gewidmet. Sie überreichten mir Visitenkarten, die schwarz-grau-weiß-lila gestreift waren. Die Flagge der Asexuellen. So schlau hatten meine Internetrecherchen mich immerhin gemacht.

Ich brummte vage vor mich hin, nickte hier und da und lies den Sturm von Ideen und Möglichkeiten über mich ergehen. Diese Form von Aktivismus, die Suche nach einer Blase Gleichveranlagter würden nicht mein Weg werden. Trotzdem war es gut, dass es Lobbyisten gab. Man musste den beiden dankbar sein. Immerhin machten sie das unentgeltlich. Auch wenn sie mich nach zehn Minuten nervten, als ob sie großzügig dafür bezahlt würden.

Veit verstand die Situation. Er geleitete seine Models zur Tür und versprach, sie auf dem Laufenden zu halten. Sie müssten aber ebenfalls ordentlich

Werbung machen, forderte er. Man brauche immerhin zwölf Motive.

„Wie schön, dass ich das endlich mal zu dir sagen kann", raunte er mir zu, als er wieder zurückkam. „Zieh dich aus, Liebelein!"

Ich verdrehte die Augen und begann mein Hemd aufzuknöpfen. „Kommt hier gleich jemand rein? Und was willst du eigentlich für ein Foto machen?"

„Wir sind ganz unter uns, Schätzchen."

„Hör auf mit dieser widerlichen Stimme zu sprechen. Du klingst wie ein Serienmörder. Nochmal: was willst du fotografieren?"

„Ich weiß noch nicht." Er sprach zum Glück wieder normal. „T-Shirt auch aus, bitte."

Ich zog es über den Kopf.

„Halt! Stopp!", rief er plötzlich.

Ich hielt inne, mehr oder weniger im Dunkeln, weil ich den Saum des Shirts schon über meinem Kopf hielt.

„Das ist es. So machen wir es. Das passt total gut."

Ich ließ meine Arme mit dem T-Shirt zwischen den Fingern wieder sinken. „Warum zieht sich jemand mitten in einem Fotostudio sein Oberteil über den Kopf? Das sagt doch wohl genau das Gegenteil von dem, was wir wollen. Nämlich, dass ich mich für jemanden nackig mache."

Veit überlegte kurz. „Dahinten ist eine etwas abge-rockte Dusche. Da machen wir's. Man wird die kaum im Hintergrund sehen. Aber das ist gut und du hast recht. Du brauchst eine Motivation. Ich muss nur schnell zwei Lampen da reinstellen."

Eine halbe Stunde später bastelte er immer noch am Licht. Ich beobachtete ihn aus einer Ecke. Das erste Mal, seitdem wir uns wiedergefunden hatten, sah ich ihn konzentriert arbeiten. Selbst in der Künstler-welt führte der Weg zum Champagner über die An-strengung.

Als er endlich fertig war, musste ich mir eine ge-fühlte Stunde lang mein T-Shirt über den Kopf zie-hen, manchmal die Bewegung stoppen, mich ein bisschen drehen, dann wieder in die andere Rich-tung, vielleicht doch auf einem Schemel, das Licht mehr von unten, jetzt war es zu viel. Es machte mir keinen Spaß und ich fragte mich, wie Sasch diesen Beruf ausgehalten hatte. Von tausend Versuchen ei-nen Treffer, das war nicht mein Ansatz. Aber ich überlegte nicht eine Sekunde abzubrechen. Das hier war für Veit, für sein Projekt, für Robin und Anna, für alle, die ace waren, und auch aus Respekt für meinen toten Bruder.

Erst ganz zum Schluss fiel mir auf, dass ich wahr-scheinlich auch ein bisschen für mich selbst mit-machte.

„Hast du eigentlich eine Ahnung, wie wahnsinnig schön du bist", fragte Veit mich ohne Vorwarnung, nachdem die Lampen aus waren.

Ich beugte mich zu Ypsilon und lobte ihn für sein geduldiges Warten, als ob das etwas Außergewöhnliches gewesen wäre. Aus den Augenwinkeln sah ich, wie mein Freund mich mit einem wohlwollenden, fast liebevollen Blick beobachtete.

„Ich habe eine Flasche Champagner im Kühlschrank", sagte er. „Und dann zeige ich dir die Fotos."

Unsere liebste Aufnahme war nach zwei Gläsern gefunden: Im Hintergrund die alte Dusche, die auf dem Bild mehr nach ehrlicher Arbeit als nach zu wenig geputzt aussah. Der Duschkopf steckte nicht in seiner Halterung, sondern hing an ihr herunter. Davor mein nackter Brustkorb und das von meinen Oberarmen fast rechtwinklig gezogene T-Shirt. Ganz oben, über meinem verdeckten Kopf guckten die Hände raus. Weil der Stoff so sehr in die Seiten gespannt war, drückte sich mein Gesicht durch. Man erkannte eine menschliche Stirn mit Augenhöhlen, die Nasenspitze, im Ansatz die Lippen und das Kinn.

„Weißt du jetzt, warum ich dir gesagt habe, du sollst die Arme mal ein bisschen weiter auseinander machen?"

Ich nickte.

Er lachte. „In Wahrheit hatte es lediglich damit zu tun, dass sich dann dein Brustmuskel etwas stärker abgezeichnet hat. Das angedeutete Gesicht habe ich erst später bemerkt. Man muss Prioritäten setzen."

Ich boxte ihn in die Seite, blickte aber weiter auf den schemenhaft durch schwarze Baumwolle scheinenden Menschen. Zum ersten Mal in meinem Erwachsenenleben mochte ich ein Foto von mir.

22

Ihr Zug hatte sieben Minuten Verspätung. Ich schlug Veit vor, uns noch einen Kaffee zu holen.

„Noch einen?" Er schüttelte den Kopf.

Ich blieb vor der Bank stehen, von der aus er männliche Passanten beobachtete.

„Du kannst dir doch ruhig einen besorgen. Ich warte hier."

Diesmal schüttelte ich den Kopf.

Ypsilon, der kurz aufgestanden war, stöhnte, als er sich wieder fallen ließ.

Veit grinste. Dass er sich nicht über den Hund lustig machte, war deutlich.

Ich zuppelte an meinem Rucksack, der an diesem Tag nicht gut saß. Vielleicht würde es helfen, die Träger zu verstellen.

Veit befühlte seinen Oberarm. Als er den Ärmel hochschob, sah man das Pflaster von der gestrigen Impfung.

„Tut's weh?"

Er schüttelte den Kopf.

Ich überlegte, mit dem jetzt tiefer baumelnden Rucksack doch zum Kaffeestand zu gehen, ließ es aber bleiben.

Keine neue Nachricht auf dem Handy.

Dann die erlösende Ansage, dass der Zug einfahren würde. Ypsilon erhob sich. Sehen konnte man allerdings immer noch nichts. Ich strengte mich an. Irgendwann tauchte ein Punkt auf. Ich nahm die Hände aus den Taschen. Der Zug wurde auf ein Gleis am Bahnsteig neben uns gelenkt.

Der zweite größer werdende Fleck war es dann wirklich.

Michelle stieg direkt vor uns aus und begrüßte uns bestens gelaunt. Ypsilon sprang kurz an ihr hoch.

„Wie war das Training heute Morgen?", wollte ich wissen.

„Super. Die Kids sind in Form. Heute Nachmittag machen sie noch Kraft und Beweglichkeit mit Luisa."

„Und Mene?"

„Ebenfalls topfit."

Ich streckte den Daumen nach oben und schlug vor, über den Breslauer Platz direkt zum Rhein zu gehen. Nachdem die Picknickidee von allen für gut befunden worden war, hatten wir uns darauf geeinigt, eine gute Stunde flussabwärts zu laufen und uns dann in den Auen nördlich der Mülheimer Brücke ein schönes Plätzchen zu suchen.

Auf der Promenade ließ ich die beiden vorgehen. Ich wollte Michelle nicht direkt mit der Frage überfallen, weshalb sie mit Jörg in Köln gewesen war, ohne sich zu melden. Das hätte wie die heilige Inquisition gewirkt. Also lauschte ich ihrem Gespräch über eine Serie, die ich nicht kannte. Michelle versuchte, Veit davon zu überzeugen, die Hauptfigur, eine norwegische Prinzessin, die sich während der Nazi-Besatzung ihres Landes zur politischen Strippenzieherin gemausert hatte, zu mögen. Und auch, wenn der ihre Einschätzung nicht teilen wollte, blieb sie ruhig, geradeheraus, immer freundlich. Es war schön, ihr zuzuhören.

Meine zukünftige Ehefrau –überraschenderweise war ich trotz Anspannung zu gedanklichen Scherzen fähig– hatte eine einseitig isolierte Picknickdecke an ihren dunkelgrauen Rucksack geschnallt. Ihre Ausrüstung wirkte gegen Veits Backpack Pro genanntes Trendexemplar in Rot ein bisschen abgerockt. Aber sie strahlte Erfahrung aus. Vielleicht war sie auch mit Jörg schon zigmal unterwegs gewesen. Wahrscheinlich konnte der auch besser wandern als ich.

„Hier haben wir letzten Samstag geparkt, hier neben diesem runden Gebäude." Michelles Wiedererkennensfreude riss mich aus meinen Gedanken.

„Das ist die Bastei, gebaut von meinem Kollegen Riphahn, der hier in Köln einige bemerkenswerte Dinge hingestellt hat."

„Auch interessant. Aber das meinte ich gar nicht." Sie lachte. „Da hinten um die Ecke ist ein Reitgeschäft."

„Du warst letztes Wochenende auch schon hier?", fragte Veit und drehte sich in meine Richtung. „Wusstest du das?"

Ich schüttelte den Kopf. „Ja."

Er sah verwirrt zu Michelle.

„Woher das denn?", hakte die nach.

„Ihr wurdet beim Tortenessen beobachtet, also Jörg und du", erklärte ich.

„Beobachtet? Ich kenne hier in Köln eigentlich niemanden."

„Doch. Meine Kollegin Paula hat dich auf Saschs Beerdigung gesehen und wiedererkannt."

„Hut ab."

Ich versuchte, unbekümmert zu klingen. „Wenn ihr euch gemeldet hättet, wäre ich auf einen Kaffee dazugekommen."

Sie ging immer noch vor mir und redete schräg hinter sich: „Ich wollte nur schnell einen neuen Gurt abholen, den ich vor ein paar Wochen bestellt habe. Jörg war leider in Eile. Er hatte abends was vor, irgendein Essen oder so was. Ich habe ihn auf einen Kaffee eingeladen, weil er kein Fahrgeld wollte, aber wir mussten unsere Torte in zehn Minuten runterschlingen, jeder zwei Stück, dann ging es schon wieder zurück nach Schwerenau."

„Das freut mich."

„Wie? Das freut dich."

„Sorry. Alles gut."

Sie lachte über ihre Schulter. „Jörg lässt übrigens schön grüßen. Er würde dich sehr gern mal wiedersehen."

Ich nickte. Ein paar Tage schlechte Laune für einen Voltigiergurt. Ich biss mir auf die Lippen.

„Du ihn nicht?", rief sie mir von vorne zu.

„Doch, doch. Ich habe genickt. Hast du nur nicht gesehen."

„Dann komm doch mal zu uns, dann sehe ich dich auch."

Ich weckte Ypsilon mit einem Schnalzen aus seinem Trott. Er machte gerne drei Sätze nach vorn.

Ich auch. Sofort wurden wir wieder ein Team. Wir betrachteten Stadt und Landschaft um uns herum, fragten uns, wie lang ein Schiff bis Mainz brauchte, redeten über erlebte Urlaube in Griechenland, über Veits und Michelles Versuche mit Drogen, zu denen ich nichts beisteuern konnte, über zwei Kinofilme, die wir gerne sehen wollten, über unsere Radtour mit Sasch und darüber, dass Michelle als Pinguin, ich als Hund und Veit als schwuler Flamingo zur Erde zurückkehren wollten, falls Wiedergeburt unausweichlich sein sollte.

Ich überlegte, warum es mir gutging. Leicht und offen waren die Adjektive, die mir einfielen, um uns zu beschreiben. Das fühlte sich nicht nach einem halben Jahr Kennen an. Eher nach schon immer. Was nicht ganz verkehrt war. Schon immer. Mit Pause.

Als die Brücke in Sicht kam, hinter der wir picknicken wollten, holte Veit sein Handy raus und fing an zu tippen. „Es tut mir leid", sagte er irgendwann, „aber ich spüre die Impfung von gestern. Ich lasse mich besser von Bruno abholen. Ich muss raus aus der Sonne und mich ein bisschen hinlegen."

„Ohje", sagte Michelle. „Wie schade. Ich hoffe, das wird kein Fieber."

„Ach Quatsch. Nur ein bisschen angeknockt. Ich gebe euch meine Lebensmittel mit."

Ich hielt meinen Mund. Veit log. Als ich sah, dass er eine Jutetasche dabeihatte, in die er die beiden Flaschen Sekt und zwei Plastikkelche aus seinem Rucksack packte, blickte ich ihm fest in die Augen.

Er grinste mich verschwörerisch an. „Ich gehe hoch auf die Brücke. Da findet Bruno mich am besten. Macht's gut." Mein Blick wanderte kurz nach oben, um zu sehen, ob Brunos Wagen bereits warnblinkend über uns stand. Gewundert hätte es mich nicht.

„Ich rufe dich heute Abend an, um zu hören, wie es dir geht", rief ich ihm hinterher.

„Ja gerne, mach das. Notfalls morgen. Habt erst mal einen schönen Nachmittag!" Keinerlei Unterton. Er fand es wohl einfach nur besser, uns ungestörte Zweisamkeit zu verschaffen.

Mit einer kurzen Handbewegung forderte Michelle mich auf weiterzugehen. „Ich würde vorschlagen, wir suchen uns direkt ein Plätzchen." Sie zeigte auf den Beutel in meiner Hand. „Mit einer Einkaufstasche kann kein Mensch wandern. Das ist wie im Bikini einzukaufen." Dreihundert Meter weiter manövrierte sie uns rechts auf die Wiese und kurz danach saßen wir auch schon mit Apfelstreusel und Kaffee auf ihrer Decke, nebeneinander, beide den Blick auf den Strom gerichtet, hinter unseren Rücken ein abgesägter Baumstamm, an den Ypsilon sich geschmiegt hatte, um direkt einzuschlafen. Ich zog meine Schuhe aus.

Anscheinend befanden wir uns im Bereich für grillende Großfamilien. Das Stimmengewirr in der Nähe, der Holzkohlegeruch und das gelegentliche Kreischen kleiner Kinder hauchten der Situation reales Leben ein. Ein Gegenentwurf zum Candle-light-Dinner. Das Plastikgeschirr in meinen Händen hatte etwas Ehrliches.

„Warum macht Jörg das eigentlich?", fragte ich, ohne meinen Blick von einem sich flussaufwärts kämpfenden Containerfrachter zu lösen.

„Was? Mich nach Köln zu kutschieren?"

„Ja."

„Hat er erst zweimal. Einmal bei der Beerdigung von deinem Bruder und jetzt, weil wir den Gurt so dringend brauchten. Beim ersten Mal hat er dich gefahren. Du erinnerst dich?" Sie überlegte kurz. „Ehrlich gesagt, keine Ahnung. Wir sind halt Freunde. Ich habe ihn gefragt, ob er mir ein Gefallen tun kann, und er hat Ja gesagt."

Ich beobachtete ein winziges Zucken ihres Mundwinkels. „Machst du dich über mich lustig?"

„Nein, keinesfalls. Ich muss nur ein bisschen grinsen."

„Worüber?"

„Über dich. Weil du dich so auf Jörg eingeschossen hast."

„Er ist der einzige Mann aus deiner Umgebung, den ich kenne."

„Gute Antwort! Dass man sich gegenseitig nicht verstehen möchte, ist manchmal eine sehr klare

Aussage." Sie drehte sich zu mir und lachte mir mit ihren perfekten Zähnen ins Gesicht.

Ich versuchte, ein paar Streusel mit der Plastikgabel aufzupicken, was misslang, so dass ich sie mir mit den Fingern in den Mund schob und mich streckte.

„Du hast mich nach Saschs Beerdigung gefragt, ob ich dir irgendwann erzählen würde, was genau ich mit dem Satz übers Mannsein gemeint habe", eröffnete ich mein geplantes Bekenntnis.

„Ich weiß." Michelle drehte sich in meine Richtung.

„Also werde ich mich jetzt outen."

„Mist. Ich hätte wetten können, dass du nicht schwul bist."

„Bin ich auch nicht."

„Aha." Sie warf ein paar Grashalme weg, die sie ausgerissen hatte und klatschte in die Hände. „Lass uns erst mal die Bar eröffnen, bevor du es erklärst." Sie drückte mir den Sekt mit den beiden Gläsern in die Hand, kippte die Reste aus den Kaffeebechern in die Wiese und leerte Tüten mit Erdnüssen und Chips auf unsere Kuchenteller. Eingelegte Oliven und mit Feta gefüllte Peperoni hatte sie ebenfalls dabei. Und eine Schale voller Herzkirschen. „Ganz frühe, habe ich gestern auf einer Streuobstwiese entdeckt." Während ich mich mit dem Draht am Flaschenhals befasste, schob sie mir eine Kirsche in den Mund und zog meinen Rucksack zu sich. Ungeniert öffnete sie ihn und platzierte auch meine

Tupperdosen auf der Decke vor unseren Schneider-sitz-Beinen.

„Die ganze Verpflegung reicht ja bis morgen", sagte ich, gab ihr ein Glas und streckte ihr das andere entgegen. „Prost."

„Zum Wohl, mein Lieber." Michelle trank und spürte dem Geschmack einen Moment nach. Dann legte sie den Kopf schräg. „Ist dieses Gespräch hier eigentlich der Grund, warum Veit so plötzlich seine Impfung gespürt hat?"

Ich zuckte mit den Schultern. „Vielleicht. Abgesprochen war es auf jeden Fall nicht, falls du das meinst. Aber ich bin schon ganz froh, dass er jetzt nicht neben uns sitzt."

„Er gehört halt einfach zur seltenen Gattung der empathischen Egozentriker."

„Schöne Beschreibung. Dafür mögen wir ihn."

Sie nickte. „Ich habe dir ja schon mal gesagt, dass ich Leute, die ein bisschen anders sind, spannender finde als die immer perfekt funktionierenden. Veit ist halt einfach nicht nullachtfünfzehn. Und du auch nicht." Sie sah mich auffordernd an.

„Was mich zum Thema bringt", nahm ich den Faden auf. Ihr Kompliment für das, was ich an mir nicht leiden konnte, motivierte mich und ich ruckelte mich mit meinen gekreuzten Beinen ein bisschen mehr in ihre Richtung. „Du bist das dritte Outing in den letzten paar Wochen. Allmählich kriege ich Routine." Ich hörte auf zu zappeln. „Also, wie gesagt, ich bin nicht schwul. Ich bin aber auch nicht hetero. Ich bin eigentlich gar nichts. Ich lebe ohne Sex, sexfrei sozusagen." In Erwartung ihrer Resonanz machte ich eine Pause. Aber es kam nichts. „Das ist eigentlich schon alles. Ich möchte nicht doll kuscheln und nicht schmusen und den ganzen Rest schon gar nicht. Eher außergewöhnlich für einen Mann, ich weiß. Aber so ist es. Ich bin gerne mit Leuten zusammen, aber eben nicht näher. Und mittlerweile glaube ich, dass man das wissen muss, um mich zu verstehen."

Michelle beugte sich zu einem der Teller vor und schob sich eine Peperoni in den Mund. „Aha", sagte sie kauend.

„Aha? Was meinst du damit?"

Das Lächeln, das sie mir zuwarf, strengte sie an, das war deutlich zu erkennen. „Asexuell." Sie schien dem Klang ihres Worts zu lauschen. „Mit so etwas hatte ich nicht gerechnet. Ich meine, irgendwie vielleicht schon. Aber ich wusste gar nicht, dass es das in Wirklichkeit gibt." Sie nahm einen Schluck Sekt, was mich dazu animiert, ebenfalls an meinem zu nippen. „Natürlich", fuhr sie fort, „habe ich gespürt, dass irgendwas ist. Das merkt man. Oder ich habe das zumindest gemerkt. Du reagierst sonderbar, wenn man dir näherkommt. Selbst, wenn man dich begrüßen will. Aber ich hatte keine Idee, warum."

Drei weitere Peperoni.

„Wenn ich es von früher nicht besser gewusst hätte, hätte ich vielleicht vermuten können, dass du vorsichtig bist, weil du nicht kannst. Ich meine, so etwas kann sich zwar im Lauf der Jahre ändern, aber irgendwie kam das für mich auch nicht infrage. Und dann gab es ja auch noch diese Geschichte nach Wiesbaden. Ich fand mich so wahnsinnig cool damals." Sie lächelte gequält. „Ich meine, so befreit mit Sex umzugehen - ich kam mir vor wie ein Rockstar. Hinterher war es mir dann nur noch peinlich. Aber egal. Was ich eigentlich sagen will, ist, dass ich wusste, dass mit dir irgendwas ist, weil wir sonst wahrscheinlich längst im Bett gelandet wären. Entschuldigung. Ich hoffe, das war jetzt nicht zu direkt." Sie riss die Cracker auf und schnappte sich ein paar Käsewürfel. Anscheinend hatte sie genug von der Peperoni.

Ich legte eine Scheibe Schinken über eine Sesamstange. „Jetzt bist du enttäuscht."

„Nein, bin ich nicht. Na ja, vielleicht ein bisschen."

„Darf ich das als Liebeserklärung verstehen?", fragte ich und hoffte, dass sie meinen Herzschlag nicht durch mein T-Shirt sehen konnte.

„Vielleicht." Ihre Mimik rückte ihre Aussage in die Nähe eines Partyflirts zwischen Fünfzehnjährigen.

„Nicht so gucken", warf ich ein. „Es geht um uns."

„Entschuldige. Das war blöd." Sie war wieder Michelle. Ohne Schnörkel. Es gab wirklich viele Gründe, sie toll zu finden.

Ich prostete ihr ein weiteres Mal zu. Das Aneinanderstoßen unserer Plastikgläser war nicht zu hören, weil ein kleines Mädchen kreischend vor der Wasserpistole eines Jungen flüchtete.

„Darf ich ein paar Fragen stellen?", wollte sie wissen, als der Krach weggerannt war.

Ich nickte.

In den folgenden zwei oder drei Stunden ließ sie sich einen Crashkurs über meine sexuelle Orientierung geben. Seit wann? Wie viele? Nur eine Phase? Kennst du andere? Mehr Frauen oder mehr Männer? Könnte man sich zwingen? Masturbierst du? Ja, das fragte sie tatsächlich! Fehlt dir was? Im Alter wird es eh weniger. Beschreib mal, wie das ist.

Ich erzählte ihr von meiner Zurückgezogenheit, dem Leben mit Hund, den vielen Gesprächen mit Sasch, ersten Zweifeln, meiner Geschichte mit meiner Mutter, von der mit Paula und dem Gesicht hinterm T-Shirt im Asexuellenkalender. Und weil ich gerade dabei war, offenbarte ich ihr auch die komplette Story mit Veit.

Sie hörte zu, stellte Fragen, einfach nur Fragen.

Ich war mir sicher, dass sie mich liebte.

„Eins verstehe ich noch nicht ganz", sagte sie, als es schon langsam kühler wurde. „Warum wolltest du dein angeblich perfektes Leben irgendwann ändern? Was war der Auslöser dafür, dass du gemerkt hat, dass etwas fehlt? Sasch hatte dir das doch schon immer gesagt."

Ich sah sie an. Der einzige Punkt, den ich ausgelassen hatte.

Wir hatten uns beide noch einen Kaffee eingeschenkt.

Ich hielt meinen Becher mit beiden Händen fest. „Ich glaube, das warst du."

„Ich?"

„Manchmal ist es eine klare Aussage, dass man sich nicht verstehen will", zitierte ich sie. Hätte sie jetzt einen Ton gesagt oder irgendwie das Gesicht verändert, wäre der Moment, obwohl wir schon fast am Ziel waren, vorbei gewesen.

Aber weil sie Michelle war, meine Michelle, tat sie nichts dergleichen, sondern lud mich mit ihrem Blick zu Gemeinsamkeit ein.

„Ja, du. Weil ich mich in dich verliebt habe und trotz allem mit dir zusammen sein will, weil ich mit dir eine Möglichkeit finden will, ein Paar zu sein. Mit Wohnung, Weihnachten, dem blöden Geburtstagsspiel und einem gemeinsamen Leben. Mit Pferd und Hund und vielen Büchern und allem. Na ja, fast allem. Ich meine, wir wissen, dass ich nicht die allerbesten Voraussetzungen mitbringe. Aber dir sind die Makellosen doch eh zu öde. Ich möchte es so gern mit dir versuchen."

Erleichtert führte ich den Becher zum Mund. Warmes Glück breitete sich in mir aus. Ich nahm einen weiteren Schluck, den Blick nach wie vor auf dem Gesicht, das ich für immer in meiner Nähe haben wollte.

Michelle sah mich entspannt an und nippte ebenfalls an ihrem Getränk. Sie war wunderschön.

Es ist mir eine Freude, den Menschen zu danken, die sich Gedanken um diesen Text gemacht haben:

Gudrun, Maria, Doris, Claudi und Klaus.

Vielen Dank für eure Zeit, eure Fragen und Ideen und für den weichen Teppich aus Motivation, auf den ihr meinen Schreibtisch gestellt habt.

Dank auch an alle, die öffentlich darüber reden, wie es für sie ist, ace zu sein.

Einige Formulierungen und Bemerkungen sind sicher über die Jahre von Freunden und Bekannten übernommen worden.

Dafür gebührt euch mein Dank. Und meine Entschuldigung.

Und Holgi, dir möchte ich für deine Liebe danken und dafür, dass du meine Vorhaben immer ernst nimmst. Wie schaffst du das bloß?